Les éditions H&O reçoivent le soutien
de la Région Languedoc-Roussillon

la Région
Languedoc
Roussillon

Pour être tenu régulièrement informé de nos publications,
il suffit de nous faire parvenir vos nom et adresse à :
H&O éditions - CS 00001 - 34270 Le Triadou
ou de consulter notre site web : www.ho-editions.com

Le prince de Castiglione

Du même auteur

Paysages suspendus
nouvelles, Commode éditions, 1993

Mémoire de Faune
nouvelles, Commode éditions, 1994

Ichor
roman, éditions Thé glacé, 2000

dans la série *Les mémoires d'un bardache*

Le sceau de Kropotkine
roman, H&O, 2008

L'élixir d'oubli
roman, H&O, 2008

Le gentilhomme assassin
roman, H&O, 2009

Les mémoires d'un bardache - Deuxième époque

Le crépuscule des Bourbons
roman, H&O, 2010

ISBN 978-2-84547-238-9

Philippe Gimet

Le prince de Castiglione

roman

H&O

I

Mon père Henry-Philippe, ci-devant duc de Mondétour, pair de France et prince du Saint-Empire, fut retrouvé mort à l'aube du 22 janvier 1794 — 3 pluviôse an II[1] — au pied de notre château seine-et-marnais de Trémainville. Selon les témoins, son corps avait formé un cratère immaculé en s'écrasant sur la neige.

Je me trouvais alors aux Petites Tuileries, luxueux prostibule qui nous appartenait en bordure de forêt de Montmorency et où j'avais fait admettre mon fils Henry-Saül afin qu'il y perdît son pucelage. Mon rejeton venait en effet d'avoir quinze ans et je pensais oublier en sa compagnie une date qui marquait également le premier anniversaire de l'exécution du feu roi et celui, bien plus douloureux à mon cœur, de ma première épouse Pauline, morte empoisonnée neuf hivers plus tôt.

Henry-François, mon frère aîné, à qui nous devions ce malheur et bien d'autres, l'avait indirectement payé de sa vie, massacré par les sans-culottes en septembre 1792 en laissant en province une veuve et trois filles à marier, et à Paris, hébergé par notre parent le ci-devant marquis d'Ystirac, un bâtard dont je m'étais résolu à prendre la tutelle.

N'ayant par ailleurs que des sœurs — trois qui avaient fondé une famille, une religieuse ayant fui Fontevraud avec l'aînée

1. L'année républicaine change tous les 22 septembre (proclamation de la Première République en 1792).

des Ystirac pour se réfugier dans notre fief de Mondétour, en Seine-et-Oise[2] — la disparition du duc-prince faisait de moi l'héritier légitime de ses nombreux titres et biens.

Bien qu'il me fût impossible de l'avouer à quiconque, la nouvelle de ce trépas m'avait été apportée par une espèce de voix intérieure, entendue auprès du cénotaphe élevé au centre d'une clairière jouxtant les Petites Tuileries. Peu crédule aux fantômes, j'en avais d'abord ri mais l'étrange murmure s'était ensuite piqué d'évoquer les origines royales de ma mère : un secret invérifiable, sauf à interroger la principale intéressée, ce à quoi, en l'état, je ne pouvais me résoudre ; car si l'âme de mon père s'était depuis longtemps égarée — et son apparent suicide une délivrance — ma mère, éperdue de douleur, ne pouvait rien ouïr d'autre que des oraisons.

En attendant que le cercueil du défunt rejoignît à Mondétour celui de ses ancêtres, nous le plaçâmes dans un enfeu de l'église de Trémainville, paisible bourg éloigné des fureurs révolutionnaires, dont les habitants se joignirent à notre deuil.

La Terreur s'était abattue sur le pays, où la Convention combattait à la fois ses ennemis intérieurs — Chouans, insurgés fédéralistes — et la coalition internationale amassée à nos frontières. La *loi des suspects* permettait d'emprisonner *ceux des ci-devant nobles qui n'avaient pas constamment manifesté leur attachement à la Révolution* ; notre parentèle y avait jusque-là échappé mais le départ en émigration de ma seconde épouse, née Armande-Louise du Plessis de Richelieu, avec la suite du comte de Provence, cadet de l'infortuné Louis XVI, me mettait d'autant plus en danger que j'avais été gentilhomme d'honneur de Son Altesse Royale.

Le Conventionnel Jean-Jacques de Cambacérès, qui me protégeait au nom d'une commune inclination pour les garçons,

2. Actuels Yvelines et Val d'Oise.

avait bien voulu nous délivrer de précieux certificats de civisme, mais sans pouvoir empêcher l'emprisonnement de *mes* Joseph : l'éditeur Joseph Fiévée, avec qui je vivais bourgeoisement à Paris dans ma maison de la rue des Marais-Saint-Germain[3], suspecté d'espionnage au profit des émigrés, et mon bien-aimé Joseph Bologne de Saint-George, compositeur devenu militaire auquel on reprochait ses accointances avec Philippe Égalité, *félon d'Orléans* guillotiné en novembre 1793. Le premier croupissait au Temple[4] — où étaient toujours enfermés le jeune Louis XVII, sa sœur Madame Royale et leur tante Madame Élisabeth — le second au château d'Hondainville[5] transformé en geôle.

Détenue également, la généreuse Charlotte de Montesson, jadis aimée de Joseph-compositeur, payait à la prison de la Force[6] d'avoir été l'épouse morganatique du feu duc d'Orléans, père du félon.

À mes deux amants s'ajoutait un troisième, Alexandre Sabès, parti à Saint-Domingue[7], son île natale, défendre ses idéaux républicains contre des colons royalistes alliés aux Anglais, et des insurgés abolitionnistes dirigés par un fils d'esclave surnommé *Louverture*, appuyés par les Espagnols. Alexandre et moi-même nous tenions mutuellement informés de ce qu'il advenait de part et d'autre de l'Atlantique, exercice incertain qui exigeait d'autant plus de discrétion que Cambacérès m'avait déconseillé toute correspondance en dehors du pays.

Notre *îlot* de Trémainville, entouré de champs et de forêts, nous protégea des affres de la Terreur jusqu'à la chute de

3. Actuelle rue Visconti, dans le 6e arrondissement.
4. Dans l'actuel 3e arrondissement. Prison détruite au XIXe siècle.
5. Dans l'Oise.
6. Dans l'actuel 4e arrondissement. Démolie au XIXe siècle.
7. Actuelle Haïti.

Robespierre à la fin du mois de juillet 1794, quand nos oppresseurs eurent achevé de s'entre-dévorer.

Dans l'intervalle, nombre de Conventionnels avaient gravi l'échafaud, dont l'infâme Danton, l'*évaporé* Hérault de Seychelles — bardache ambigu mais qui avait aidé Cambacérès à protéger les nôtres — et le brillant Camille Desmoulins, dont mon ami Jean-Thomas de Sérizy, emprisonné au palais du Luxembourg, avait un temps espéré qu'il le préfèrerait à son intransigeante épouse, guillotinée elle aussi.

Madame Élisabeth, sœur cadette du feu roi, le savant Lavoisier ainsi que le poète Chénier furent parmi les dernières victimes du tribunal révolutionnaire. Après quoi, le charognard desserrant ses griffes, nos chers prisonniers recouvrèrent la liberté : Madame de Montesson, d'abord, qui se réinstalla à l'automne dans sa maison de la chaussée d'Antin[8], puis mon cher Joseph-éditeur, dont Cambacérès, alors président de la Convention, m'annonça la libération.

Abandonnant les miens — fors mon fidèle Bruno, ardent valet unijambiste jadis recruté à la forteresse de la Bastille — je fis aussitôt atteler pour Paris. N'ayant pas vu Joseph depuis près d'un an, je le trouvai have et blafard, mais plus combatif que jamais.

— J'ignore si Louis XVII règnera avant longtemps, martela-t-il, mais j'œuvrerai sans relâche au rétablissement d'un régime stable. Les Français, qui haïssent les tyrans, en viendront nécessairement à se donner un chef ; moderne, éclairé, légitime. Le comte de Provence, régent de fait, me semble le plus à même d'incarner une France enfin réconciliée avec ses voisins. Ton ami Sérizy, libre depuis peu, partage mes vues. Nous pensons éditer ensemble un nouveau journal afin de diffuser ces idées. Nous soutiendras-tu ?

8. Dans l'actuel 9e arrondissement.

J'acceptai, plus en hommage à notre amour que pour un idéalisme abandonné depuis longtemps. Les fonds importants dont je disposais — et qu'administraient l'avocat Nicolas Bergasse, mon associé exilé en Béarn, ainsi que le *clan* de Laspasses, surintendants de ma famille depuis plusieurs générations — me permettaient ce caprice.

Je revis Jean-Jacques de Cambacérès à l'occasion du transfert au Panthéon français — ci-devant église de Sainte Geneviève — des cendres d'un autre Jean-Jacques : Rousseau.

— Tout change et rien ne change, sourit-il. Je présiderai bientôt le Comité de Salut Public, où siègent encore quelques membres de la vieille cour de Robespierre, dont certains mériteraient de connaître son sort… Ne jamais trop s'impliquer est, de nos jours, gage de longévité : dis-le à nos amis Sérizy et Fiévée.

Connaissant assez mon interlocuteur, j'entendis davantage ses mots comme un avertissement amical qu'une menace.

— Ton cher Bologne de Saint-George devrait incessamment quitter sa prison, ajouta-t-il. Encore un amour compromettant dont je te saurais gré de bien vouloir contenir les rancœurs…

Ivre de joie à l'idée de serrer de nouveau dans mes bras cet être hors du commun dont j'étais la seule passion masculine, j'écrivis à son ami le général Thomas Alexandre Davy de la Pailleterie, *alias* Dumas, naguère son subordonné, dans la maison duquel il s'était réfugié à Villers-Cotterêts avant son arrestation.

La réponse me surprit : alors que je le croyais à Nantes occupé à mater la rébellion vendéenne, Dumas, horrifié par les exactions commises par les soldats républicains, avait demandé à être relevé de son commandement. Outré que l'on remît en cause sa politique mais ne pouvant trop sévèrement punir un militaire couvert de gloire, le Comité de Salut Public l'avait renvoyé chez lui en *convalescence.*

« J'aurai donc amplement le temps de m'occuper des miens, philosophait-il. Cela inclut bien sûr notre cher musicien, s'il daigne se souvenir qu'il est ici chez lui… »

Il daigna en effet : moins de quinze jours après cette missive, j'en reçus une signée de sa main, dans laquelle il revenait, d'une plume acide, sur les conditions de son incarcération et les injustices dont lui et Dumas avaient été victimes. Comme il ne faisait nulle mention d'un quelconque projet de séjour à Paris, je pris sur moi de me rendre à Villers-Cotterêts sans l'en avertir au préalable.

Le général vivait modestement avec son épouse et sa fille — Isabeau-Aimée, issue neuf ans plus tôt d'un premier lit — dans l'auberge que possédaient ses beaux-parents. Mon arrivée provoqua d'abord de la gêne, mais le bonheur des retrouvailles réchauffa l'atmosphère.

Nos militaires, malgré le teint mat et la carrure herculéenne, portaient sur le visage la marque des épreuves qu'ils venaient de traverser. J'en fis imprudemment la remarque et m'entendis rétorquer, par un Joseph narquois, que les nombreux deuils qui avaient émaillé mes trente-quatre automnes semblaient se résumer aux seuls vêtements noirs dont je ne me défaisais guère depuis plusieurs années.

— En bicorne et redingote, remarqua-t-il, tu ferais un joli muscadin…

Bien qu'ayant passé sa soirée à me taquiner, mon bel interlocuteur l'acheva dans ma chambre, où renaquirent ces ardeurs qui, dès le premier jour, m'avaient rendu esclave de ses embrassements : bientôt quinquagénaire, sa peau n'en était pas moins soyeuse, ses cuisses puissantes et ses reins insatiables.

Quand nous eûmes repris notre souffle, il s'enquit de Joseph Fiévée et d'Alexandre Sabès, auxquels il avait toujours refusé de mêler nos joutes, et confia avoir maintes fois songé, du fond de son cachot, à regagner la Guadeloupe où il était venu au monde.

— La Convention ne veut plus de moi, grinça-t-il, mais je puis encore rendre service à mes frères infortunés. Je pourrais par exemple rejoindre ce nommé Louverture qui mène le combat à Saint-Domingue… — Des larmes montèrent aussitôt à mes paupières. Que voudrais-tu que je fasse ? souffla Joseph en les recueillant sur ses lèvres. Je ne compose plus, et la République m'interdit les armes. Je hais l'oisiveté : me préfèrerais-tu aubergiste en second à Villers-Cotterêts ? Intendant de complaisance dans l'un de tes domaines ?

Sachant trop qu'il refuserait toute aide sans contrepartie, je ravalai ma douleur en espérant qu'il ourdirait d'autres projets.

Le château de Morienval, fief de mon défunt aîné, ne s'élevait qu'à une demi-journée de voiture du triste repaire où nous nous trouvions. Je parvins assez aisément à convaincre mes hôtes d'y installer leurs quartiers — dans les communs, car nul ne souhaitait habiter le logis, à la fois trop luxueux et trop chargé de mauvais souvenirs.

Y suivre mes invités me permit d'apprivoiser, pour ainsi dire, un endroit que la trace de son ancien occupant et un décor centré sur sa passion de la chasse rendaient intimidant. Écuries et chenil étaient vides, mais non point l'armurerie : je profitai du recrutement de quelques domestiques dans le hameau voisin pour retrouver l'ancien garde-chasse de mon frère et obtenir qu'il servît mes hôtes.

Ce paisible retour à l'ordre ordinaire, loin des soubresauts révolutionnaires, m'inclina à enjoindre par lettre ma mère et mon fils, demeurés à Trémainville, d'organiser les obsèques officielles du duc-prince puis de reprendre une existence normale entre nos résidences parisiennes et nos maisons de plaisance.

Ainsi fut-il procédé, et la chapelle du château de Mondétour accueillit enfin, vers la mi-décembre, la dépouille d'Henry II. L'assistance fut nombreuse : outre nos gens et ceux du village, vinrent Madame de Montesson et sa suite, le père Briard — pédéraste, félon et réfractaire, mais dont répondaient les intendants de Laspasses — et nos parentes religieuses, exceptionnellement sorties de l'ermitage où elles continuaient en secret de pratiquer leur religion. Cambacérès fit également le déplacement, visiblement amusé de se trouver assis à côté des complices Fiévée et Sérizy, ainsi que des *convalescents* de Morienval.

Mon associé Bergasse et son épouse, de retour d'exil après un bref passage devant le tribunal révolutionnaire, se présentèrent aussi, de même que le *citoyen* Sade, ancien compagnon de geôle et de débauche, de nouveau libre et toujours secondé par la dévote Madame Quesnet et ses superbes valets.

Il avait échappé de justesse à la guillotine et sa bonne humeur s'avéra contagieuse : n'eut été la gravité de l'instant, le repas qui s'ensuivit tenait presque de la fête. Ma mère, qui se plaisait à Trémainville, indiqua ne point souhaiter en déménager.

— Je déteste Paris, ajouta-t-elle, mais puis comprendre qu'Henry-Saül et vous-même y ayez affaire. Le précepteur de votre fils souhaite d'ailleurs que son élève étudie, comme vous le fîtes jadis, au collège de Louis-le-Grand[9], même si votre héritier semble plus intéressé par la cavalerie, où il excelle ; nous souffririons difficilement qu'il intégrât l'armée de la République…

— D'autant moins, glissai-je, qu'un peu de sang royal coule dans ses veines…

Un éclat d'effroi enflamma les pupilles de mon interlocutrice. Comme nous étions à table, elle changea aussitôt de sujet pour s'adresser ostensiblement à nos commensaux.

---

9. Établissement de l'actuel 6e arrondissement, qui comprenait également un lycée et l'équivalent d'une faculté.

Cette attitude fuyante me força, après le dessert, à l'attirer dans un salon isolé.

— Que voulez-vous que je vous descelle ? lança-t-elle avec colère. Que votre aïeule fut une courtisane et moi une bâtarde ? J'ignore de qui vous tenez cela et ne veux point le savoir. Je vous somme en revanche de veiller à ce que personne ne salisse notre nom. Pensez à votre fils : croyez-vous qu'il lui soit commode, en l'état, d'endosser la légitimité de son titre ? Sa défunte grand-mère Marion ne lui aura peut-être pas raconté comment Dieudonné d'Ystirac — oui, celui-là même chez qui feu votre aîné a caché le résultat de ses amours adultères — comment, dis-je, ce lâche a abusé d'elle, ni de quelle manière le fruit de ce forfait, votre malheureuse Pauline, est morte à la suite des manœuvres de votre frère[10]. Peut-être Henry-Saül n'a-t-il pas non plus eu encore à s'interroger sur la probité de ses ancêtres. Et vous voudriez ajouter à la confusion en instillant l'idée que Louis XV fût notre ascendant ? Brisons là, par pitié !

Je battis en retraite, fort néanmoins de cette certitude troublante que la fameuse voix intérieure des Petites Tuileries ne s'était pas trompée.

Cambacérès, au moment de repartir, me pria de monter dans son carrosse : il me savait honorable aérostier — les gazettes avaient rapporté, en leur temps, mes exploits aériens à bord du *Polisson,* ballon conçu par Messieurs Blanchard et Kempelen, qui avait secrètement égayé Leurs Majestés avant d'être offert au regretté Gustave III de Suède[11] — et prit un ton de conspirateur pour vanter mes talents.

— Tu n'ignores pas, ajouta-t-il, les succès que nos armées ont remporté l'été dernier sur les Autrichiens grâce, en partie,

10. Cf. *Le crépuscule des Bourbons.*
11. Id.

à une compagnie d'aérostation nouvellement créée. Le château de Meudon abrite désormais un atelier et une école où tes talents seraient les bienvenus. Je sais tes réticences à servir la République mais il s'agit de défendre son pays.

Je devais trop à mon protecteur pour décliner la sollicitation.

Moins d'une semaine plus tard, je faisais la connaissance de Nicolas-Jacques Conté, directeur de l'établissement de Meudon. Ce quadragénaire avait dû être séduisant avant qu'une explosion ne lui coûtât l'œil gauche, barrant son front d'un bandeau de soie noire. Excellent peintre, brillant ingénieur, il se passionnait pour l'aérostation et prétendait y former un groupe hétéroclite de jeunes gens désœuvrés et d'ouvriers sans métier.

Il connaissait les travaux de ses devanciers — notamment Jean-Pierre Blanchard, exilé en Amérique — et voulut bien se souvenir des récits me concernant. Je lui proposai de consulter les plans du *Polisson,* ce qui l'enthousiasma. Il évoqua un certain capitaine Coutelle, comme moi *pur aérostier,* et offrit de me le présenter à l'occasion de son passage chez moi.

Je veillai, dans l'intervalle, à ce que mon fils acceptât de quitter sa tanière, ses chevaux et les interminables parties d'échecs qu'il disputait contre le nain Nándor son valet — lequel, avant d'être mon amant, avait été celui du mécanicien Kempelen, qui l'avait abandonné — pour se préparer à la vie parisienne. Le bel Henry-Saül mûrissait en effet très vite et je voulais éviter qu'il ne s'assauvagît. Certains récits de Nándor, témoin fasciné de cette maturation, indiquaient en outre de précoces dispositions à séduire les deux sexes.

Faute de lui offrir le vaste hôtel de Buridan, quai de la Liberté[12], où subsistait encore la trace de mon défunt frère, je voulus mettre à sa disposition le plus modeste mais très

12. Actuel quai de Béthune, dans le 4e arrondissement.

élégant hôtel de Saint-Ruth, boulevard des Capucines, récemment acheté avec le château de Chalmont en Seine-et-Marne à une famille émigrée.

Il préféra vivre à mes côtés et ceux de Joseph Fiévée, rue des Marais-Saint-Germain, où il s'installa peu après son seizième anniversaire, au début de février 1795 — pluviôse an III — avec Nándor et Abel-Ferdinand du Petit Thouars, son précepteur.

À considérer le visage plein de noblesse de mon héritier, les mots de ma mère et de la *voix* revinrent souvent en ma mémoire.

— Les demoiselles des Petites Tuileries ignorent leur chance, lança un jour Nándor en surprenant mon sourire. Monsieur Henry-Saül a reçu bien des grâces. Son précepteur et moi-même sommes parvenus à le convaincre de ce que le beau sexe — l'autre ne semble point l'intéresser — aimait également les beaux esprits, et donc de l'utilité d'intégrer le collège Égalité, ci-devant Louis-le-Grand. Madame votre mère craint que ses futurs condisciples ne le subornent, mais elle redoute plus encore l'école militaire : Monsieur Henry-Saül est si bon cavalier…

Je laissai à mon interlocuteur toute latitude pour conduire mon héritier vers l'âge adulte, avec pour seule consigne d'éviter qu'il ne s'amourachât trop tôt : les cavalcades en forêt de Montmorency, non loin des Petites Tuileries, songeai-je, seraient moins dangereuses à cet égard que les promenades parisiennes à la mode.

Nicolas-Jacques Conté se présenta comme convenu à ma porte en compagnie du capitaine Jean-Marie Coutelle, altier quinquagénaire dont le visage ne m'était pas inconnu.

— J'ai eu l'honneur d'enseigner jadis la physique à Son Altesse Royale le comte d'Artois, s'excusa-t-il. Sans doute Votre Altesse m'a-t-elle aperçu à la Cour.

Cette déférence héritée de l'ancien régime et qui ignorait si superbement le nouveau, impressionna manifestement Conté, de même que le décor du grand salon d'apparat où j'accueillis mes hôtes — à escient : je me contentais habituellement de cabinets moins ostentatoires.

Je fis servir à boire et commandai au majordome d'apporter les plans du *Polisson*. Les deux hommes les étudièrent longuement.

— L'effet de surprise est notre arme principale, commenta Coutelle, mais l'ennemi, après l'épouvante, recourt aux balles et aux boulets ; sans compter les vents qui nous poussent parfois du mauvais côté. Nos missions d'observation ont certes prouvé leur utilité mais elles s'avèrent fréquemment dangereuses.

L'institution de Meudon ne disposant ni des fonds ni du temps nécessaire à la fabrication d'aérostats aussi complexes que le *Polisson,* mes visiteurs choisirent de n'en retenir que la composition du vernis protégeant le ballon, et le moyen de renforcer la nacelle. Je proposai, quant à moi, de financer la mise au point d'hélicoïdes et me portai volontaire pour des essais. Mes invités applaudirent et nous convînmes de nous mettre à l'œuvre au plus tôt.

Cette implication au service de la République ne fut guère du goût de ma noble mère mais la tournure apaisée que prenaient les événements — on avait retiré du Panthéon le cercueil de l'infâme Marat, la liberté de culte était enfin rétablie, un traité de paix venait d'être signé en Vendée, prélude à d'autres en dehors des frontières — autorisait l'optimisme. J'abandonnai le deuil et incitai ma parentèle à m'imiter.

Avec le printemps, j'espérais que chacun renouerait avec l'espoir : je me trompais. Mon bien-aimé Joseph-compositeur m'écrivit depuis Le Havre qu'il s'embarquait pour Saint-Domingue.

« Je ne voulais pas d'adieux, expliquait-il. L'ami Dumas est en charge de famille, contrairement à moi, qui n'ai que toi et Madame de Montesson. Dumas vient de reprendre une carrière prometteuse; la mienne est passée. Je m'en suis ouvert à ton cher Alexandre : il a compris, il m'attend. »

Faute de me consoler, envisager que ces deux être aimés se retrouvassent adoucit mon tourment. Bien qu'il n'en soufflât mot, Joseph-éditeur, toujours jaloux des sentiments que je dispensais, selon lui, avec trop de générosité, s'accommoda vite de cette exclusive forcée.

Les Parisiens se révoltèrent une nouvelle fois, en avril, contre la cherté des denrées et pour l'application de la constitution de l'an I, mais sans succès : la Convention fit donner la troupe avant de déporter les ultimes terroristes. L'heure n'étant plus à l'émeute, on vit ressortir au grand jour, notamment dans le quartier du Palais-Royal[13], des personnages que la période précédente eut voué à l'échafaud : muscadins, déserteurs, prêtres réfractaires, journalistes anti-révolutionnaires, collets noirs[14], aussi arrogants qu'ils avaient été lâches.

Jean-Thomas de Sérizy soutenait ouvertement cette fronde, cependant que son complice Fiévée, plus modéré, défendait le droit du peuple à choisir ses gouvernants. L'entente s'en ressentit et leurs chemins se séparèrent : ils cessèrent de travailler ensemble et Jean-Thomas espaça ses visites.

L'accalmie fit également revenir à Paris Dieudonné d'Ystirac et son épouse, réfugiés jusqu'alors en Béarn. Comme nous nous étions promis d'examiner ensemble le cas du bâtard de mon défunt frère — bambin prénommé Philippe, qui allait

---

13. Dans l'actuel 1er arrondissement. Abrite aujourd'hui le Conseil d'État, le Conseil constitutionnel, le ministère de la Culture et la Comédie-Française.

14. Sobriquet des royalistes portant le deuil de Louis XVI (avec 17 boutons blancs en l'honneur de Louis XVII).

sur ses onze ans et auquel, par acquit de conscience, je rendais secrètement visite en l'hôtel d'Ystirac depuis le décès de son géniteur — nous tînmes conseil chez le ci-devant marquis.

Bientôt sexagénaire, les traits avachis, le verbe rauque, son long séjour en province semblait lui avoir fait oublier les manières de la Capitale. Il aborda assez abruptement la question de l'héritage qu'il lèguerait lui-même à ses survivanciers — n'ayant engendré que des filles, c'était à la branche cadette d'Ystirac-Sombrun que reviendraient ses titres et biens — puis il évoqua mon frère.

— Henry-François était plus courageux que moi, reconnut-il ; et votre magnanimité me fait honte. J'étais si jeune, quand feue votre belle-mère tomba enceinte… Je m'en suis repenti, croyez-le bien, et votre héritier demeure *in corde meo* un petit-fils que je n'oublierai point dans mon testament. Recueillir Philippe et apprendre que vous ne lui teniez nulle rigueur des folies de son père a été une grande leçon. Madame votre mère ne nous estime guère, alors même qu'elle a jadis grandi en ces murs avec feue Son Altesse le duc-prince ; nous étions compagnons de jeu… Nos familles, nos sangs, furent si proches ! Je me console en songeant que vous entretenez de meilleures relations avec notre parentèle du Béarn…

Il paraissait très ému. Je réorientai la conversation sur le sujet de mon pupille. Dieudonné d'Ystirac promit de verser à l'enfant une rente confortable jusqu'à sa majorité, et moi d'en faire le légitime propriétaire du domaine de Choisy-Mondétour, au sud de Paris, laissé inachevé par mon frère qui souhaitait y abriter ses amours adultères.

N'ayant averti personne de mes intentions par crainte d'une trop grande opposition, je dus, au moment de présenter l'enfant à Henry-Saül, expliquer à ce dernier pourquoi ce cousin, dont il ne connaissait l'existence que par ouï-dire, partagerait dorénavant notre quotidien. Ma plus grande hantise était que se reproduisît le funeste conflit qui m'avait opposé à mon aîné par suite du choix de feu notre père de m'octroyer Trémainville.

Sur les conseils de Nándor, j'exposai la chose, et mes peurs, avec franchise : en réponse, Henry-Saül énuméra les nombreux domaines, châteaux et hôtels qui constituaient notre patrimoine, et même ce mystérieux îlot nommé Chemendy, dans le Morbihan, lointain héritage familial qu'il rêvait d'explorer.

— Si l'on ajoute les valeurs, titres, actions, lettres de change et autres papiers timbrés dont nous disposons, sourit-il, je devrais plutôt m'inquiéter de ce que votre pupille n'en réclame davantage !

Ma mère, en revanche, fut moins généreuse : de passage dans la capitale à l'occasion d'une visite chez Madame de Montesson — les deux femmes, amies de longue date, ne s'étaient jamais perdues de vue — mon hôtesse trouva scandaleuse la présence rue des Marais-Saint-Germain de celui qu'elle qualifiait de *vivant témoignage des ignominies de mon frère*. J'eus beau lui rappeler ses réticences lors de la naissance d'Henry-Saül — né d'amours furtives avec une Pauline simple d'esprit, elle-même fille illégitime d'une Marion mulâtre et d'un Dieudonné sans vergogne — rien n'y fit.

Je pouvais la comprendre : ayant vu le jour sous Louis XV, suivante dévouée de Marie-Antoinette jusqu'au naufrage de la monarchie, témoin impuissant de nos guerres fratricides puis de la déchéance de son époux, mon interlocutrice était, à cinquante-sept ans, prématurément vieillie, la survivante d'une trop longue série de catastrophes.

Je n'en demeurai pas moins ferme sur mes résolutions, mais m'engageai à ne point imposer Philippe à sa grand-mère — titre qui, en l'espèce, faisait horreur à celle-ci.

À cent lieues des tractations qui se jouaient à son insu, mon pupille prit rapidement ses repères dans ma maison. Je le confiai aux soins d'Abel-Ferdinand du Petit Thouars afin qu'il préparât son entrée au collège Égalité, et lui donnai un valet.

Henry-Saül le traita comme un frère, Joseph comme un fils — l'épouse de mon amant était morte en couche quatre ans auparavant en donnant naissance à un garçon qui avait survécu et que son père avait placé chez une nourrice. Et je poursuivis, l'âme en paix, mes recherches aéronautiques avec Nicolas-Jacques Conté et Jean-Marie Coutelle aux ateliers de Meudon, où je fus promu major.

En un ultime soubresaut, l'hydre révolutionnaire agonisante vomit, vers la fin du mois de mai, un essaim de sans-culottes aux portes de la Convention. Jean-Jacques de Cambacérès, témoin de l'attentat, raconta comment les assassins avaient tranché la tête d'un malheureux député qui s'opposait à eux, forçant le président de séance à saluer l'horrible trophée avant que des éléments loyaux de la garde nationale ne vinssent libérer l'Assemblée.

— Ces chiens nous auront au moins forcé à épurer nos rangs, grogna-t-il. C'en est fait des Montagnards[15], de leurs séides et des clubs factieux où ils opèrent : la République doit recouvrer l'ordre ; à quoi serviraient, sans cela, les traités de paix que nous venons de signer avec la Prusse et la Batavie[16] ?

Nous lui donnâmes raison mais d'autres plus radicaux, parmi lesquels Jean-Thomas de Sérizy et ses coreligionnaires, se crurent autorisés à sonner l'hallali de la Révolution et ranimer en province le spectre de la guerre civile : des bandes

15. Par référence aux places que ces députés extrémistes occupaient au sommet des gradins de l'Assemblée.
16. Ou République batave : actuels Pays-Bas.

vengeresses d'émigrés récemment rentrés, de victimes ordinaires de la Terreur et de bandits opportunistes se répandirent en vallée du Rhône et dans le Midi, massacrant indifféremment quiconque ne soutenait pas leur cause. Dans l'ouest, la chouannerie se réveilla. Le décès au Temple de l'infortuné Louis XVII galvanisa la fureur de ces terroristes d'un genre nouveau, en dépit de rumeurs prétendant que le royal enfant avait pu échapper à ses bourreaux.

Ainsi que ma seconde épouse Armande-Louise me l'écrivit depuis Turin, où se trouvait la Cour en exil, le comte de Provence, mon ancien protecteur, revendiquait désormais la couronne sous le nom de *Louis XVIII.* J'eus quelques scrupules à ne point porter le deuil du jeune monarque mais personne n'y songea parmi mon entourage, pas même mon intransigeante mère.

Nous apprîmes, durant l'été, que l'armée des émigrés avait lancé dans le Morbihan, avec l'appui de la marine britannique, une opération audacieuse initiée par le comte d'Artois. Battue au large de l'île de Groix, notre propre flotte n'avait pu éviter le débarquement sur le continent de détachements ennemis, aussitôt rejoints par les Chouans, mais la division qui régnait au sein du commandement avait favorisé la contre-attaque de nos troupes : acculés sur la presqu'île de Quiberon, les *anglo-émigrés-chouans,* comme les nommaient les gazettes, s'étaient finalement rendus après plusieurs semaines de combats meurtriers.

Je m'apprêtais à rapporter tout cela par lettre à Alexandre, ainsi que de la signature, à Bâle, d'un traité de paix avec l'Espagne concédant à la France l'entière souveraineté sur l'île de Saint-Domingue, lorsque je reçus une longue missive conjointe de mes amants d'outre-mer. Les nouvelles étaient bonnes : Joseph-compositeur avait débarqué en mai au Port

Républicain — ci-devant Port-au-Prince — où le rebelle Louverture, fait entre-temps général par la Convention, venait de rejoindre le camp français. La guerre s'éteignant, il ne s'agissait plus que de rétablir l'ordre dans les différentes parties du territoire, tâche à laquelle mes correspondants s'étaient attelés. La Guadeloupe, précisaient-ils, serait bientôt pacifiée mais les planteurs alliés à l'occupant Anglais opposaient en Martinique une forte résistance.

« La vie ici n'est certes point aussi confortable qu'à Paris, ajoutait Joseph, mais elle a d'autres charmes qu'il nous plairait de te faire découvrir… »

Mes compères continuant à signer de leur prénom précédé du possessif, je me pris à rêver de retrouvailles tropicales.

Le comte d'Artois crut, en septembre, pouvoir conjurer la mauvaise fortune de son parti en débarquant en personne sur les côtes vendéennes en compagnie de ses fils, les ducs d'Angoulême et de Berry, et d'une soixantaine de navires. L'aventure finit piteusement sur l'île d'Yeu où nos princes, lâchés par les Britanniques, échappèrent de peu à l'encerclement. Mais au lieu de les décourager, les échecs répétés de l'armée des émigrés exaltèrent les terroristes de province et leurs sectateurs du Palais-Royal. Lesquels, ayant réussi à infiltrer les sections révolutionnaires de Paris, appelèrent à l'insurrection : le 5 octobre, plusieurs milliers de factieux tentèrent de marcher sur le Palais National — ci-devant palais des Tuileries[17] — où siégeait la Convention. Ils furent arrêtés par les troupes commandées par notre ami Dumas et le jeune général de Buonaparte, qui s'était distingué deux ans auparavant lors du siège de Toulon.

Le soulèvement fit de nombreux morts mais également quelques victimes indirectes, au nombre desquelles Jean-Thomas de Sérizy et certains de ses amis. Les appuis dont

17. Détruit à la fin du XIXe siècle.

bénéficiait ce dernier lui évitèrent l'échafaud mais non point la proscription. Nous ne sûmes pas s'il avait gagné la Suisse ou l'Angleterre, ainsi que cela se murmurait, mais il disparut des cénacles parisiens. Mon bien-aimé Joseph-éditeur aurait pris le même chemin si je n'avais obtenu *in extremis* de Cambacérès l'autorisation de l'héberger à Trémainville.

Avant de rejoindre Sedan et l'armée de Sambre-et-Meuse, le général Dumas me fit, quant à lui, la grâce d'une visite rue des Marais-Saint-Germain. Nous parlâmes évidemment des victoires de nos forces, de l'annexion des Pays-Bas autrichiens et des provinces belges, mais aussi de la nouvelle constitution, annonciatrice d'un changement de régime, ainsi que du *décret sur les moyens de terminer la Révolution*[18] qu'avaient adopté nos députés en prélude à la dissolution de l'Assemblée. Plus de loi des suspects, plus de certificats de civisme : nous convînmes de ce que nos représentants n'avaient point démérité et que la France de 1795, débarrassée de l'esclavage et augmentée de nouveaux territoires, valait mieux, malgré le blocus économique, que celle d'avant 1789.

Mon interlocuteur revint ensuite à demi-mot sur sa propre situation financière, qui ne semblait guère brillante. Comprenant qu'il craignait pour sa femme et sa fille demeurées à Morienval, je promis de veiller à ce que rien ne leur manquât. Voir naître des larmes de reconnaissance aux paupières de ce colosse me fut autant une gêne qu'une fierté.

---

18. Ou *décret des deux tiers,* élaboré pour éviter l'élection de députés extrémistes en maintenant dans leurs sièges les deux tiers des députés de la Convention.

II

La Convention dissoute, lui succéda le *Directoire* prévu par la constitution : nos législateurs, pour éviter les errements d'un pouvoir exécutif trop personnalisé, décidèrent de confier celui-ci à un collège de cinq personnes désignées par le Corps Législatif, réunion du Conseil des Cinq-Cents — chambre basse élue au suffrage censitaire[19] — et du Conseil des Anciens — chambre haute désignée par la précédente et qui, sur recommandation de celle-ci, élisait les directeurs. Un régime complexe mais dont Cambacérès, membre du conseil des Cinq-Cents, jura qu'il avait *la perfection de l'Antique.* Il se proposa même de m'y coopter mais je refusai par égard pour ma parentèle.

— Je te ferai néanmoins rencontrer l'un des Directeurs, insista-t-il ; car j'ai pu vérifier moi-même, et de fort agréable manière, l'assertion selon laquelle le ci-devant vicomte de Barras appréciait les deux sexes. C'est un butor régicide, mais de belle figure et puissamment armé…

Ledit butor avait installé ses quartiers au palais du Luxembourg, sous d'illustres lambris que je connaissais bien, y ayant jadis partagé maintes heures, heureuses et funestes, avec le comte de Provence. Franchir un tel seuil en pareilles circonstances me sembla une trahison mais il était trop tard pour reculer.

---

19. Ne peuvent voter que les électeurs dont les impôts dépassent une certaine quotité appelée *cens.*

Cambacérès me présenta à une sorte d'Hercule richement vêtu, équivalent à la peau claire du général Dumas, le goût pour les garçons en plus. Paul de Barras, prévenu des motifs de notre visite, ne s'embarrassa guère de prolégomènes : congédiant ses valets, il nous invita à le suivre dans un petit salon dont il referma soigneusement portes et volets intérieurs.

La pénombre favorisa l'audace : notre hôte nous attira sur un sofa, ouvrit chemise et braguette, puis nous offrit à déguster ses appas au-milieu d'une nuée de poils drus à l'odeur capiteuse. Ses grosses mains, ancrées à nos nuques, accompagnaient nos mouvements de succion sur sa poitrine et son mandrin ; sa bouche, tordue par la luxure, laissait échapper grognements et obscénités. Il nous fit placer alternativement à sa tête, pour mieux jouir de chacun d'entre nous, puis, sans changer de posture, nous empala l'un après l'autre jusqu'à ce que nos membres dégorgeassent entre ses lèvres.

Il déchargea le dernier, en un râle aussi profond que sa semence était abondante. Ayant essuyé son visage et les nôtres avec sa propre chemise, il la remit, rajusta ses soieries et s'en fut lui-même quérir à boire cependant que nous achevions de nous rhabiller.

— Je n'avais jamais encore baisé de prince ! s'esclaffa-t-il en emplissant nos verres. Est-il exact que tu aies forniqué avec le ci-devant comte de Provence ? Foutre un prétendant au trône, voilà qui n'est pas commun !

Il me pressa de questions sur la vie de cour, digressa sur les émigrés, le décès de Louis XVII, indiqua, à mon grand soulagement, que Madame Royale serait incessamment échangée contre des prisonniers français, et avoua regretter avoir voté la mort de Louis XVI. Devinant que le sujet m'était désagréable, il détourna la conversation sur les femmes : celles, nombreuses, qui agrémentaient son entourage, sa maîtresse officielle —

une veuve Beauharnais, « Martiniquaise sans grande fortune mais tout à fait charmante » —, celles dont Cambacérès ne voulait point s'encombrer, celles enfin avec lesquelles j'avais convolé.

— Il paraît, ricana-t-il, qu'avant d'épouser cette fille Richelieu qui joue les tribades en exil chez la ci-devant comtesse de Provence, tu as engendré un héritier avec une moricaude d'obscure naissance!

Son voisin lui lança une œillade réprobatrice mais la butorderie m'amusa, où je retrouvai certains traits de mon regretté mentor, le feu maréchal-duc de Richelieu, l'âge et la naissance en moins. J'en fis donc, en guise de répartie, la remarque à mon interlocuteur, ce qui me valut un coup de coude de Cambacérès.

— Laisse donc! s'esclaffa Barras. J'aime cette franchise: foin des hypocrites et des girouettes! — Il se pencha à mon oreille: je sais, murmura-t-il assez haut pour que notre compagnon entendît, combien tu es loyal, et même fidèle jusqu'à l'imprudence... Il ne doit pas être facile de concilier les services que tu rends à la République chez ces messieurs de Meudon, et cette hospitalité que tu accordes si généreusement aux tenants de l'ordre ancien...

— On parle bien d'ordre, intervint Cambacérès, et non point d'anarchie. Et puis ces tenants-là ne sont autre que la propre famille de notre camarade.

— Sade? Fiévée? Saint-George? Bergasse? Vaste famille! — Barras sourit et posa un baiser sur ma joue: ne me prends pas pour ce que je ne suis point, susurra-t-il. Rappelle-toi simplement qui sont tes amis et compte-moi parmi eux. Tu vivras vieux si tu songes bien à ce que je viens de dire...

Je quittai le Luxembourg avec l'invitation d'y reparaître quand bon me semblerait, ce qui parut rassurer Cambacérès. Bien qu'il fût inattendu de devoir faire sa cour en République, le procédé m'était assez familier pour que je m'en accommodasse.

Nous finîmes l'année, Henry-Saül et moi-même, à Trémainville, avec ma mère et mon bien-aimé Joseph-éditeur, mais sans le bâtard Philippe, demeuré dans Paris. Charlotte de Montesson nous rejoignit pour les dix-sept hivers de mon héritier, adoucissant par sa présence les funestes anniversaires liés au 21 janvier.

Comme j'évoquais la partie dicible de mes entrevues avec Cambacérès et Barras, Madame de Montesson revint sur la veuve Beauharnais, rencontrée en prison durant la Terreur en compagnie de Thérésa Cabarrus, aventurière espagnole de même trempe.

— La première s'est entichée du régicide que vous savez, frémit-elle, la seconde d'un terroriste nommé Tallien dont elle prétend désormais se séparer au prétexte justement que c'est un terroriste ! Il se murmure que votre Barras aimerait, quant à lui, quitter l'une pour mieux embrasser l'autre : on s'habille à la grecque, on en adopte les mœurs... Je m'inquiète moins pour la Cabarrus, qui est riche et maligne, que pour cette pauvre Beauharnais dont les atouts se limitent à la seule beauté.

Notre interlocutrice était bien informée : quand nous rentrâmes à Paris, au début du mois de février 1796 — pluviôse an IV — ce fut pour apprendre, de la bouche même de Paul de Barras, sa séparation d'avec la Beauharnais — jetée entre les bras du général de Buonaparte, de six ans son cadet, qu'elle devait épouser quelques semaines plus tard — et le remplacement de celle-ci par la Cabarrus, laquelle n'en continuait pas moins à fréquenter le général Hoche, son précédent amant.

Je pus constater, à l'occasion d'une fête donnée au Luxembourg, que l'amitié et les *mœurs grecques* n'avaient en rien détérioré les relations luxurieuses qu'entretenait ce baroque trio auquel les pâles Hoche et Buonaparte, pourtant victorieux, ne parvenaient guère à donner l'air d'un quintet.

Je trouvai nonobstant davantage à dire à ces derniers qu'à leurs volages compagnes : Coutelle et Conté leur avaient en effet vanté nos travaux aéronautiques, que nombre de militaires de haut rang considéraient avec dédain mais où mes interlocuteurs voyaient l'avenir. Buonaparte, qui espérait se voir confier l'armée d'Italie, assura souhaiter recourir aux ballons pour les opérations de reconnaissance, et prouver ainsi leur utilité. J'offris, un peu imprudemment, d'appuyer cette idée auprès de Barras et de manœuvrer moi-même l'un des aérostats.

— Topons là, sourit le général, je saurai m'en souvenir !

Il s'en souvint, en effet : deux mois exactement après cet entretien, Jean-Marie Coutelle, récemment promu chef de bataillon, pénétra dans notre atelier de Meudon en brandissant un ordre de mission.

— On nous attend à Cadibone ! s'exclama-t-il. Votre Altesse est du voyage !

Nous consultâmes un atlas : le col de Cadibone, sur la route de Savone à Turin, marquait une dépression séparant les Alpes des Apennins ; un périple d'au moins quinze jours en diligence, que nous pourrions effectuer beaucoup plus vite par la voie des airs.

Le chef de brigade Conté s'enthousiasma aussitôt pour l'idée mais notre supérieur tempéra nos ardeurs : un seul aérostat, *l'Entreprenant,* avait été doté de gouvernes ainsi que d'une nacelle renforcée pouvant contenir deux personnes ; les autres demeuraient de simples ballons captifs à la merci des éléments et des boulets de canon.

L'armée d'Italie, peu nombreuse et mal pourvue, ne devait servir que de diversion pour les troupes autrichiennes afin que le gros de nos forces pût occuper la rive gauche du Rhin et marcher sur Vienne : devant la faiblesse apparente de l'enjeu et après de longs pourparlers, Coutelle accepta que Conté et moi-même prissions *l'Entreprenant* cependant que trois autres aérostiers placés sous ses ordres suivraient en chariot, avec leur équipement, le chemin de Cadibone.

Mes proches avaient beau me savoir honorable aéronaute, la nouvelle de mon engagement les consterna — à l'exception de Barras et Cambacérès, qui l'avaient soutenu, et d'Henry-Saül et son cousin Philippe, dont elle enflammait l'imagination. Mon humble grade de major exaspéra l'aigreur de ma mère ; quant à Joseph, il remarqua, non sans pertinence, que la campagne pourrait m'amener à combattre d'anciens amis émigrés et, surtout, inquiéter la cour de Louis XVIII en exil où se trouvait toujours ma seconde épouse…

Nous quittâmes Meudon à l'aube du 12 avril, qui par air, qui par terre ainsi qu'il avait été décidé, avec la promesse de nous retrouver en Italie. N'ayant pas entrepris d'aussi long voyage depuis mon périple en Suède quelques années auparavant[20], je ressentis une grande exaltation qui atténua l'inconfort de l'expédition : sans valet pour nous seconder, obligés de dormir à tour de rôle et pourvoir à nos besoins le plus frugalement du monde, Nicolas-Jacques Conté et moi-même n'en formâmes pas moins une brigade efficace. Cette première épreuve renforça en outre la camaraderie : mon compagnon oublia temporairement qui j'étais et je parvins, quant à moi, à ne point trop marquer mon inclination pour ses charmes, indéniables en dépit du bandeau noir.

Les vents furent favorables à *l'Entreprenant* mais nos troupes s'avérèrent plus rapides qu'Éole : quand nous parvînmes au

20. Cf. *Le crépuscule des Bourbons.*

col de Cadibone, l'arrière-garde de Buonaparte nous fit savoir que les victoires françaises s'étaient enchaînées, tant sur les Autrichiens que sur les Sardes, et que l'on nous attendait désormais plus loin en direction d'Alba. Quelques heures plus tard nous atterrions au quartier général de nos armées, dans les champs qui bordaient le village piémontais de Montezemolo.

Comme partout ailleurs, notre arrivée suscita autant d'effroi que d'euphorie. Pavoisé aux couleurs nationales, l'aérostat fut bientôt cerné de soldats loqueteux en quête de nourriture et nous ne dûmes d'en pouvoir descendre qu'au renfort de l'état-major et de ses baïonnettes. L'austère général Sérurier nous escorta ensuite sans un mot jusqu'au campement de Buonaparte : la pauvreté du décor, qui ne contrastait guère avec l'équipement des bataillons, nous faisait paraître tels de riches ambassadeurs mandés chez quelque peuplade sauvage dont le chef, en l'espèce fort have de figure, aurait accompli des miracles. Notre hôte dut se le représenter car sa première réflexion fut d'accuser le Directoire de ne lui avoir octroyé que des lambeaux d'armée.

— Personne ne s'attendait à tant de fulguration ! railla-t-il. L'ennemi n'est pas le seul dépassé...

Il expliqua avoir reçu l'ordre d'en finir avec les forces piémontaises sans poursuivre plus avant, comme il l'aurait voulu, les Autrichiens repliés en Lombardie. Les troupes sardes s'étaient retranchées sur la colline fortifiée de Mondovi, derrière plusieurs rivières rendues infranchissables par la fonte des neiges. Nous fûmes incontinent chargés d'étudier depuis les airs le moyen de passer ces obstacles, et d'évaluer si possible la puissance du feu adverse au moment où l'avant-garde de nos forces ferait route.

Le lendemain au lever du soleil, un coursier nous accompagna, depuis le sol, jusqu'au pied de la forteresse de Ceva, abandonnée la veille par l'ennemi, puis il fit demi-tour après avoir indiqué à grands gestes plusieurs directions pour Mondovi, au-delà d'un pont franchissant un premier torrent. Nous explorâmes les collines avoisinantes, puis longeâmes un second torrent sur plusieurs lieues — *kilomètres,* selon le nouveau système auquel nous devions nous conformer — pour ne découvrir *in fine* que trois voies praticables : l'une à Lesegno, l'autre à San Michele, la dernière à Torre. Le reste du chemin paraissait aisé jusqu'à Mondovi, où un ultime pont ouvrait l'accès à la plaine, mais défendu par une citadelle garnie de canons. Nous fîmes en sorte, avant de regagner Montezemolo, de réaliser plusieurs plans de la position ainsi que des ouvrages que nous avions découverts.

À midi, les troupes conduites par les généraux Sérurier et Masséna marchaient sur San Michele cependant que le général Augereau empêchait, par un contournement de nord *via* Lesegno, toute retraite de l'adversaire. Les Piémontais résistèrent la majeure partie de la journée mais le passage des nôtres par Torre les surprit sur leur flanc et sonna le repli. Buonaparte, le soir-même, établissait son quartier-général au cœur de San Michele.

Positionné autour de Mondovi, le restant des forces sardes — en moindre nombre que les françaises d'après ce que nous avions pu observer depuis *l'Entreprenant* — fut mis en déroute au cours des jours suivants. Buonaparte, confortablement installé dans un palais de la cité voisine de Cherasco, donna ordre de les poursuivre jusqu'à ce qu'un armistice fût conclu suivant ses conditions, soit la cession de plusieurs forteresses et le libre passage de nos armées à travers le pays pour poursuivre la guerre contre les Autrichiens.

De l'aveu même de ceux qui doutaient de ses capacités, notre jeune général venait, en une quinzaine de jours, de réussir là où ses prédécesseurs s'étaient enferrés quatre années durant ! L'un des représentants de Victor-Amédée III — roi de Sardaigne et beau-père de Louis XVIII — indiqua à cette occasion que mon ancien protecteur avait dû quitter Vérone, éconduit par la Sérénissime[21] qui craignait de déplaire aux Français ; la Cour en exil s'était réfugiée à Riegel[22], non loin de Fribourg, auprès du ci-devant prince de Condé.

Songeant à ma fidèle Armande-Louise et à l'avancée inexorable de nos armées, je ne pus qu'espérer que les espions de Louis XVIII lui conseilleraient un asile plus sûr.

L'insatiable Buonaparte, impatient de s'emparer de la Lombardie, prit à peine le temps du repos et du ravitaillement, et ne voulut attendre ni l'agrément du Directoire ni l'arrivée des aérostats de Coutelle.

Faute de contrordre, notre petite brigade suivit le mouvement de l'armée vers Plaisance[23], où nous passâmes le Pô au début du mois de mai. Le duc Ferdinand Ier de Parme, jadis petit-fils favori de Louis XV, déposa aussitôt les armes, privant de renforts ses alliés autrichiens. Victorieuses à Lodi, nos forces pénétrèrent dans Milan le 15, au-milieu de la liesse.

Coutelle et ses chariots apparurent aux grilles du palais royal — rebaptisé *palais national* — le jour où nous parvint la nouvelle de la signature à Paris d'un traité complétant l'armistice de Cherasco, par lequel la Maison de Savoie cédait notamment à la France son duché éponyme et le comté de Nice. Tout le monde exultait, sauf Buonaparte, qui répétait n'avoir pas oublié le but ultime de la campagne — Vienne — et semblait perdre patience.

21. Autre nom de la République de Venise, qui administrait alors toute la Vénétie.
22. Dans le Bade-Wurtemberg.
23. En italien : Piacenza.

Il permit tout juste aux nouveaux arrivés de reprendre quelques forces et apprêter leur matériel : le 21 mai, nous étions de nouveau en marche.

Déployée plus au nord, la ligne de défense autrichienne fut aisément percée au cours des semaines suivantes mais une garnison se réfugia dans Mantoue, qu'il fallut assiéger, cependant que l'ennemi nous prenait à revers sur plusieurs fronts. Ignorant les avis de son état-major, notre audacieux général décida de mettre à profit la division des troupes adverses pour jeter ses soldats à leur poursuite en abandonnant temporairement Mantoue.

La brigade d'aérostiers servit maintes fois à l'avant-garde tout au long de l'été mais la dangereuse alliance de l'enthousiasme et de la témérité devait nous être fatale à Castiglione[24]. Cette petite cité lombarde, sise à une dizaine de kilomètres au sud du lac de Garde, abritait un modeste bataillon confié par Buonaparte au général Valette pour bloquer un éventuel revers autrichien — l'ennemi s'était scindé en deux colonnes encerclant le lac.

Au soir du 2 août, rentrant d'une mission de reconnaissance aérienne avec Conté, nous vîmes un important détachement adverse se diriger sur la ville. Tout ensuite s'enchaîna très vite : la mitraille atteignit *l'Entreprenant* au moment où nous descendions donner l'alerte ; la nacelle nous protégea des balles mais l'enveloppe s'enflamma, précipitant le ballon à terre où il s'écrasa.

Quand je revins à moi, assailli d'atroces douleurs, ce fut pour distinguer, dans le brouillard des bandages, les visages inquiets de mon partenaire et de Jean-Marie Coutelle. La souffrance ne me permit que de gémir. On me donna du

24. En italien : Castiglione delle Stiviere.

laudanum. Avant de sombrer de nouveau, j'entendis mes compagnons s'inquiéter de ce que je recouvrasse la marche.

— L'œil gauche est perdu, murmura Conté, mais le chirurgien espère que le choc aura épargné les reins…

Je fis d'horribles rêves : je revis Marion, mon ancienne belle-mère, à qui son impotence avait valu de mourir brûlée vive dans l'incendie de sa maison, mon frère maudit, que j'avais moi-même renversé dans un brasier durant une altercation et dont le visage était barré de cicatrices, l'orbite morte de Conté, entr'aperçue sous le bandeau, et encore, autre cratère, celui qu'avait formé dans la neige le corps de mon père suicidé ; à mes cris se mêlaient ceux de mon fils nouveau-né, de ma première épouse lui donnant le jour, de ma mère lorsqu'elle m'avait cru massacré par les sans-culottes, les hurlements de douleur de mon frère, de désespoir des prisonniers à la Bastille, de haine du peuple devant les Tuileries…

Je délirai durant plus d'une semaine : Conté m'en fit le récit, de même que celui de l'abandon de Castiglione par le général Valette — destitué depuis — et de la débandade de ses hommes. Au prix d'efforts surhumains, mon compagnon, blessé lui-même par notre chute, avait réussi à nous traîner à l'abri en attendant les renforts, lesquels étaient arrivés le lendemain matin, dispersant l'ennemi avant de nous prodiguer sur place les premiers soins.

Conté, par miracle, ne souffrait que de contusions mais j'avais, pour ma part, reçu sur le corps toute la masse de la nacelle, cause principale de mes plaies : les deux jambes brisées et, surtout, un œil arraché par un éclat incandescent.

— L'infection ne s'est pas installée, ajouta mon interlocuteur, mais il est à craindre que vous ne remarchiez avant longtemps. Quant à votre visage, c'est au mien, désormais, que vous pourrez le comparer…

Enhardi par ma faiblesse et sa commisération, je répondis à Conté que ce rapprochement m'honorait et combien j'espérais que l'on darderait sur moi les regards que je posais sur lui. Il rougit et revint aussitôt sur les faits d'armes de Buonaparte, vainqueur dans la plaine bordant le mont Medolano, et sur la déroute consécutive des Autrichiens, qui avaient laissé sur place la majeure partie de leur équipement ; une bénédiction pour nos troupes.

— Le siège de Mantoue a été rétabli, conclut-il, et nous prendrons bientôt la route du Tyrol pour y faire jonction avec l'armée du Rhin. Votre propre campagne s'arrête malheureusement ici : nos supérieurs ont décidé de vous rapatrier.

Je demeurai à Castiglione jusqu'à la mi-août, délai nécessaire à ce que ma pauvre carcasse fût transportable. Mon visage, que je n'avais toujours pas contemplé dans un miroir, disparaissait encore sous les pansements. Coutelle vint, au nom de Buonaparte, prendre congé de moi et, faute de décoration, abolies par la Révolution, me créer chef de brigade.

— Nous savons l'indifférence de Votre Altesse pour les hochets, sourit-il, mais nous sommes laissés dire que le grade de major déplaisait à son entourage…

Ainsi, avec le serment de les retrouver à Meudon, quittai-je mes compagnons et l'Italie.

Ne pouvant emprunter la route du nord, mon équipage suivit celle de Milan puis, à travers la Maurienne, de Chambéry ; après quoi nous traversâmes la Bresse et la Bourgogne, ce qui prit un bon mois. La nouvelle des hauts-faits de Buonaparte nous ayant précédés, je fus partout accueilli en héros : on me pressa de questions, on s'enivra de mes récits, on s'apitoya sur mes blessures.

Quelqu'un de mon escorte, lors d'une étape, révéla peut-être ma naissance — à moins que, résumant mon odyssée, la chose ne vînt spontanément à l'esprit de mes admirateurs — car on me gratifia bientôt de *prince de Castiglione*. Les voyageurs qui nous croisaient répandirent si bien l'épopée que la dernière partie du périple, à ma grande confusion, ressembla à un cortège triomphal.

Arrivé au bourg de Trémainville le jour de l'automne, j'y fus reçu par le maire et dus subir d'infinis hommages avant de pouvoir enfin regagner mes pénates.

Ma noble mère et mon bien-aimé Joseph, horrifiés par ma pilosité, mes croûtes, mes bandages et mes béquilles, virent moins le héros que l'infirme.

N'ayant encore eu l'opportunité de découvrir ma nouvelle apparence, je compris mieux leur regard en me campant devant une glace : débarrassée de ses pansements, la partie gauche de ma face semblait un champ de bataille en miniature ; la peau s'était reconstituée mais écarlate, fripée à l'extrême et couturée de noir. Quant à l'arcade sourcilière, non encore cicatrisée, elle présentait une boursouflure aussi répugnante que douloureuse. Cernant l'ensemble à l'instar d'un cadre défraîchi, cheveux et barbe à l'abandon me conféraient davantage l'air d'un vieux soldat que d'un prince, fût-il d'opéra.

La réputation du *prince de Castiglione* ayant atteint Paris, je fus l'objet de maintes sollicitations et visites, dont celle d'un habile fabricant de prothèses qui réalisa pour moi une espèce de demi-coquille de verre que je m'accommodai à porter en alternance avec un bandeau de cuir.

Cette célébrité importuna ma mère, mais également Joseph, qui s'était lancé dans la rédaction d'un roman, souffrait de l'agitation ambiante et me refusait de plus en plus souvent l'accès à sa couche.

L'apparition, aux grilles de Trémainville, de mon rejeton et, surtout, de mon illégitime neveu — que son cousin n'avait eu le cœur d'abandonner rue des Marais-Saint-Germain — exaspéra les ressentiments de ma génitrice : elle proclama son intention de déménager à Mondétour où, persifla-t-elle, l'atmosphère serait plus honorable. Je ne la retins pas, agacé par cette rigidité surannée.

Henry-Saül, plus joli garçon que jamais — et fier de moi ! —, avait profité de son passage pour apporter nombre plis reçus en mon absence. L'un, signé d'Alexandre et de mon *autre* Joseph, était daté du mois de mai : Saint-Domingue pacifiée, mes correspondants s'inquiétaient de l'ascension de Toussaint Louverture, ancien rebelle devenu lieutenant-gouverneur, avec qui les commissaires civils désignés par le Directoire ne parvenaient guère à travailler. À en juger par la tonalité amère de leur missive, mes chers îliens se préparaient à reprendre les armes ou le bateau, cette dernière perspective ayant évidemment ma préférence.

Une autre lettre provenait de la principauté saxonne de Blankenburg[25], où Armande-Louise avait suivi la Cour de Louis XVIII : « Nous habitons en ville, expliquait mon épouse, car Sa Majesté, qui a récemment échappé à un attentat, refuse d'intégrer le château. La Reine souffre difficilement de devoir vivre en simple bourgeoise. Paris nous manque atrocement et nous nous demandons jusqu'où, et pour combien de temps encore, nous devrons fuir l'avancée de ces brigands républicains dont vous semblez si bien vous accommoder. »

Ma mère partie à Mondétour, je faillis perdre Joseph-romancier le jour où Barras et Cambacérès débarquèrent en grand équipage. Réfugié dans les combles, mon irascible

25. En Saxe-Anhalt.

amant voulut que je choisisse entre lui et ses *persécuteurs,* ce à quoi je me refusai, puis il éclata en sanglots, me traita d'ingrat et menaça de partir en Champagne, auprès de sa famille. Mes hôtes durent faire antichambre près d'une demi-heure avant que, Joseph enfin calmé, je pusse les rejoindre. Leur humeur, par chance, était radieuse.

— Adonc, s'exclama Barras, voilà le prince de Castiglione! Un nom qui revient sur toutes les lèvres, dans toutes les gazettes, un héros que nos mondains rêvent d'accrocher à leur tableau de chasse, nos *merveilleuses* à leur carnet de bal! Ma Thérésa souhaite que tu paraisses en premier lieu dans son salon, avant ceux de la Récamier, de Madame Hamelin ou de la baronne de Staël-Holstein. Si tu savais ce qui se conte à ton sujet! Le Directoire nous a investis d'une redoutable mission: te ramener à Paris!

Reprenant un ton sérieux, il indiqua que si les succès de la campagne d'Italie avaient soulevé l'enthousiasme, la personnalité fantasque du général de Buonaparte inquiétait en haut lieu.

— Les Vendéens ont fini par rendre les armes, précisa Cambacérès, mais il se lève toujours un séditieux pour menacer l'État. Le dernier en date s'appelle Babeuf; *s'appelait,* devrais-je dire, car nous l'avons arrêté à temps, ainsi que les factieux avec lesquels il fomentait de renverser la République. Ils seront jugés et exécutés. Le peuple, à bout de privations, ne nous écoute pas, prêt à suivre quiconque lui donne la sérénade. Buonaparte, par ses seuls exploits, sa jeunesse, son audace, est déjà très populaire; peut-être trop.

Je tentai de rassurer mes visiteurs en relatant les quelques conversations que j'avais eues avec le Général et l'impression qu'il m'avait faite de désirer avant tout le bénéfice de la Nation. On me répondit César, on cita Tite-Live[26] en roulant des yeux à ce point exorbités que j'éclatai de rire.

26. Célèbre historien romain, mort au début du premier siècle de notre ère.

Barras reconnut que l'éloignement des théâtres de guerre ajouté aux difficultés intérieures altérait les opinions, et qu'il y avait tout lieu de se féliciter de la tournure que prenaient les opérations militaires.

— Les plus beaux marbres d'Italie orneront bientôt nos palais, observa-t-il, et tu as manqué de peu leur équivalent de chair, qui se sont affrontés il y a quelques jours à la mode olympique sur le Champ-de-Mars. Ces dames se sont disputées l'honneur de récompenser les vainqueurs — du mâle reproducteur digne de la Grèce antique, les humanités en moins — mais l'assistance regorgeait de bardaches : j'en ai même vu tendre leur mouchoir aux athlètes pour le récupérer imprégné de sueur…

Joseph refusant obstinément de quitter sa soupente aussi longtemps que mes hôtes demeureraient à Trémainville, je proposai à ces derniers de les accompagner, ainsi que mon rejeton et son cousin, dans notre domaine de Chalmont, à mi-chemin de Paris.

Mon amant accueillit froidement la nouvelle mais je vis qu'elle le blessait : peut-être eussé-je dû en tenir meilleur compte ; peut-être eût-il dû me retenir. Son attitude irritante et mon désir de montrer à quel point j'étais indépendant ouvrirent ce jour-là une lézarde qui ne pouvait que s'agrandir.

Bien qu'habitué aux ors du Luxembourg, la découverte de Chalmont, bâtisse à la fois élégante et fastueuse comme on savait en construire à la fin du siècle précédent, ravit Barras. Cambacérès, qui habitait encore un immeuble ordinaire du centre de Paris, exprima sans doute un point de vue partagé en remarquant que la Révolution avait eu le mérite de redistribuer certaines cartes.

Nous demeurâmes deux jours sur place. La familiarité de mon rejeton avec l'intendant, et la présence de chevaux et de domestiques en plus grand nombre que lors de mon précédent passage me firent inférer qu'Henry-Saül ne cantonnait pas ses promenades aux seules Petites Tuileries. Il rosit lorsque je lui posai la question.

— J'ai pensé pouvoir librement aller et venir entre nos différents domaines, bredouilla-t-il. Mais je suis assidu à l'étude ! Vous pourrez le demander à Nándor et à Monsieur du Petit Thouars. Et puis Philippe se sent parfois abandonné rue des Marais-Saint-Germain…

Rassuré par mon silence, il confessa avoir entraîné son cousin dans maintes chevauchées en forêt, et jusqu'à Choisy-Mondétour, presque achevé, pour lui montrer l'héritage de feu son père. La chaleur de sa voix déjà mâle et la brillance de ses pupilles désarmèrent en mon cœur toute velléité de lui en faire grief.

Rentré à Paris, je dus me plier aux *desiderata* de Barras, ou plutôt de sa Thérésa, et apprendre non seulement à valser, mais également faire bonne figure aux soirées, entre muscadins et merveilleuses, contant cent fois les mêmes récits et répondant aux mêmes questions sans cesser de sourire. Heureusement pour moi, Madame de Montesson, ultime survivante de salons plus illustres, comptait parmi les invités : elle me tira maintes fois d'embarras.

Grâce à elle, je pus notamment m'entretenir de Saint-Domingue avec Fortunée Hamelin, qui y était née, ainsi qu'avec Madame de Buonaparte — ci-devant veuve Beauharnais, fille de planteur martiniquais — et me rendre compte de ce que les suppôts de l'esclavage n'avaient pas tous disparu sous le couteau de la guillotine ou le fusil de nos troupes d'outre-mer : avec quelle élégante opiniâtreté, secouant leurs boucles parées d'or, mes interlocutrices expliquèrent combien les Anglais étaient avisés, qui proscrivaient la traite mais non point le servage, permettant ainsi à leurs colonies de fructifier, pour le plus grand profit de leur royaume !

— On peut, certes — on doit même — adoucir la peine des esclaves, lança Madame Hamelin, mais une plantation n'est point une sinécure, et la concurrence a ses lois ! Vous plairait-il de payer sucre et rhum dix fois leur prix ?

Trop fin courtisan pour polémiquer, je songeai *in petto* qu'il était préférable que ces dames se tinssent éloignées de la chose politique, cela dût-il me valoir la malédiction *post mortem* de la regrettée Olympe de Gouges[27].

Charlotte de Montesson, qui partageait mes exaspérations, m'introduisit également auprès d'un fameux chanteur nommé Garat, lequel avait jadis enchanté les oreilles de feues Leurs Majestés — « et même passé quelque temps en prison à cause de cela », glissa mon amie — avant de conquérir celles de leurs bourreaux. Un grand bel homme dans mes âges, à la voix exceptionnelle, que j'avais ouï à l'opéra et dont j'eusse aimé faire la conquête s'il avait été moins imbu de lui-même et plus viril en ses manières : affichant trop ce que je gardais discret tout en cultivant ostensiblement le commerce des femmes, il affectait, ainsi qu'il était de mode chez les muscadins, de ne pas prononcer les *R* — comme *Révolution* — et s'attifait de manière extravagante. Mais il était de toutes les fêtes, où son divin organe étourdissait hommes et femmes.

Je ne me rendis compte de ce qu'il me faisait la cour qu'à l'occasion de l'anniversaire d'Henry-Saül, le 21 janvier 1797 — 2 pluviôse an V. Ma mère refusant de quitter Mondétour, nous le célébrâmes auprès d'elle mais sans Philippe, pour n'offenser personne. Madame de Montesson se présenta en compagnie de Pierre-Jean Garat, sensé chanter pour mon héritier,

27. Fameuse défenderesse des droits des femmes, guillotinée en 1793.

et d'un jeune poète nommé Théodore Leclerq dont il n'était pas difficile de deviner les liens avec notre *incoyable.*

Joseph, qui avait daigné faire le déplacement depuis Trémainville, crut piquant de courtiser ouvertement le giton cependant que son trouvère de protecteur me lançait des œillades enflammées, attitude d'autant plus incongrue que je ne pensais guère soutenir la comparaison avec un Leclerq à peine sorti de l'adolescence et nanti de *deux* très beaux yeux pers.

La manœuvre amusa tout le monde fors ma mère et moi-même : la présence, fût-elle discrète, de nos religieuses à l'ermitage du domaine faisait de celui-ci, outre la chapelle-tombeau de nos ancêtres, une espèce de sanctuaire familial où dominaient le souvenir et la retenue — raisons pour lesquelles, d'ailleurs, personne sinon ma mère n'avait voulu s'y réinstaller.

La nuit venue, Joseph prétendit devoir travailler à son roman et déserta ma chambre. Je veillai donc, pour parer à toute tentative de Garat, à ce que Nándor et Bruno occupassent les lieux et ordonnai aux laquais de ne laisser entrer personne.

Au matin, alors que nous avions achevé de nous livrer une nouvelle fois les uns aux autres, un valet vint me tirer par le bras.

— Monsieur Garat… chuchota-t-il.

Et il me remit un feuillet sur lequel étaient tracés les vers suivants :

Vous savez quel objet attire ici mes pas,
Mais vos yeux disent trop qu'ils ne me cherchent pas.
Quoi, vous les détournez ? Quoi, vous voulez encore
Insulter aux tourments d'un cœur qui vous adore,
Et, de la tyrannie exerçant le pouvoir,
Nourrir votre fierté de mon vain désespoir ?
C'est à ma triste vie ajouter trop d'alarmes,
Trop flétrir des lauriers arrosés de mes larmes,

Et qui me tiendront lieu de malheur et d'affront,
S'ils ne sont par vos mains attachés sur mon front[28].

Trop inculte pour reconnaître Voltaire, je n'en fis pas moins retourner la page à son rédacteur avec cette simple mention : « Je ne vous ai rien promis. » À peine avais-je achevé de m'habiller qu'il se présentait à ma porte. Sa mine défaite me toucha.

— Monsieur Leclerq n'a-t-il plus vos faveurs ? risquai-je.

— C'est un enfant, soupira-t-il ; tant par les atours qu'au mental. Oserai-je révéler auprès de qui il a passé…

— Je ne suis pas jaloux, coupai-je. Je m'étonne en revanche…

— Ne dites rien ! Souffrez seulement que je fasse mes preuves : il n'y a pas que l'apparence… — Il s'agenouilla : demandez-moi ce que vous voulez ! brama-t-il.

— Je ne suis point fidèle, pouffai-je en le forçant à se relever ; mes goûts sont frustres. Il me gêne, néanmoins, que cette maison soit le théâtre de nos frivolités. Connaissez-vous les Petites Tuileries ? — Mon galant hocha positivement la tête — Eh bien, poursuivis-je, je vous commande de m'y attendre sans assurance du jour où j'y paraîtrai. Tant pis pour vous si vous n'y êtes point au bon moment.

Je plantai là mon interlocuteur, certain que l'épreuve m'en débarrasserait, mais avec l'intention, néanmoins, d'honorer le rendez-vous : je ne m'étais pas rendu sur place depuis ce fatal mois de janvier 1794 et une voix, en mon âme, espérait qu'une autre, mystérieuse, incertaine, lui répondrait dans la fameuse clairière au cénotaphe…

J'eus l'occasion, entre-temps, de revoir Coutelle et Conté, de retour d'Italie après la destruction de leur flotte d'aérostats.

28. Voltaire – *Amélie ou le duc de Foix,* II, 2.

Ainsi qu'ils me l'expliquèrent, nos troupes assiégeaient toujours Mantoue, et toujours battaient l'ennemi dans la plaine : à Arcole en novembre, puis à Rivoli en début d'année ; et l'on parlait de Buonaparte comme d'un nouvel Alexandre.

— L'état-major s'est beaucoup diverti au récit de vos aventures, sourit Conté. Le général de Buonaparte a même évoqué l'idée de publier lui-même un journal de ses campagnes. Il attend notre retour — et le vôtre — sitôt notre escadre reconstituée.

Nous nous remîmes incontinent au travail avec l'espoir d'être de nouveau en ordre de bataille avant l'été.

III

Je me rendis aux Petites Tuileries. Plutôt que de gravir le perron du château, je saluai à peine le vieux Moïse, notre amphitryon, pour gagner seul la clairière au cénotaphe. Je redoutais en effet, autant que je l'espérais, ouïr encore cette voix étrange dont il m'était impossible de déterminer l'origine. Je ne sursautai donc pas lorsqu'elle retentit mais un immense frisson parcourut mon échine.

— Tu tiens beaucoup de ton bisaïeul, murmura-t-elle…

Je m'accroupis contre le monument, pris une profonde inspiration et répondis mentalement :

— Tout est advenu ainsi qu'annoncé. Ce tombeau est vraiment magique !

— Pardon, objecta la voix ; ce n'est pas le tombeau qui est magique mais le fait que nous puissions discuter sans que tu prennes tes jambes à ton cou ! Je te sais gré, par ailleurs, d'avoir préféré ma conversation à celle du ménestrel efféminé que tu penses retrouver céans.

Devançant mes questions — ou les lisant en mon âme au fur et à mesure qu'elles y naissaient — mon énigmatique contradicteur révéla que Garat s'était entendu avec Moïse afin que celui-ci mandât un coursier le prévenir, de sorte que mon soupirant pût tenir sa promesse sans nuire à sa carrière.

— Cela, insista la voix, tu ne peux le savoir par toi-même ; tu dois reconnaître mon existence ! Je puis même te déceler que ton ami Barras — à qui ses maîtresses ne suffisent apparemment pas puisqu'il compte ici parmi les meilleurs clients — cache en son cœur le chagrin d'avoir perdu, quelques heures après la naissance, le fils duquel sa Thérésa était accouchée. Il serait certes cruel de le vérifier directement mais la vanité et l'ambition conduiront bientôt ton Directeur à acquérir le domaine de Grosbois, en Seine-et-Oise, sur lequel il guigne depuis sa visite à Chalmont : de cela, en revanche, tu peux t'enquérir. Sais-tu que j'ai surpris les mêmes vanité et ambition dans le crâne de ton ménestrel ? Qu'un héros tel que toi le dédaigne, lui, l'arbitre des modes, l'étoile des salons, la plus belle voix du siècle ! Il a tant d'admirateurs ordinaires et tu incarnes tellement ce qu'il ne sera jamais... Te serrer entre ses cuisses puis dans son herbier amoureux serait une consécration ! Je ne sais point l'avenir mais on pourrait craindre ensuite que ta réputation s'en ressentît car cette espèce d'oiseau gazouille volontiers partout où elle se pose...

L'intrusion de Blaise-Abel Durelais — Apollon trentenaire qui devait prendre la succession de Moïse — interrompit l'entretien. Mon regard peu amène cloua l'importun.

— C'est Monsieur Moïse qui m'envoie, bredouilla-t-il. Voilà plus d'une heure que Votre Altesse...

Je me relevai et posai une main sur l'épaule musculeuse du fâcheux.

— Il nous reste encore du temps avant que le coursier de Monsieur Garat ne revienne en sa compagnie, n'est-ce pas ? lançai-je.

Blaise-Abel, incrédule, approuva en silence. Je passai un bras autour de son cou et nous remontâmes lentement l'allée conduisant au château.

— Monsieur de Sade est ici, glissa mon compagnon ; avec Baptiste et Nicaise...

Le souvenir des heures voluptueuses passées auprès de ces valets aux corps d'Atlantes me fit bander. Je posai un baiser sur la joue fraîche de Blaise-Abel et immisçai un doigt sous sa ceinture : son mandrin avait grossi, dont je perçus la pulsation. L'idée, alors, naquit à mon cerveau d'impliquer ces splendides amants dans l'épreuve que je comptais infliger au ménestrel.

Le mauvais sourire qui s'affichait sur mes lèvres au moment d'atteindre l'escalier effraya Moïse posté au sommet.

— Si ce que je crois est exact, prévint le vieillard, Votre Altesse a hérité de ses ancêtres je ne sais quelle sorcellerie dont elle devrait se défier !

L'imposant *citoyen* Sade attendait dans le vestibule, calé, verre en main, sur une banquette comme un poussah entre ses colosses.

— Le prince de Castiglione nous fait trop d'honneur ! ricana-t-il en inclinant la tête. Votre Altesse a-t-elle pris congé de ses fantômes, à moins que ce ne soit le contraire ? Pour ma part, j'ai maintes fois tenté de m'égarer aux abords de ce fameux cénotaphe, sans résultat. Cela étant, les spectres bien vivants que l'on croise céans me plaisent à leur manière : Directeurs, militaires, fossoyeurs de la Révolution, chanteurs célèbres… — Il me fit signe de prendre place à ses côtés : Pardonnez, je vous prie, à notre cher Moïse d'avoir révélé votre rendez-vous avec Garat, murmura-t-il. J'ai cru comprendre que vous espériez vous en défaire… — J'approuvai d'un soupir. Eh bien, reprit-il, je vous suggère d'organiser une cérémonie *ad hoc* sous les antiques voûtes d'un espace trop rarement utilisé à l'aplomb de l'endroit où nous dissertons ; il paraît que c'est l'une des pièces les plus anciennes de la maison, demeurée en l'état depuis l'époque de votre spectre. Quel meilleur temple pour un exorcisme ?

Je connaissais cette cave pour l'avoir jadis visitée, mais sans utiliser les sinistres instruments de bois et de fer qu'un esprit dévoyé y avait installé. L'endroit, dans ma mémoire, empestait la putréfaction mais les sourires prédateurs des Atlantes et de Blaise-Abel achevèrent de me convaincre : nous nous retirâmes dans un salon où des laquais apportèrent des martingales, cagoules et autres baudriers pour unique vêture. Ce harnachement, qui célébrait la puissante virilité de mes complices, rendit cruel l'emprisonnement de nos turgescences et irrita notre lubricité.

Après deux pintes de bière, on vint nous annoncer que le carrosse de notre victime était arrivé. Nous nous rendîmes dans le vestibule : là, sous les regards narquois de Sade et de quelques badauds, nous muselâmes l'*incoyable* avant qu'il pût protester. Robuste, il se débattit vigoureusement, perdit son bicorne, sa précieuse perruque et sa jolie canne, mais nos trois acolytes le maîtrisèrent pendant que j'entravais ses poignets et chevilles avec les lambeaux de sa cravate ; puis nous le descendîmes telle une bête captive dans les tréfonds du château.

La cave n'avait pas changé depuis mon dernier passage, fors une entêtante odeur de néroli probablement redevable aux bons soins de Moïse. À la lueur des flambeaux, les antiques instruments brillaient comme la promesse d'autant de supplices, dont certains si mystérieux que seul un initié aurait su les appliquer.

Nous attachâmes notre otage, très pâle et roulant des yeux affolés, à une croix de Saint-André, et arrachâmes ses hardes. Embaumant le musc, son corps bien découplé était entièrement épilé, ce qui rendait son bas-ventre semblable à celui d'un éros, la pigmentation brune et la maturité en sus.

Blaise-Abel noua un morceau d'étoffe à ce paquet flaccide, qui prit aussitôt du volume, après quoi Baptiste manœuvra une poulie : la croix basculât en arrière jusqu'au sol. Nous nous postâmes au-dessus pour soulager notre vessie, outrage que nos érections rendirent laborieux mais qui tira des grognements frénétiques à notre martyr dont le pénis tendu exprimait tout autre chose.

Nous jouâmes du pied avec le récalcitrant, puis entre nous. Accroupi à quelques centimètres des lèvres toujours bâillonnées de Garat, le scrotum flattant son nez, je cueillis les ultimes gouttes d'ambre qui perlaient au méat de mes complices. Les bougonnements reprirent de plus belle.

Après nous être longuement entre-sucés, nous détachâmes le supplicié pour l'arrimer, cuisses écartées, à une sorte de sellette percée baptisée *défécatoire*, qu'un dispositif permettait de hisser et mouvoir aisément. Élevée jusques aux voûtes, de sorte que nos bouches pussent librement accéder à son fondement, notre hostie se mit à haleter au rythme de nos assauts. Son anus *aussi* avait le goût du musc...

Nicaise suggéra alors d'ôter le bâillon : Garat, pénis arqué luisant de miel, n'en poussa pas moins force jurons et menaces en dardant sur nous des prunelles assassines. Nous plaçâmes alors la défécatoire à la verticale d'une série de pieux métalliques dont le diamètre et la brillance des ultimes éléments faisait douter qu'ils eussent jamais servi.

Indifférent à ses fulminations, Blaise-Abel ouvrit un pot de suif et m'aida à en garnir le rectum du ménestrel. Nos doigts s'y mêlèrent, dilatant le muscle au point qu'il fut bientôt possible d'y plonger la main entière avant que nos verges ne prissent le relais, alternativement avec les pals. Les modulations enfiévrées de la voix d'or ajoutèrent à l'extase commune, particulièrement lorsque les épieux de plus gros calibre tracèrent leur chemin.

Notre captif déchargea le premier, en saccades aussi intenses que ses cris, suivi par chacun d'entre nous, au plus brûlant des viscères.

— Tu *sau'as* pas qui est le *pè'e*! railla Baptiste en essuyant ses doigts maculés aux lèvres de notre proie.

Laquelle, éperdue, nous regarda quitter la cave sans protester. Un laquais impavide patientait derrière la porte : il nous tendit des linges puis descendit secourir le *bienheureux*. Nous gagnâmes, quant à nous, l'aile réservée aux bains, où Moïse se présenta une demi-heure plus tard pour indiquer que Garat s'était enfui en jurant vengeance.

La promesse me parut aussi ridicule que contradictoire — l'outragé n'avait-il pas abondamment joui ? — mais je ressentis une pointe de culpabilité mêlée d'appréhension en anticipant nos immanquables retrouvailles chez les *merveilleuses* de Paris.

Ces craintes n'étaient que partiellement fondées : nous nous revîmes en effet sous les lambris en vogue, où il prit certes le plus grand soin à m'éviter, mais sans que la question de ce refroidissement ne fût évoquée par quiconque — le secret semblait bien tenu de part et d'autre. La seule qui s'en inquiéta fut Charlotte de Montesson, que la simple mention d'une soirée aux Petites Tuileries affranchit sans qu'il s'avérât nécessaire d'en révéler davantage. Barras et Cambacérès se contentèrent, pour leur part, de rire sous cape des ragots colportés par les témoins de l'*attentat*.

L'hiver s'acheva avec la nouvelle de la capitulation des troupes autrichiennes à Mantoue, et des succès de l'armée d'Italie au Tyrol, où le général Dumas avait, disait-on, gagné le surnom de *Diable noir*.

Vienne semblait à portée : Coutelle, Conté et moi-même redoublâmes d'efforts pour que notre bataillon d'aérostiers pût rejoindre à temps le général de Buonaparte mais celui-ci surprit tout le monde en offrant un armistice à l'Autriche.

Nos ballons demeurèrent donc en France, ce qui nous permit d'en améliorer la fiabilité et y adjoindre des parachutes.

Mon rejeton, que cette science passionnait, visita maintes fois les ateliers de Meudon en compagnie de son cousin Philippe.

Bien qu'il m'en coûtât de rabattre son enthousiasme, l'inquiétude de voir mon unique héritier exposé à des périls qui avaient failli me tuer me poussa à lui interdire par avance la carrière des airs.

— Vous prendrez bientôt femme, ajoutai-je en sentant bien au fond de moi la vacuité de ces paroles. Les responsabilités qui en découleront ne sauraient être compatibles avec de tels dangers.

Le désappointement et l'incompréhension que je lus en ses yeux me rongèrent le cœur, sentiments que mes larmes exprimèrent quelque temps plus tard lorsque je reçus une longue missive de Joseph-écrivain prenant congé de nos amours.

Je ne fus pas tant blessé par les arguments — légitimes : mes absences, son besoin d'être entouré, son aspiration à l'indépendance, l'exigence de la franchise, la crainte des non-dits, du pourrissement — que par la manière : ayant achevé son roman « grâce à la bienveillante tendresse de Théodore Leclerq », c'était avec ce dernier, rencontré puis revu secrètement en mes propres murs, qu'il entendait poursuivre ailleurs son existence. « Je ne regrette pas que tu n'aies rien empêché, concluait-il. Nous te devons beaucoup. »

Jean-Jacques de Cambacérès fut le seul auprès de qui je pus épancher mon chagrin ; il n'avait pas été réélu au Conseil des Cinq-Cents et disposait de son temps. Comprenant que la solitude était mon ennemie, il veilla à m'en préserver : nous allâmes presque tous les soirs au spectacle, nous promenâmes dans Paris à pied — aventure que j'avais rarement tentée, surtout depuis la Révolution — et fîmes, en compagnie parfois de mon rejeton et de mon pupille, le tour de mes domaines.

Je scellai même, hors de la présence du bâtard Philippe toujours indésirable, la paix avec ma noble mère en lui confiant le choix d'une liste de partis à soumettre à Henry-Saül : quoi qu'en affirmât Nándor, je redoutais le moment où mon fils se rendrait enfin compte de l'effet que ses charmes athlétiques produisaient alentour — moi y compris, à mon corps défendant. Je ne voulais certes le forcer en rien mais j'avais d'autres ambitions pour lui qu'un bête mariage d'amour, morganatique par nature, ou pis, des noces contraintes par la grossesse comme cela avait été le cas pour moi.

Ce sujet revint souvent au cours de nos voyages : mon héritier s'en amusa ; Cambacérès admit ses propres ambitions mais assura que Barras en était plus encore pétri, qui voyait en Buonaparte un rival dont il appréhendait le retour en France. Et il confirma que notre commun amant négociait l'achat du château de Grosbois. J'évoquai en réponse mes entretiens avec la *voix du cénotaphe.* Cambacérès railla gentiment mon ton de conspirateur.

— C'est un secret de polichinelle, sourit-il. Le vieux Moïse flatte ses clients en leur confiant, soi-disant en toute confidentialité, ce prétendu mystère. Je pensais qu'il affabulait, voilà que tu donnes corps à ses histoires !

La popularité de Buonaparte et l'appréhension de Barras augmentèrent au fur et à mesure de la publication de ses victoires : ainsi, pour venger le massacre de Français à Vérone, l'impétueux général avait-il, de son propre chef, conquis la millénaire Venise ; à Milan, il s'apprêtait à proclamer l'avènement d'une République Cisalpine !

Conformément à ce qu'annonçait Conté, l'état-major de ce nouveau César avait entrepris l'édition de feuilles chantant ses hauts-faits, dont les exemplaires s'arrachaient avant de nourrir les conversations; lesquelles se taisaient évidemment dès qu'apparaissait un Directeur ou l'un de ses affidés...

Paris n'avait peut-être aucun roi, mais on se disputait les faveurs de deux reines étrangement complices: Thérésa Cabarrus et Joséphine de Buonaparte.

Barras, agacé de s'entendre comparer à Pompée[29], mit alors tout en œuvre pour conserver le pouvoir. Notre intime proximité fit qu'il ne le cacha ni à Cambacérès ni à moi-même, bien que le prétexte de sauver la République parût dérisoire en regard de ce que nous savions de ses vrais desseins. Il ne nous y associa pas directement — nous avions appris à ne point embrasser trop ouvertement un camp avant que le triomphe n'en fût assuré — mais il nous consulta souvent lorsque, rassasiés de stupre, nous devisions autour d'une bouteille.

Barras n'ayant dévoilé aucune stratégie précise — et surtout pas quand et où il comptait agir — les semaines qui suivirent s'écoulèrent dans une attente paradoxale, à la fois sereine et anxieuse, sans que cela modifiât le cours de nos activités. La saison était belle et la meurtrissure infligée par Joseph-écrivain en voie de cicatrisation.

Subsistaient néanmoins deux alarmes: mes lettres à mes amants de Saint-Domingue ne recevaient aucune réponse et, plus près de moi, l'âme d'Henry-Saül paraissait s'obscurcir chaque jour davantage; même Nándor s'avouait impuissant. Mon opposition à ce qu'il devînt aérostier comptait apparemment peu dans ce *spleen*; quant à la liste de partis établie par ma mère et Madame de Montesson, elle ne soulevait guère d'enthousiasme.

La lassitude de sa voix lorsqu'il agréa la nécessité assommante de m'accompagner chez les différentes familles sélectionnées — uniquement de la haute noblesse — m'inclina,

---

29. Pompée le Grand (106-48 avant notre ère), empereur romain vaincu par César.

pour me faire pardonner, à lui offrir d'explorer ensemble cet îlot morbihannais de Chemendy qui hantait ses rêves. Il eut un pâle sourire mais la lueur qui enflamma brièvement ses pupilles me rendit quelque espoir.

Nous ressortîmes les vêtements à l'ancienne mode, perruques comprises, et fîmes antichambre sous de riches plafonds où les habitants prenaient un plaisir manifeste à ressusciter des usages surannés auxquels nous nous pliions en masquant notre ennui.

Les rédactrices de la fameuse liste n'étaient guère allées chercher loin leurs prétendantes : les alliances de mes sœurs constituaient l'essentiel de la sélection, porcelaines aux joues roses et au maintien réservé, éduquées suivant la tradition, aptes à distraire les oreilles par leur babil, mais trop obéissantes pour susciter d'autres motivations que la perpétuation d'une dynastie ou la captation d'une dot.

Soucieux de ne pas donner à mon rejeton l'impression de ne point croire en ce que je prêchais — et que professaient sincèrement nos hôtes — je gardai ces réflexions pour moi. Mes titres, ma fortune et les charmes irrésistibles d'Henry-Saül emportèrent aisément le consentement des pères de famille. Restait à choisir : mon rejeton demanda, pour se décider, un délai que je ne pouvais refuser.

Barras, au début du mois de septembre, profita de la présence à Paris du général Augereau, héros de la campagne d'Italie, pour fomenter avec lui et les directeurs Reubell et La Révellière-Lépeaux un coup d'État contre les supposées factions royalistes et les deux autres directeurs modérés Barthélemy et Carnot, manœuvre habile qui lui permettait d'asseoir son pouvoir sans attaquer frontalement Buonaparte.

Paris fut occupée militairement, les présidents des deux Conseils ainsi qu'un certain nombre de députés, déportés en

Guyane, et le *Triumvirat* auto-proclamé annonça l'annulation des élections dans une cinquantaine de départements ; le tout sans effusion de sang, ce qui, en ces temps violents, tenait du miracle.

On nomma deux nouveaux directeurs — les dociles Neuf-Château et Merlin de Douai — en remplacement des proscrits, et Barras put enfin endosser avec panache l'habit de *Roi du Directoire* dont ses détracteurs l'avaient affublé, même si l'ombre de Pompée semblait plus présente que jamais.

Mon héritier et moi-même quittâmes Paris pour le Morbihan à l'automne, avec notre propre carrosse mais sans autre domestique qu'un cocher. Nous dormîmes inconfortablement à l'auberge tout au long du périple, sauf lors de l'étape rennaise où nous pûmes compter sur l'hospitalité d'un parent de ma seconde épouse ; lequel nous recommanda un sien cousin susceptible, à Vannes, d'offrir de l'aide et un toit.

Outre une carte imprécise, nous ne disposions en effet, pour prendre possession de notre île, que d'un vieux titre de propriété signé par mon bisaïeul, ainsi que des *vedute* commandées par celui-ci près de soixante ans auparavant : sous le pinceau de l'artiste, l'endroit, modeste en superficie, semblait écrasé par la forme inquiétante d'un manoir gothique partiellement ruiné auxquels le lierre et les futaies tenaient lieu de remparts ; rien d'étonnant à ce que nos ancêtres s'en fussent désintéressés.

Henry-Saül, au contraire, voulait faire son royaume de ce rocher battu par les flots où, assurait-il, ses rêves l'avaient déjà conduit. Le sujet revenait sans cesse sur ses lèvres charnues, illuminant ses prunelles d'un feu qui, au fil du voyage, embrasa mon âme. Chaste émotion, certes, mais dont j'éprouvai clairement dans ma chair combien elle dépassait les sentiments autorisés à un père : le corps glabre et musclé de mon rejeton, admiré en cachette lorsque, au relais, nous étions contraints de partager la même chambre sinon le même lit, son odeur, son pénis prometteur entraperçu accidentellement, le timbre de sa voix, ce mélange d'homme et d'adolescent, faisaient naître en moi de coupables, d'impossibles désirs.

Fier de deviner à quel point il était aimé — quand bien il ignorait la teneur de cette passion — Henry-Saül entretenait sans le savoir ma douce damnation.

La famille qui nous reçut à Vannes connaissait par ouï-dire l'îlot de Chemendy, selon elle repère de contrebandiers depuis des temps immémoriaux grâce à son emplacement en entrée de baie, au débouché de la rivière d'Auray. Il se murmurait que les rebelles vendéens y avaient, plus récemment, établi un poste avancé d'où ils traitaient secrètement avec les Anglais. Et de fait, la réputation sulfureuse du rocher nous coûta moult refus au port avant qu'un pêcheur acceptât d'y conduire son taillevent moyennant une pièce d'argent.

Située bien au-delà de l'Île aux Moines, en vue de Locmariaquer, notre propriété ne se distinguait des autres que par sa petitesse, surtout à marée haute, et le monticule mangé de végétation sous lequel se cachait le prétendu manoir.

Henry-Saül, surexcité par l'aventure, disparut incontinent parmi les ajoncs. Peu enclin à gâter ma redingote, j'attendis qu'il revînt.

— C'est très vaste là-dedans, plein de fiente et de feuilles mortes ! s'exclama-t-il en ressortant au bout de longues minutes, habits et cheveux en désordre. On a fait du feu récemment dans l'une des cheminées… Il y a aussi un gros escalier de pierre assez bien conservé qui dessert plusieurs grandes pièces, avec de très belles ogives. J'ai réussi à atteindre le niveau le plus haut : il est en ruines comme sur les dessins mais je pense qu'il suffirait de peu pour que l'ensemble soit de nouveau habitable. On dirait Compans, en plus romantique !

La comparaison de ce désert avec l'imposante forteresse seine-et-marnaise acquise par mon défunt frère à mi-chemin de nos domaines de Mondétour et de Morienval me fit sourire.

— Comptons-nous tant d'ennemis, que vous vouliez en exiler céans ? plaisantai-je.

— Ces dames prennent bien les eaux, répliqua-t-il ; pourquoi ne prendrions-nous point la mer ? L'air n'y semble point si vicié !

— Dans ces affreuses solitudes ? Et puis vous ne savez pas nager !

— Vous oubliez le bassin des Petites Tuileries...

Le souvenir du beau corps brun d'Alexandre fendant ces eaux peu de temps avant qu'il ne partît pour Saint-Domingue traversa ma mémoire : combien de fois nous étions-nous étreints sur les banquettes d'albâtre, indifférents aux regards concupiscents des autres baigneurs ? La pensée furtive qu'Henry-Saül fît de même avec quelque margoton — l'image, surtout, de ses fesses rondes allant et venant entre des cuisses femelles — me fit détourner le regard.

— Je n'oublie rien, murmurai-je...

Mon rejeton prit mes mains dans les siennes.

— Je ne veux point vous tourmenter, bredouilla-t-il.

Incapable de répondre, près de poser un baiser sur ses lèvres, je me dégageai doucement, marmottai de confuses paroles et m'éloignai vers le rivage. Nous conservâmes le silence jusqu'au retour à quai.

— Père, supplia mon fils, il faut me dire...

Je déroutai aussitôt la conversation sur l'ampleur des travaux à effectuer sur l'île, assuré par avance de ce que mon beau tourmenteur serait intarissable.

Notre premier soin, au matin suivant, fut de nous mettre en quête d'un intendant, d'un gardien et d'une embarcation. S'il fut aisé d'acquérir une élégante chaloupe aux voiles ocres, nul volontaire ne se présenta pour nous servir. Conscients de ce que la funeste renommée de Chemendy repoussait les Vannetais, nous retournâmes à Rennes.

Là, avec l'appui de nos hôtes, nous parvînmes assez rapidement à recruter un ancien régisseur mis dans le besoin par l'émigration de ses maîtres, et l'un de ses métayers ; solides républicains à qui la chasse aux contrebandiers ne faisait pas davantage peur que celle aux insurgés vendéens. Les projets de mon héritier les amusaient — sans doute nous jugeaient-ils fous de dilapider ainsi notre argent — mais, nécessité faisant loi, la perspective de nourrir leur progéniture en fit de zélés serviteurs.

Nous revînmes maintes fois sur l'îlot, notamment avec un architecte, et je fus contraint de me crotter de pied en cap avec l'appréhension constante de surprendre un animal ou un bandit. Cette dernière occurrence ne se présenta heureusement pas mais la présence de divers reliefs attestant d'activités illicites inclinaient à la circonspection. Espérant qu'Henry-Saül délaisserait cette marotte pour d'autres, je recommandai discrètement à l'architecte de prendre son temps.

La tempête nous chassa du Morbihan vers le milieu du mois de novembre. *Le courrier de l'armée d'Italie* nous avait entretemps appris la signature, à Campoformio[30], d'un traité de paix entre la France et l'Autriche, par lequel nous revenaient notamment la Belgique et la rive gauche du Rhin. Nous perdions Venise, l'Istrie et la Dalmatie, mais gagnions les îles ioniennes, et Buonaparte un prestige sans équivalent depuis plusieurs siècles !

30. Actuelle Campoformido, en Frioul-Vénétie julienne.

Paris, à notre arrivée, bruissait encore de ces succès mais je n'eus guère l'opportunité de m'enquérir des effets sur *Barras-Pompée* car une autre nouvelle, infiniment plus importante pour moi, attendait mon retour : Joseph-compositeur et Alexandre étaient revenus en France ! Un court billet m'informait de ce qu'ils logeaient chaussée d'Antin chez Madame de Montesson, où je me précipitai.

Je m'attendais certes à ce qu'Alexandre changeât en huit ans — il avait quitté Paris à l'automne 1789, peu après son dix-neuvième anniversaire — et c'était le cas, mais je fus atterré de constater combien l'état de santé de notre Joseph s'était dégradé en seulement deux ans et demi. Si le premier avait mûri, arborant moustache et prestance militaires, le second, affaibli par les fièvres, paraissait un vieillard avec ses joues creuses et ses cheveux ponctués de blanc.

Il n'y eut donc pas que de la joie dans les larmes que je versai en les étreignant. Les conditions de leur retour n'avaient, par ailleurs, rien de réjouissant : le lieutenant-gouverneur Toussaint Louverture, voulant décider seul du destin de son île, avait écarté du pouvoir quiconque lui portait ombrage, à commencer par les commissaires civils désignés par le Directoire, embarqués *manu militari* à destination de la métropole au prétexte que, élus députés, ils devaient siéger à Paris.

— Nous avons pris le même bateau, mais pour mieux préparer la contre-attaque, grinça Alexandre. Toussaint a beau protester de sa loyauté — ses fils aînés ont fait le voyage avec nous pour étudier en France — personne ne doute plus de ses visées séditieuses. Toussaint Ier, roi de Saint-Domingue…

Inférant qu'il lui faudrait au préalable obtenir le soutien du Directoire, je n'osai demander à Alexandre quand il comptait lancer sa contre-offensive, mais je suppliai par avance Joseph d'abandonner tout projet de périple outre-mer. Madame de Montesson, aussi alarmée que moi, appuya la requête.

Il nous sembla plus sage que le convalescent restât chez notre hôtesse, laquelle continuait à recevoir en ses salons ce que notre capitale comptait de beaux esprits et gens à la mode, opportunités pour Joseph de se désennuyer.

Alexandre, quant à lui, se réinstalla rue des Marais-Saint-Germain. Nous ne revînmes pas sur les conditions de son départ huit ans plus tôt — il s'était laissé suborner par un Conventionnel séditieux nommé Pétion, maire de Paris chassé de son siège par des terroristes plus sanguinaires que lui et décédé misérablement à l'été 1794 — ni sur la défection de Joseph-écrivain mais évoquâmes longuement nos solitudes respectives.

Ne pouvant révéler les sentiments coupables qu'Henry-Saül avait fait naître en mon âme, je ressentis comme un soulagement douloureux la confession de ce qu'en dépit d'amusoires charnelles, aucune passion durable ne s'était imposée à mon interlocuteur, pas davantage d'ailleurs en ce qui concernait Joseph-compositeur.

— Son charme comme le mien opèrent moins à Saint-Domingue, soupira Alexandre ; les peaux claires y ont meilleure cote. Tu pourrais t'en rendre compte *in situ*...

Le désir de voyager me hanta derechef, aiguisé par la nécessité d'échapper à la damnation qui me guettait en côtoyant mon rejeton. Le sourire d'Alexandre me servit de viatique, quand bien nous décidâmes de faire chambre à part.

Les députés chassés de Saint-Domingue menèrent leurs propres tractations mais cela n'empêcha nullement mon joli militaire de conduire les siennes. Et comme il fallait distraire Joseph, Charlotte de Montesson, Jean-Jacques de Cambacérès et moi-même reprîmes avec nos invités la ronde des salons.

Barras, en dehors du Luxembourg, n'y paraissait désormais que pour distribuer — ou refuser — des invitations aux fêtes somptueuses qu'il donnait en *son* château de Grosbois. Ainsi fûmes-nous conviés à y passer les premiers jours de décembre.

— Ton ami Garat sera furieux, persifla Cambacérès ; lui qui ne cesse de se répandre en calomnies à ton encontre…

Barras voulait-il en jouer ? Ainsi que nous nous en aperçûmes en franchissant les portes de l'élégant domaine blotti en forêt de Boissy, l'artiste à la voix d'or comptait au nombre des convives.

Ne pouvant m'éviter, il affecta de saluer en moi le prince de Castiglione avec une déférence théâtrale qui amusa l'assistance. Ravalant ma contrariété, je répondis à ses *Altesse* par un *Votre Ménestrandise*[31] assez condescendant pour que les rieurs changeassent de camp.

— Il n'y a pas si longtemps, glissa Madame de Montesson, ce coquin-là eût été rossé par les domestiques…

Garat nous fusilla des pupilles mais battit prudemment en retraite. Nous le retrouvâmes néanmoins au moment du dîner, où le plan de table nous plaça heureusement assez loin l'un de l'autre.

Assise mes côtés, la baronne de Staël-Holstein me présenta à un membre de la très vénérable famille de Talleyrand-Périgord, ci-devant évêque d'Autun, récemment promu ministre des Relations extérieures après avoir passé plusieurs années en émigration outre-Manche et outre-Atlantique. Ce quadragénaire hautain mais du plus bel esprit nous enchanta, puis la tablée entière, par ses récits de voyage et la finesse de ses analyses.

31. Terme ancien désignant la corporation des ménestrels, humbles et roturiers à l'inverse des troubadours.

Maîtres des mers, les Anglais pouvaient, selon lui, être affaiblis sur terre où il leur était impossible de défendre tous leurs comptoirs.

— L'Orient est mal protégé, assura-t-il ; les Ottomans impuissants. Nous pourrions en profiter…

— En mandant, par exemple, le général de Buonaparte ? suggéra Barras.

On applaudit d'autant plus à la proposition que chacun connaissait les préventions de notre hôte à l'encontre du nouveau César.

Garat, désireux sans doute de récupérer attention et faveurs, crut alors pertinent d'entonner un air du *Giulio Cesare* de Haendel, que seul l'un de ses admirateurs reconnut mais en commettant la bévue d'expliquer aussitôt l'argument :

— Le roi d'Égypte, pensant complaire au célèbre général romain, lui offre la tête de Pompée…

Le silence gêné qui s'ensuivit obligea *Sa Ménestrandise* à enchaîner plusieurs arias ; sa voix surnaturelle fit le reste et, même si des sourires narquois s'affichaient çà et là, les vivats furent nourris.

Joseph, subjugué, recouvrant soudain des réflexes de musicien, offrit alors à Garat de lui dédier une mélodie.

— Je n'interprète que les grands auteurs, lâcha celui-ci avec une morgue que j'eusse volontiers rabattue à coups de poings.

Nous eûmes beau, ensuite, répéter à la victime de cet affront que l'Histoire retenait le nom des compositeurs quand ceux des artistes, si brillants fussent-ils, disparaissaient immanquablement, le mal était fait et la blessure profonde.

Le retour de Buonaparte à Paris hâta notre dispersion. Accueilli comme un démiurge, on l'acclama partout. Le Directoire organisa en son honneur une pompeuse célébration dans la grande cour du Luxembourg, sous les drapeaux conquis par l'armée d'Italie. Les innombrables hommages qui suivirent — on donna le nom de *Victoire* à la rue où vivait le héros, l'Institut l'accueillit en son sein, partout résonnaient les « Vive Buonaparte ! » — ne manquèrent pas d'agacer les Directeurs, particulièrement le premier d'entre eux ; on rapportait en outre que le nouveau César avait marqué à un émissaire autrichien ne jamais voir de fauteuil plus élevé que les autres sans avoir envie aussitôt de s'y placer…

Abandonnant Barras à ses hantises, je nous transportai, Madame de Montesson, Joseph, Alexandre, mon héritier et moi-même, à Mondétour pour les fêtes de fin d'année. À notre grande surprise, ma mère, amendée probablement par ses neuvaines, s'inquiéta de l'absence de Philippe, cantonné rue des Marais-Saint-Germain, et envoya le chercher.

Cambacérès nous rejoignit quant à lui pour le dix-neuvième anniversaire de mon fils, le 21 janvier 1798 — 2 pluviôse An VI — accompagné du *citoyen* Sade et de la paisible Marie-Constance Quesnet, récemment rentrés de pérégrinations en Provence au cours desquelles notre ci-devant marquis, privé des revenus de ses terres mises sous séquestre, avait dû vendre le manoir familial de La Coste. Le couple, depuis lors, vivait modestement à Saint-Ouen.

Il y avait, pour moi, quelque chose de miraculeux dans le naturel avec lequel cet extravagant libertin passait de la débauche à l'accortise. Ainsi, en présence de sa compagne et des femmes de la maison, se comportait-il en parfait gentilhomme, allant jusqu'à commenter en leur compagnie les gravures du *Journal des dames et des modes.*

Avec les hommes, en revanche, il pouvait être brutal ; mes deux Joseph en firent les frais : notre compositeur s'entendit vivement reprocher son apathie, et, bien qu'absent, mon ancien amant écrivain eut droit au procès par contumace de son roman *La Dot de Suzette,* dont le succès allait grandissant.

« Une badaude apologie des vertus bourgeoises » selon son accusateur, qui vilipenda mes tentatives pour le défendre. Henry-Saül, dont le peintre Girodet-Trioson venait de livrer un très beau portrait à l'antique, se vit quant à lui qualifier de *flandrin en chiton*. Seuls le prudent Cambacérès et notre fier Alexandre, grâce probablement à ses états de service, évitèrent les philippiques.

Peu sensible à la satire, le général Dumas fut également des nôtres durant quelques jours. Il était revenu d'Italie avec Buonaparte mais avait passé les semaines précédentes entre Villers-Cotterêts, où vivaient toujours ses parents, et le château de Morienval, dans les communs duquel languissaient son épouse et sa fille.

— Choisir entre l'inconfort et l'ennui est pour elles un terrible dilemme, confia-t-il. Isabeau-Aimée sera bientôt jeune fille : nous devons lui donner de l'instruction.

Je proposai l'un de nos hôtels parisiens mais mon interlocuteur refusa.

— Vous avez déjà beaucoup fait pour nous, martela-t-il. Et puis je ne souhaite point soumettre mes chères campagnardes aux tentations de la ville. Nous trouverons bien le moyen de concilier les contraires.

Il avoua en aparté avoir ressenti de la peine à la vue de Joseph-musicien, dont le bras, jadis puissant, maniait maladroitement l'archet. Madame de Montesson, avec qui nous nous en entretînmes, se voulut optimiste : d'anciens amis de notre compositeur s'étaient présentés chaussée d'Antin pour le persuader de refonder un orchestre dont il assurerait la direction.

— Rien n'est encore conclu, confia-t-elle, mais nous pourrions être agréablement surpris.

Chacun regagna ses pénates après la Chandeleur. Cambacérès, au moment de remonter dans son carrosse, me tendit un pli décacheté : c'était une lettre d'Armande-Louise.

— Barras me l'a remise en main propre, précisa-t-il. Il la tenait du ministre de la Police, lequel a reçu, comme tu devrais le savoir, l'ordre d'intercepter toute correspondance étrangère. Je ne l'ai pas lue, évidemment. Ainsi que l'enseignait Plutarque, *il faut avoir des amis pour nous apprendre notre devoir, et des ennemis pour nous obliger à le faire*...

Donnant aussitôt à son cocher l'ordre de démarrer, il ne me laissa pas le temps de le remercier.

La missive ne contenait rien d'essentiel pour la sécurité de l'État, sinon la mention de ce que la cour en exil de Louis XVIII s'était installée au château de Mitau, en Courlande[32], décor plus adapté au statut des illustres réfugiés mais *vide de meubles et froid comme un tombeau* selon ma correspondante, qui ajoutait : « Sa Majesté Impériale de Russie a promis de nous pensionner à hauteur de 200 000 roubles à peine, et nous n'avons pas même de quoi nous chauffer. Chacun se demande comment nous pourrons recevoir dignement Madame Royale, qui doit incessamment quitter Vienne où on lui tient rigueur d'avoir refusé d'épouser l'archiduc Charles au prétexte que c'était un ennemi de la France... »

Suivait une longue déploration sur les affres de l'émigration, et cette conclusion inquiète : « Quand tiendrai-je enfin ma promesse de vous revoir ? Nous reconnaîtrons-nous ? Votre héritier, que j'ai quitté dans l'enfance, est à présent un homme : quel mari fera-t-il, et avec quelle épouse ? Plaise au Ciel qu'il ne soit soldat ! Le duc de Richelieu mon frère, qui commande à l'armée de Condé, m'écrit des choses atroces au sujet du sang français qu'il est contraint de verser. Il y a tant de sauvagerie de part et d'autre... »

32. Actuelle Jelgava, en Lettonie.

Henry-Saül haussa les épaules quand, sur le chemin de retour à Paris — seuls : Alexandre, Philippe et les domestiques avaient emprunté une autre voiture — je lui montrai le feuillet.

— Sauf le respect, grogna-t-il, cette femme-là est bien digne de celles avec qui vous voudriez me voir convoler. Elle a beau constater la fuite du temps, elle refuse de l'accepter. Nous ne sommes certes point encore au dix-neuvième siècle mais le dix-huitième n'est plus. Je ne veux pas passer le reste de ma vie à adorer de vieilles reliques !

J'aurais dû le réprimander, je ne pus que sourire.

— Avec qui donc vous marierez-vous ? m'enquis-je.

— Demandez cela à ma grand-mère et à Madame de Montesson, répliqua-t-il. Ce n'est pas à moi de m'en occuper.

— Le beau sexe ne vous intéresse-t-il point ?

— Voyons, Père, vous savez bien…

— Les Petites Tuileries, n'est-ce pas ?

Il baissa le menton et rougit. La pensée récurrente de son corps plein de vigueur couvrant celui, nécessairement rassasié, d'une putain ignorant sa chance me révolta. Je faillis le lui dire mais tins, à la place, un discours biscornu sur les vertus de l'amour conjugal, qui me valut des regards dubitatifs.

— Et puis vous échapperez aux levées en masse ! appuyai-je en désespoir de cause.

Mon rejeton sourit et, de nouveau, eut ce geste tendre de prendre ma main entre les siennes.

— Ne vous inquiétez pas pour moi, murmura-t-il en approchant son visage.

Sentant naître des larmes d'impuissance, je fermai les paupières. Ses lèvres effleurèrent ma joue très près de la bouche, baiser furtif qui me terrassa : j'achevai le voyage en pleurnichant contre son épaule sans pouvoir exprimer le motif véritable de mon chagrin.

IV

Henry-Saül et Philippe reprirent le chemin du collège Égalité et je me réfugiai quant à moi aux ateliers de Meudon. Bien que mon secret me parût assez monstrueux pour qu'on le décelât dans mes yeux ou quelque geste trahissant la malédiction, personne, y compris l'objet même de cette infernale passion, ne sembla remarquer quoi que ce fût.

Ne pouvant, faute de le marier assez vite, reléguer mon fils au loin, la nécessité de m'exiler moi-même s'imposa insensiblement : je reparlai voyage à Saint-Domingue avec Alexandre, et engagement à l'étranger avec Coutelle et Conté. Selon ces derniers, notre flotte, enrichie entre-temps d'une dizaine d'aérostats, intéressait toujours le général de Buonaparte, qui prévoyait d'y recourir lors de sa prochaine campagne.

— On raconte que le général Berthier et lui se sont disputés à ce sujet, glissa Coutelle. La conquête des états pontificaux et la proclamation de la République Romaine se sont faites sans nous, au grand dam de Berthier ; lequel aurait volontiers embarqué Pie VI dans l'une de nos nacelles ! Au lieu de quoi Sa Sainteté a fui en Toscane…

Sans savoir combien il confirmait à la fois la pertinence de jugement de Talleyrand et les projets de Barras, mon interlocuteur précisa que, faute d'envahir l'Angleterre, Buonaparte serait probablement envoyé sus à l'empire ottoman ; il était même question que le général Dumas en fût.

L'Orient, dès lors, me sembla plus brillant que Saint-Domingue. Alexandre n'en prit point ombrage mais refusa de se détourner de son île : le Directoire ayant décidé d'y mander de nouveaux commissaires, mon compagnon choisit d'embarquer avec eux. Il nous fit part de sa décision le soir du premier concert donné au Palais-Royal par *Le Cercle de l'Harmonie,* dirigé par un Joseph enfin ressuscité à la musique.

Alexandre prit le chemin de Nantes, et moi celui de Toulon en compagnie du général Dumas placé à la tête d'une division de cavalerie, ainsi que de mes collègues de Meudon, dépêchés par la Commission des Sciences et des Arts avec une centaine de savants et d'élèves de l'école polytechnique.

Mon rejeton fut le seul que cette odyssée enthousiasmât : ignorant toujours les tourments dont il était la cause, il assura envier mon sort et promit de porter haut notre nom en mon absence.

Bien qu'ils s'en défendissent, ma famille et mes proches semblaient douter comme moi de ce que je revinsse avant longtemps.

Car nous ignorions tout de la destination finale — même les officiers, cela afin de leurrer les espions anglais — mais l'ampleur des troupes et des navires déployés en rade de Toulon augurait d'une campagne à très vaste échelle.

Dumas s'en fut prendre ses ordres chez Buonaparte cependant que Conté, Coutelle et moi-même nous présentions, conformément à notre feuille de route, à Étienne Tempier, capitaine de *La Montenotte,* frégate que nous eûmes les plus grandes difficultés à identifier parmi les innombrables bâtiments au mouillage.

Un matelot nous conduisit en canot avec nos malles, lesquelles furent hissées à bord aussi peu dignement que nos terrestres personnes par ses acolytes à chapeau plat. Leurs supérieurs nous firent meilleur accueil et le capitaine, martial trentenaire au poil blond, s'avéra de noble éducation. Il était servi par un valet musculeux très noir de peau, prénommé Sékou, duquel je dus me forcer à détacher le regard tant les siens paraissaient engageants.

On nous donna des cabines individuelles et l'on nous affecta un dadais à peine pubère dont nous apprîmes très vite à nous passer. Le reste de la brigade, soit une vingtaine d'aérostiers, partageait deux chambrées ; quant aux ballons, ils avaient été chargés sur une autre frégate avec le matériel de la Commission des Sciences et des Arts.

Nous appareillâmes le 19 mai. Le capitaine, qui assurait ignorer toujours l'objectif final de l'expédition, se contenta de suivre la flotte dans le sillage de *L'Orient,* navire amiral où se tenaient Buonaparte et son état-major. Nous doublâmes le Cap Corse le 23 et, conservant la côte à tribord, descendîmes vers la Sardaigne. Le ciel était clément, les vents favorables et l'équipage d'excellente humeur.

La déférence surannée de Coutelle à mon égard me força, avec l'assentiment de Tempier qui savait qui j'étais, à ressusciter auprès des matelots le titre de prince de Castiglione ainsi que les menues légendes y afférant. La prévenance de Sékou s'en trouva décuplée mais je n'osai lui retourner ouvertement cet intérêt, à la fois par crainte de m'être trompé et de déplaire à son maître.

Je savais par ailleurs, depuis un périple effectué jadis entre Stockholm et Le Havre sur le yacht du feu roi de Suède, combien ambiguë pouvait être la cohabitation entre hommes de mer, dont l'étiquette inexprimée était des plus subtiles malgré la rusticité. Officiers et passagers ne risquaient certes pas grand chose à soudoyer un mousse ou un quartier-maître, toujours avides de gratifications, mais l'atmosphère à bord pouvait en pâtir si quiconque contrevenait aux usages.

Je me satisfis donc, encouragé par leur indifférence, de la simple contemplation de ces vigueurs luisantes, enivré quelquefois par leur fumet, leurs rires, leurs cris. Et de mes poings la nuit venue.

Ce manège n'échappa guère à Sékou : quand les rivages de Sicile se découpèrent à l'horizon, le troublant valet grimpa sur la coursive où j'avais établi mon repaire et, sous prétexte de me montrer Marsala, effleura ma joue de son bras noueux. Ses poils, presque invisibles sur la peau sombre, accrochèrent mes lèvres : nous nous excusâmes en même temps, ce qui illumina son visage d'un sourire immaculé. Le col ouvert de sa blouse laissait deviner d'autres villosités, tout aussi discrètes, ainsi qu'une cicatrice oblongue au milieu du torse.

Son regard n'avait pas quitté le mien.

— Un vieux souvenir, commenta-t-il… — Et désignant le bandeau sur mon œil : Moins glorieux que Votre Altesse !

Puis il reprit, épaule contre épaule, presque tête contre tête, sa description du paysage. Son haleine embaumait un mélange de café et de tabac que sa voix, douce et grave, insufflait à l'instar d'un charme.

Ensorcelé, sans vraiment calculer mon geste, je posai une main sur la rotondité mouvante de son biceps : Sékou poursuivit imperturbablement, mais en tournant plus souvent sa face vers la mienne. Ses lèvres pourpre-foncé, très charnues, appelaient à la dévoration. Contraint par l'habitude — et par mon fils — à chasser cette pensée, je fermai les paupières, ce qui me fit légèrement chanceler ; mon interlocuteur s'en alarma.

— La mer est pourtant calme, s'étonna-t-il en retenant mon bras.

— C'est mon esprit qui ne l'est pas, murmurai-je.

— Je ne voudrais point tourmenter Votre Altesse.

— Ce tourment-là n'est pas désagréable…

L'immixtion d'un matelot interrompit le marivaudage.

Le soir même, Sékou frappait à la porte de ma cabine.

— Le capitaine m'a chargé de vous remettre ceci, annonça-t-il en désignant une fiole de rhum que nous entamâmes aussitôt, à même le goulot, sur le rebord de la couchette.

Cette familiarité parut à la fois stupéfier et ravir mon commensal mais il n'en pipa mot, se contentant de me regarder boire sans essuyer le col de la bouteille ; lequel, tiédi et lubrifié par nos salives, exprima bientôt clairement ce que nous n'osions dire.

Libérée par l'alcool, la fièvre trop longtemps contenue me fit gober les lèvres de Sékou comme une prune gorgée de suc, et m'abreuver à sa langue. Déconcerté peut-être, ou n'osant rien tenter, il se laissa submerger, flacon dans une main, l'autre arc-boutée pour amortir notre renversement. Ma soif était si grande que le baiser s'étendit aux narines puis aux yeux.

— Je n'aurais jamais cru… souffla ma victime en laissant échapper le carafon cependant que ma langue traçait un chemin salé sur son menton, son cou, son sternum, jusqu'à la balafre environnée de fines boucles.

Je remontai puiser à la source de sa bouche, puis ôtai la camisole : ses mamelons, aussi brillants que l'anthracite, avaient un goût de réglisse. Les doigts de Sékou s'enhardirent à repousser doucement ma tête vers son nombril : l'arc de sa verge déformait la large ceinture qui retenait son pantalon. Avant de la révéler, j'apprivoisai cette forme avec mon nez, mes lèvres, mes dents, salivant tel un animal affamé, reculant l'instant unique de la première vision, du premier contact.

Mon complice dénoua lui-même sa taillole avant d'écarter les pans de son vêtement sur un outil splendide dont le gland circoncis évoquait un fruit mûr. Je l'adorai du bout de la langue, depuis le méat jusques aux dures et sombres truffes de ses bourses auxquelles s'ancrait une hampe vibrant à la moindre sollicitation. Pantalon exilé au-delà des mollets, mon amant s'abandonna, cuisses et bras écartées, athlétique palette de noirs, bruns et pourpres, à ma concupiscence.

Son corps entier fut ma pâture, où je retrouvai des saveurs récoltées jadis dans le pubis, les aisselles ou le fondement d'Alexandre, de Joseph-musicien, de certains protégés du vieux Moïse ; et d'autres épices inédites, cueillies à même la peau, l'oreille, les cheveux… Cette sudation particulière aux chairs enamourées exhalait, chez Sékou, gingembre et cardamome, notamment à l'entour de l'anus, où je m'abouchai longuement.

L'ivresse presque mystique de ces agapes me fit oublier ma propre carcasse et l'appendice englué de miel qu'emprisonnait ma culotte. L'objet passif de mes adorations, aiguillonné par le culte que je lui rendais, prit l'initiative de me débarrasser progressivement de mes hardes : ainsi pus-je, ancré de nouveau à ses lèvres, m'empaler sur son épieu.

Le mien, trop heureux d'avoir recouvré la liberté, dégorgea en quelques minutes à la jointure de nos épidermes mais l'extase se prolongea au rythme appuyé des reins de mon partenaire poussant toujours plus profond le rameau et son fruit. Sa respiration envahissant la mienne annonçait la jouissance.

Le mandrin dilaté à l'extrême au cours des ultimes instants, mon amant s'immobilisa, m'étreignit à m'étouffer et féconda mes entrailles. Après quoi, pénis toujours rivé, Sékou se redressa, et moi avec lui : son visage souriant était baigné de larmes.

— Je n'aurais jamais cru, répéta-t-il…

— De quoi parles-tu ? murmurai-je. C'est plutôt moi qui devrais m'étonner de ce qu'un aussi beau garçon veuille d'un borgne.

— Vous êtes prince ! bredouilla-t-il.

— Tutoie-moi.

— Jamais je ne pourrai : je ne suis rien.

— Est-ce pour cela que tu sanglotes ?

— Je pleure de joie ! N'avez-vous jamais rêvé à l'impossible ?

— J'ai rêvé d'aimer plusieurs êtres en même temps, soupirai-je. Ce n'était hélas inaccessible qu'aux êtres en question, qui n'ont point voulu croire en ma sincérité. À présent je suis seul et… j'aime qui je ne devrais pas.

Je pensais à mon rejeton mais cela pouvait s'appliquer à mon interlocuteur. Lequel m'enserra derechef. Or je n'éprouvais pour lui que la dévote reconnaissance *post coïtum* des amants rassasiés : il ne suffisait pas d'être bon coucheur…

Avais-je pensé tout haut ? Sékou prit mon visage entre ses mains.

— Laissez-moi une chance ! supplia-t-il. Laissez-moi faire en sorte que vous aimiez *qui il faut* !

Cette prière me bouleversa et ce fut l'âme fort perplexe que je me laissai entraîner de nouveau vers la couche, où l'on me rendit les soins que je venais de prodiguer.

Le lendemain matin, retrouvant mon poste d'observation solitaire sur la coursive — mon amant de la veille avait passé la nuit de son côté — je vis approcher le capitaine.

— Je devrais être jaloux, sourit-il : vous subornez mes meilleurs domestiques !

Comme je protestais, Tempier révéla que Sékou, qui savait lire, consultait systématiquement la liste des passagers dans l'espoir d'y trouver quelque membre de la haute-noblesse.

— Cela le fascine, ricana-t-il. Quand je l'ai recruté, il y a sept ans lors d'une escale à Saint-Louis du Sénégal — je travaillais alors comme officier major pour la défunte Compagnie des Indes Orientales — il prétendait descendre des rois de Galam, pays rebelle d'où les nôtres ont été chassés à la Révolution. Il était lettré et connaissait plusieurs dialectes mais son orgueil lui avait fermé bien des portes ; il vivait d'expédients, faisait commerce de tout, y compris de lui-même... À vous je peux le confesser : ainsi l'ai-je rencontré. Mais ne vous méprenez pas : nous fûmes, et sommes toujours, complices, jamais davantage : je suis marié et père de famille... Votre patronyme a attiré son attention, non seulement pour les raisons que je vous ai dites mais également, m'a-t-il expliqué, parce que l'une de ces fables dont l'Afrique a le secret raconte qu'un prince blanc nommé *Munditurubà* aurait jadis fondé un royaume en amont du fleuve Sénégal. En seraient issues plusieurs lignées de marabouts dont les filles feraient la fierté des harems royaux de cette partie du continent. Sékou et vous-même seriez, en quelque sorte, parents ! — Il cligna de l'œil mais prit un ton grave : je le connais assez pour vous exhorter à la prudence, souffla-t-il. L'une de ses plus grandes qualités est également son défaut majeur : il ne renonce jamais. Je pense qu'il fera tout pour entrer à votre service. Il sait vos faiblesses : craignez qu'il n'en abuse.

Mon trouble augmenta au cours des jours suivants car Sékou évita soigneusement de croiser ma route. Par crainte d'enfreindre l'étiquette, je ne tentai rien pour éclaircir la chose. L'escale maltaise, qui se traduisit par la prise de l'île, ne me permit guère d'avancer : chacun, pressé de mettre pied à terre, alla librement son chemin dans les rues de La Valette.

M'y promenant avec Coutelle et Conté, je retrouvai le général Dumas. Il avoua supporter difficilement les contraintes de l'épopée maritime mais finit, sous le sceau du secret, par en dévoiler le but : Alexandrie.

— Les Anglais sont à nos trousses, admit-il. Selon les rapports d'espionnage, leur commandement s'imagine que nous voulons conquérir Constantinople. Il ne faut surtout pas le détromper.

Nous quittâmes Malte sans que j'eusse réussi à m'entretenir privément, ni avec Sékou, ni avec le capitaine. Il me sembla pourtant que leur relation avait pris une tournure plus protocolaire et que leurs regards s'évitaient aussi soigneusement qu'ils me fuyaient.

Je mis à profit l'absence de Tempier, parti chercher ses ordres à bord de *L'Orient,* pour convoquer Sékou dans ma cabine. Il ne me fut guère difficile de deviner à quel chantage mon bel interlocuteur était soumis mais je ne pouvais pas davantage me représenter le capitaine en amant jaloux que son valet en amoureux sincère.

— Ce n'est pas moi que tu aimes, grondai-je.

Sékou se jeta à plat ventre et, manquant me renverser, posa l'un de mes pieds sur sa tête.

— S'il n'est de sentiments qu'à votre mode, protesta-t-il, alors non, je ne vous aime point ! Votre Altesse et le capitaine disposez de ma vie : à lui la reconnaissance, à vous l'amour ! Je mourrai pour les deux !

J'accrochai un siège et m'assis. Sékou libéra mon pied, se redressa et appuya son visage à mes genoux. Je ne pus m'empêcher de caresser ses cheveux. Nous demeurâmes de longs instants silencieux.

— L'amour ne se commande pas, murmurai-je. Que se passera-t-il si je te prends à mon service ?

— Le capitaine me tuera, chuchota Sékou.

— Et si je ne le fais pas ?

— C'est moi qui me tuerai.

— Il existe une troisième option : ne sers aucun d'entre nous et reprends ta liberté.

Mon compagnon leva sur moi des pupilles brillantes et agrippa ma main entre les siennes, comme naguère mon fils.

— Je n'adore pas seulement Votre Altesse parce qu'elle porte le nom d'un mage, marmotta-t-il. Pas seulement non plus parce qu'elle est riche, que son histoire est longue. Je vénère le regard qu'elle pose sur moi car je m'y trouve non plus simplement noir, esclave, objet, mais homme, noble, digne d'envie. Avant ma rencontre avec le capitaine, un marabout avait prédit que j'irais loin. J'ai longtemps cru qu'il parlait de voyages : nous avons tant navigué... Le capitaine me manquera.

Je posai un baiser sur ses lèvres.

— Je t'aimerai, chuchotai-je, à la seule condition que tu jures ne jamais plus nous humilier, toi en te traînant par terre, moi en me qualifiant d'altesse.

Son souffle dans ma bouche prêta serment pour lui et, bien que la prudence commandât la réserve, nous achevâmes couché ce que nous avions commencé à genoux.

La légendaire cité d'Alexandre se découpa sur l'horizon au soir du 1er juillet. À l'instar de Malte, une avant-garde s'en fut conquérir la ville, désertée par les Mamelouks, qui tomba pratiquement sans coup férir.

Les dieux se vengèrent alors en faisant se lever de forts vents contraires rendant périlleux l'approche et le débarquement. La manœuvre fut fatale à quelques navires, dont le *Patriote,* dans les cales duquel se trouvaient nos aérostats ainsi que l'équipement de la Commission des Sciences et des Arts. Les pertes, uniquement matérielles, n'en anéantirent pas moins la raison même de notre présence en Égypte.

On récupéra une partie des caisses mais il fallut se rendre à l'évidence : tout devrait être reconstruit. Notre unité fut donc affectée à cette tâche peu gratifiante cependant que l'armée de Buonaparte se mettait en ordre pour rejoindre le Kaire[33].

Je pris sobrement congé du capitaine Tempier en même temps que mes collègues — *La Montenotte* devait mouiller plus à l'est, à Aboukir, avec le reste de la flotte — mais sans

---

33. Selon l'ancienne orthographe.

Sékou, qui vint me retrouver quelques heures plus tard dans le caravansérail où nous nous étions installés.

Il indiqua avoir faussé compagnie à son maître après le refus, prévisible, de celui-ci d'entendre ses arguments. Institué domestique au service de notre minuscule état-major, je lui offris une couche près de la mienne mais la promiscuité interdit toute autre étreinte que celle de nos doigts.

D'abord réticents, Coutelle et Conté ne tarirent bientôt plus d'éloges à l'égard de mon compagnon. Sa connaissance de l'arabe fut notamment d'un précieux secours : non seulement Alexandrie, crasseuse, décrépite et dépourvue de vestiges témoignant de sa gloire, ne correspondait en rien au mythe, mais il était extrêmement difficile d'y trouver vivre et couvert ; les Égyptiens, bien que nous les eussions débarrassés des Mamelouks, et malgré la publication d'un manifeste affirmant que nous respections Dieu, son prophète et l'Alcoran, opposaient une sorte d'indifférence outrée à laquelle notre langue, la couleur de notre peau et même celle de nos habits — verts : un blasphème selon Sékou — donnaient pour ainsi dire corps.

La plupart des scientifiques de la Commission préféra se réfugier au fort de Rosette, près de l'embouchure du Nil, nous abandonnant à nos humbles travaux de mécanique. Sékou, qui n'avait jamais vu d'aérostat qu'en gravure, fut émerveillé par le premier que nos ouvriers parvinrent à reconstituer et, même s'il refusa d'y grimper, poussa des *ouloulous* en le voyant gagner le ciel. Il fut bien le seul : les quelques Égyptiens qui se trouvaient à proximité levèrent tout juste les yeux.

La surprise, pour nous, vint des dromadaires, dont les congénères exposés au Jardin des Plantes ne semblaient pas, dans nos souvenirs, si clairs de poil et si hauts d'encolure. Ne pouvant supporter leur balancement, ni l'idée de passer un mois entier à affronter le désert pour gagner le Kaire — enlevé par nos troupes aux Mamelouks en une petite dizaine de jours, disaient les rapports, après une bataille mémorable au pied des pyramides, à laquelle avait participé le général Dumas — nous préférâmes rejoindre Rosette, d'où nous espérions embarquer sur le Nil.

Conté demeuré à Alexandrie afin d'y superviser les travaux et quelques fouilles archéologiques, Coutelle nous accompagna à cheval, ainsi que trois aérostiers chargés de veiller sur les caisses contenant les ballons dont nous disposions.

Le chemin côtier passait par Aboukir. Lorsque nous approchâmes de la baie, au soir du 1er août, nous crûmes d'abord devoir au soleil couchant les splendides lueurs safranées qui illuminaient l'horizon. L'effroi succéda à l'enchantement quand des détonations et des explosions parvinrent à nos oreilles ; les lunettes imposèrent ensuite à nos yeux, dans son horrible crudité, ce que l'entendement ne voulait admettre : notre flotte, attaquée par les Anglais, sombrait, dévorée par les flammes !

Les larmes envahirent nos visages avant qu'il fût possible de proférer le moindre mot ; même nos impavides chameliers enfouirent leur barbe entre leurs mains. Coutelle remonta aussitôt sur sa monture : en chevauchant toute la nuit, affirma-t-il, il atteindrait Rosette et donnerait l'alerte. On manda concomitamment l'un des aérostiers à Alexandrie.

Restés seuls devant l'affreux spectacle, incapables de dormir, mes compagnons et moi-même reprîmes la route dès l'aube sans oser contempler la mer. Sékou s'emmura, comme chacun, dans le silence mais, à la veillée suivante, formula ce à quoi je me refusais de penser : *La Montenotte,* capitaine et équipage compris, avait probablement disparu et notre fuyard aurait dû compter parmi les morts.

— À présent, souffla-t-il, je suis un fantôme.

Ainsi eussent probablement pensé ceux de Rosette en nous apercevant si, répandue par Coutelle, la nouvelle de la catastrophe ne les avait rendus semblables à nous. Notre camarade s'apprêtait à embarquer sur une felouque lorsque nous nous présentâmes aux grilles du fort. Ordre fut donné de charger cinq embarcations supplémentaires, où la lugubre caravane se transféra — les membres de la Commission devaient suivre peu après.

L'accablement ne quitta guère notre bord durant les premières heures de navigation mais le charme insidieux des paysages ainsi que l'écrasante chaleur inclinèrent nos corps à la torpeur et nos âmes au repos. Protégés des regards par l'ombre d'une tenture, Sékou et moi-même pûmes donner un cours discret à notre affection.

Ainsi en appris-je davantage au sujet de mon amant et de son ancêtre prétendu, le prince Mundituruba, également appelé *Tulosanu* — oreille dorée — par certaines tribus.

— Ma grand-mère maternelle était l'une de ses filles, indiqua Sékou. Je l'ai approchée étant enfant : sa peau était si claire que nous osions à peine l'effleurer. Elle s'exprimait dans un mélange de français et de bamanankan, la langue du royaume où vivait le prince Mundituruba. Mon bisaïeul, le tunka Bakiri, roi de Galam, l'avait offerte en mariage à mon grand-père. Ma mère n'avait pas le teint aussi transparent ; mes frères et moi tenons de mon père, le cheikh Modibbo Diallo — Dieu lui pardonne ! —, cette écorce noire brûlée au soleil.

Mon confident expliqua comment, au sortir d'une adolescence ponctuée de conflits familiaux, il s'était enfui pour échapper à des noces contraintes avec une héritière *vilaine comme le démon* ; comment, ensuite, au prix de moult vicissitudes, il avait échoué à Saint-Louis avant de rencontrer le capitaine Tempier, quelques années plus tard.

— J'allais sur mes trente ans, exposa-t-il. Sans famille, ami ni métier. Je ne mourais pas de faim : je savais lire, écrire et compter ; j'avais même appris le français jusqu'à le parler mieux que certains Blancs, ce qui me permettait de travailler pour eux, non comme portefaix ou garde-chiourme, mais à leurs côtés, parfois dans leur maison. Je les lisais, moi, les livres de leur bibliothèque ! Mais je ne supportais pas d'être traité en esclave ; je changeais souvent de patron. J'ai finalement été embauché par une signare[34] qui tenait bordel dans un palais du bord de mer, fréquenté principalement par des officiers français. Certains de ces messieurs ne dédaignaient pas ma présence, quand bien celle d'une femme était obligatoire… Le capitaine Tempier est souvent repassé ; nous sommes devenus si proches qu'il m'a offert de le suivre. N'ayant rien à perdre, j'ai accepté…

Sept années de navigation s'en étaient suivies, de Pondichéry[35] à Mahé[36], de Canton à Surat[37], de l'Île de France[38] à celle de la Réunion, avec quelques escales le long des côtes africaines.

Mon interlocuteur demeura évasif sur l'évolution de ses relations avec son maître mais il parut fasciné d'apprendre que ma famille comptait parmi les actionnaires de la Compagnie des Indes Orientales, dont la liquidation nous avait coûté plusieurs milliers de livres. Ses pupilles brillèrent comme celles d'un enfant à mes récits de la cour de Louis XVI, mais s'il me fut aisé d'évoquer certains détails intimes de mon existence, telle la voix fantôme des Petites Tuileries, je passai sous silence la raison première du mon voyage — Henry-Saül — et un étrange scrupule

34. Riche Métisse.
35. Actuelle Puducherry, sur la côte sud-est de l'Inde.
36. Île de l'archipel des Seychelles.
37. Dans le Gujarat, sur la côte nord-ouest de l'Inde.
38. Actuelle Île Maurice.

m'empêcha de mentionner le premier prince de Mondétour, disparu en mer quelque cinquante ans plus tôt, dont les portraits figuraient, dépassant de la perruque au niveau de l'oreille gauche, un bijou doré masquant une blessure…

Les blanches coupoles et les minarets du Kaire apparurent sur le fleuve, progressivement saturé d'embarcations, dans la journée du 13 août. La ville s'étendait à perte de vue, écrasée de lumière, exhalant le fruit pourri au milieu de l'indéchiffrable rumeur générée par la foule et les animaux.

Grâce aux indications dont disposait Coutelle, nous apponâmes au bas de la place de l'Esbekieh, immense esplanade plantée de sycomores, sur l'un des côtés de laquelle s'élevait le non moins imposant palais d'Elfy-bey investi par Buonaparte.

Notre généralissime, en costume ottoman, railla nos mines ébaubies mais son visage se ferma quand nous lui annonçâmes le désastre d'Aboukir.

— Nous n'avons plus de flotte ? lança-t-il après un court silence. Eh bien, il faut rester dans ces contrées ou en sortir grands comme les anciens !

Il manda aussitôt des coursiers à Rosette et Alexandrie, puis, sans revenir sur le drame, s'enquit de savoir où nous résiderions.

— Quelques savants et moi-même avons formé le dessein d'établir un Institut d'Égypte à l'imitation de notre Institut national, indiqua-t-il posément. Le palais de Kacim-bey, situé non loin d'ici, sera l'écrin de cette académie. L'espace permettra de loger la plupart des membres de la Commission. On vous y recevra.

On nous y accueillit en effet — cordialement malgré la funeste nouvelle dont nous étions les messagers — et l'on nous donna de luxueux appartements organisés autour d'une espèce de salon très haut de plafond dont un entier pan de mur était percé de moucharabiehs. Des tapis précieux couvraient le sol de chaque pièce, auxquels répondaient les vitraux multicolores qui constituaient, avec des lampes de même nature, les uniques sources d'éclairage. Meubles et portes étaient en santal incrusté d'écaille et de nacre ; une cour attenante, dallée de marbre, donnait sur des bains d'albâtre. À quelques pas de là s'étendait un jardin clos orné de fleurs et de jeux d'eau.

Seuls Coutelle et moi-même bénéficiâmes toutefois de cette geôle raffinée : les autres membres de notre section furent cantonnés aux étages inférieurs, moins richement ornés, et Sékou aux communs — officiellement du moins, car il passa toutes les nuits dans ma chambre, où nous pûmes enfin librement nous livrer l'un à l'autre.

Le général Dumas, ayant appris notre arrivée, vint nous visiter dès le lendemain. Pourtant né à Saint-Domingue, où il avait vécu une dizaine d'années avant de suivre son père en France, notre Métis souffrait difficilement la touffeur égyptienne, selon lui extraordinairement plus sèche et plus cuisante que celle qui régnait dans son île.

Il accepta néanmoins de nous escorter jusqu'au plateau de Giza ; quelques membres de la Commission se joignirent à l'excursion.

Nous partîmes avant l'aube afin de passer le Nil discrètement, par crainte des embuscades. La masse des pyramides était à ce point colossale au soleil naissant que l'approche en sembla infinie. Lorsque enfin nous y parvînmes, l'horizon tout entier disparaissait derrière le monument. Comme pour l'apprivoiser, les plus vaillants partirent *illico* à sa conquête. Sékou en fut, mais Dumas, moi-même et plusieurs autres préférâmes attendre à l'ombre du monstre.

Vers dix heures, la chaleur était intense ; à onze elle devint insupportable. Des bédouins proposèrent du karkadé[39] accompagné de dattes, que nous dégustâmes en commentant les difficultés que rencontraient nos compagnons pour redescendre. Un repas fut servi sous la tente, après quoi, affrontant la canicule — j'aurais préféré une méridienne mais l'impatience du plus grand nombre l'emporta — nous cheminâmes jusqu'au Sphinx.

Cette gigantesque tête de Méduse émergeant des sables m'impressionna plus encore que la pyramide. Trop, peut-être car, à peine avions-nous mis pied à terre, des éclairs traversèrent mon crâne, étourdissant ma vue cependant qu'un frisson irrépressible dévalait ma colonne vertébrale. Mes jambes s'évanouirent, puis mon corps tout entier, bouche et entrailles en déroute. Je perçus, avant de sombrer, que l'on m'allongeait sur des nattes sentant le moisi.

Cette odeur hantait encore mes narines lorsque j'émergeai, plusieurs heures plus tard, dans la pénombre de ma chambre. Mon ventre me faisait atrocement mal et j'avais soif. Sékou guettait mon réveil ; il sourit et versa une louche de bouillon dans une tasse qu'il m'aida à boire : c'était très salé.

— Le médecin a parlé de *flux céliaque,* murmura-t-il dubitatif. Le mal est, paraît-il, assez courant sous ces latitudes. Le général Dumas en a également été victime. À tous les deux on a prescrit le repos et ce potage d'apothicaire. Craignons que vos intestins ne vous reprochent durant des jours le châtiment que vous leur avez infligé ! L'air du Kaire est vraiment malsain ; le poison est partout…

Après une semaine à ce régime et ne consommant plus rien que longuement bouilli, mes viscères — ainsi, m'informa-t-on,

39. Infusion à base de fleurs d'hibiscus.

que celles de Dumas — acceptèrent de me rendre la liberté. Attribuant ma mésaventure à l'excessive chaleur, je restreignis mes sorties aux lieux ombragés et aux moments de la journée où le soleil frappait le moins. Les vêtements égyptiens m'apparurent en outre mieux adaptés aux excès du climat : je résolus, comme Buonaparte, de les adopter malgré les railleries — on l'appelait *Sultan el-Kebir,* on me donna du *Mondétourbey* — et j'enjoignis Sékou de m'imiter.

Cette initiative, ajoutée à la barbe et au turban, eut pour avantage de nous fondre dans la foule : nous pûmes pénétrer partout, y compris dans les mosquées. Involontairement transformés en espions, nous découvrîmes bien vite la duplicité des Égyptiens, lesquels semblaient certes apprécier d'être débarrassés des Mamelouks, mais non que l'on substituât à ces derniers une administration par trop étrangère aux usages locaux. De plus, les bonnes intentions proclamées par Buonaparte demeuraient lettre morte chez nos soldats trop arrogants.

Je me permis d'aborder le sujet avec *Sultan el-Kebir* lors de l'anniversaire de la République, le 22 septembre — 1er vendémiaire An VII — dont la célébration, fastueuse et colorée, se déroula sur une place de l'Esbekieh partiellement envahie par les eaux du Nil.

Coutelle y fit une démonstration d'aérostat qui n'eut guère plus de succès auprès des Kairotes que des habitants d'Alexandrie. Comme le généralissime s'en étonnait, je lui fis part des réflexions entendues çà et là dans la bouche des Égyptiens. Il haussa les épaules.

— L'Empire ottoman entrera incessamment en guerre contre nous, grogna-t-il ; voilà qui devrait occuper plus utilement les esprits.

Dumas, debout derrière moi, glissa à mon oreille que les dépêches faisaient état d'une seconde coalition dirigée par une Angleterre acoquinée à la Russie et à l'Autriche.

— Nous serons bientôt en conflit avec le monde entier, prophétisa-t-il. Il va encore falloir lever des troupes. Nous ne resterons pas ici éternellement…

Buonaparte darda sur lui un regard courroucé.

— Malgré Aboukir, cingla-t-il, vous devriez savoir que nous disposons encore d'assez de navires et d'hommes pour tenir tête aux Anglais. Ne lisez-vous point *Le Courrier d'Égypte*? Le Kaire nous demeurera: quiconque en doute peut l'aller conter au Directoire.

En dépit de ce que prétendait *Sultan el-Kebir*, la nouvelle du déclenchement des hostilités contre l'Empire ottoman ne contribua guère à détourner le ressentiment de la population. Au fil des semaines et des explorations, nous constatâmes que cette animosité allait croissant, attisée par les imams et les palabres infinies qui se tenaient aux bains ou après la prière.

Le foyer majeur de cette sédition était la grande mosquée Al-Azhar, où je n'osais m'aventurer mais d'où Sékou revint, un soir, terrifié par ce qu'il avait entendu.

— Ils ont juré par le Prophète d'égorger tous les Français! s'étouffa-t-il.

Je voulus incontinent avertir Buonaparte mais Coutelle conseilla d'attendre que d'autres voix confirmassent la menace.

Les émeutiers s'en chargèrent hélas eux-mêmes à peine achevé le prêche du vendredi suivant: nous nous apprêtions à sortir lorsque nos camarades de la Commission accoururent au palais, devancés par des soldats. Nous eûmes à peine le temps de barricader les issues et nous répartir les rares fusils disponibles.

Un essaim hurlant s'attaqua aux portes et aux moucharabiehs donnant sur la rue; un orage de pierres s'abattit sur les toitures et dans les cours. L'affairement à éloigner le danger empêcha la terreur de nous saisir mais quand les munitions vinrent à manquer et que les ultimes remparts faiblirent, nous crûmes arrivé l'inéluctable.

La nuée, heureusement, perdit en virulence, jusqu'à se disperser dans la nuit, qui fut longue et que nous consacrâmes à réparer les brèches en attendant des renforts. Lesquels nous trouvèrent épuisés mais vivants : tel n'était pas le cas des centaines de malheureux que la vague avait emportés et que nos troupes vengèrent dans le sang.

Traqués ruelle par ruelle, les insurgés refluèrent vers Al-Azhar où ils furent impitoyablement massacrés ; on exécuta les meneurs et la mosquée profanée ferma ses portes. *Sultan el-Kebir* eut beau, ensuite, amnistier les survivants, la paix revenue la concorde était morte.

Il devint périlleux, dès lors, de déambuler en ville sans escorte. Les savants de la Commission, concentrés sur leurs travaux, n'en souffrirent guère mais le désœuvrement assaillit la plupart d'entre nous. Échaudé par l'incident de Gizeh, je déclinai les offres d'excursions dans le désert et tâchai de tromper l'ennui par l'achat de curiosités marchandées pendant des heures ou la lecture des nombreux ouvrages qui composaient la bibliothèque de l'Institut. Sékou inventa certes de nouveaux jeux, mais à ces soirées consolatives succédaient de bien mornes journées.

Le mot *retour* s'immisça de plus en plus souvent dans les conversations, d'abord à mi-voix puis, proféré par des membres de l'état-major, en présence de Buonaparte. Pressentant sans doute le danger, notre généralissime promit d'organiser avant l'hiver un voyage vers l'isthme de Suez, à la recherche du mythique canal des pharaons.

— Après cela, sourit-il, les déserteurs n'auront qu'à prendre le bateau.

Je me voyais déjà embarquer pour Marseille mais un géographe ricana qu'à moins de désensabler le chenal en question, s'il existait, il faudrait aux dits fuyards contourner l'Afrique.

Malgré l'abattement, je me portai volontaire pour l'expédition, à laquelle se joignirent Coutelle, le général Dumas et mon dévoué Sékou.

Notre caravane de cinq cents dromadaires, gardée par trois cents soldats, s'ébranla le jour de Noël, à l'instar d'un roi mage en grand appareil. Nous avions assurément fière apparence avec nos riches harnachements et nos costumes brodés d'or, mais l'inconfort de l'allure et l'âpreté du soleil transformèrent la parade en supplice. Buonaparte lui-même, bien qu'il prétendît le contraire, ordonna plus de haltes que ne l'eût requis un escadron à cheval.

Dumas, dès la première veillée, me fit part de son intention d'obtenir au plus vite l'autorisation de rentrer en France.

— Ma santé est un problème, confia-t-il, mais le commandement de *Sultan el-Kebir* en est un plus grand encore. Je suis au service de la République, pas de Tamerlan. Je devine combien le temps peut vous paraître long : votre héritier, si je ne m'abuse, célèbrera sans vous ses vingt ans…

Cette remarque involontairement cruelle hanta mon cerveau durant les jours qui suivirent : empêché de quitter mon repaire autrement qu'entouré de gardes, sans réelle utilité dans une brigade dont l'affectation n'avait pas rempli ses objectifs, l'Égypte pour moi se résumait au palais de Kacim-bey.

Je m'en ouvris à Coutelle, qui me donna raison.

— Votre Altesse, assura-t-il, sera plus utile à l'aérostation en France, auprès du Directoire, qu'ici où nos services font au mieux diversion. Ma place est encore au Kaire mais je ferai savoir au général de Buonaparte que la vôtre est à Paris.

Dumas, en arrivant à Suez — port misérable —, annonça que nous étions libres de rentrer chez nous mais que nous devrions affréter un navire à nos frais. Ce dernier détail me sembla négligeable et je me hâtai d'aller remercier le généralissime.

— Vous pourrez annoncer de vive voix à Barras mon projet de devancer les Ottomans en Terre Sainte, répondit Buonaparte avec une nuance de mépris qui me blessa. Je vous confierai par ailleurs un certain nombre de lettres à remettre en main propre.

Je m'inclinai comme un domestique, tout en me promettant *in petto*, une fois rentré en France, de tempérer auprès de mes interlocuteurs les dithyrambes du *Courrier d'Égypte*.

Nous nous ennuyâmes à Suez durant tout le mois de janvier 1799 et, pendant que les savants recherchaient le canal des pharaons, Buonaparte traversa la mer Rouge pour contempler les fontaines de Moïse à l'endroit où les Hébreux avaient passé les flots. Lesquels, au retour, faillirent bien engloutir son escorte à l'instar des ennemis de Yahvé, ce qui en amusa discrètement plus d'un.

Après maintes fouilles sur le pourtour des lacs Amers, on découvrit finalement un chenal manifestement redevable à la main de l'Homme : on décida que c'était le canal attendu et que l'expédition était un succès. Buonaparte évoqua pompeusement la mémoire des visionnaires qui, depuis le règne d'Henry III, imaginaient de relier la Méditerranée à la mer Rouge, jura que la République donnerait corps à ce rêve, puis sonna le départ pour le Kaire.

V

Dumas souhaitait rejoindre Alexandrie à cheval, par le désert, mais je parvins à l'en dissuader. Nous affrétâmes deux felouques, dont une contenant nos caisses, et prîmes congé de nos compatriotes vers le 15 février. Chacun, à commencer par Coutelle considéra que Buonaparte m'honorait en me confiant sa correspondance privée : j'invitai pour ma part tous les membres de la Commission à faire de même et en embarquai une pleine sacoche.

La navigation jusqu'à Rosette se fit sans encombre ; le 5 mars nous étions à Alexandrie. Conté, qui s'y trouvait toujours, nous reçut chaleureusement. Ayant appris nos desseins, il nous présenta un capitaine nommé Félix, dont le brigantin armé *La Belle Maltaise,* qui battait pavillon neutre, pourrait, assura-t-il, nous conduire à bon port.

— Le général de Manscourt du Rozoy ainsi que l'estimé minéralogiste Déodat de Dolomieu ont également pour projet de quitter l'Égypte, soupira-t-il. Ce pays use autant les hommes que les biens. Peut-être pourriez-vous envisager de faire ensemble la traversée ?

Nous acquiesçâmes. Sékou eut beau protester qu'en vertu de son expérience l'aspect du voilier ne lui inspirait pas davantage confiance que celui du capitaine — quinquagénaire madré empestant l'alcool —, nous n'avions d'autre choix, eu égard à la rareté des navires disponibles depuis le désastre d'Aboukir, que d'embarquer sur celui-là.

J'y fis transporter mes boîtes, Dumas la dizaine de chevaux arabes qu'il ramenait comme unique trophée. Aimables autant que discrets compagnons de voyage, Manscourt emportait une collection d'armes, et Dolomieu de gemmes. Hormis la compagnie de Conté, que nous nous sentions confusément honteux d'abandonner en pareilles circonstances, nous laissions seulement à Alexandrie le regret de n'avoir pu accomplir totalement notre mission.

Les dieux, comme pour saluer notre départ avec autant d'acrimonie qu'ils avaient accueilli la flotte française quelques mois plus tôt, firent se lever de forts vents qui chassèrent violemment *La Belle Maltaise* vers le large. Le navire, fatigué, montra vite des signes de faiblesse, prenant l'eau de toutes parts. Faute de pouvoir revenir en arrière, le capitaine décida de poursuivre à pleines voiles. Épouvantablement malades, nous ne quittâmes point nos cabines.

Au troisième jour, les voies d'eau innombrables forcèrent l'équipage à jeter par-dessus bord le lest, puis les canons ; au quatrième, une partie de la cargaison les rejoignit au fond de l'eau ; au cinquième ce fut la collection de gemmes de Dolomieu. Le brigantin continuait à s'enfoncer : mes caisses et celles de Manscourt disparurent, mangées par les vagues. Quand l'évidence s'imposa que les chevaux aussi devaient être sacrifiés, Dumas, en larmes, les abattit lui-même avant d'abandonner leur dépouille à Neptune.

Les cales vides, nous pûmes gagner le nord de la mer Ionienne et mouiller à l'abri d'une petite île du golfe de Tarente ; *La Belle Maltaise,* gorgée d'eau, avait pris une gîte désespérée. Le capitaine emprunta notre unique chaloupe afin de demander asile au port. Le gouverneur ayant donné son accord, nous débarquâmes piteusement à Tarente sans savoir que la France avait déclaré la guerre au royaume de Naples, où venait d'être proclamée une *République Parthénopéenne,* et que nous étions en conséquence des ennemis du roi Ferdinand, dont Tarente était l'une des possessions.

Nous fûmes aussitôt appréhendés mais nos geôliers, dont la position demeurait périlleuse — les troupes françaises occupaient l'arrière-pays —, nous traitèrent avec respect : nous bénéficiâmes de cellules individuelles assez confortables, on nous laissa déambuler à notre guise dans le *Castello Aragonese* qui servait de prison, et mon portefeuille de correspondance, sauvé du naufrage, me fut rendu intact. On nous autorisa même à écrire une supplique au cardinal Ruffo, qui commandait les forces royalistes.

Le prélat, après une quinzaine de jours, répondit que, sans disputer du droit ou non qu'avait le roi de Naples à nous retenir prisonniers, on ne pouvait nous relâcher car, dénués d'escorte puissante, nous serions taillés en pièces par les Italiens ; quant à la voie de mer, elle dépendait des Anglais. « Je vous invite conséquemment, concluait Ruffo, à traiter directement avec votre état-major afin qu'il procède à un échange de prisonniers : nous tenons, par exemple, beaucoup au colonel Boccheciampe. »

Ainsi fut-il procédé : une lune s'écoula, au cours de laquelle nous trompâmes l'ennui par l'espoir d'une prochaine libération, avant que les nôtres ne nous informassent de ce que le fameux colonel avait succombé dans son cachot. Les négociations s'interrompirent et Ruffo ne voulut plus rien entendre.

En représailles, on nous transféra, Dumas, Manscourt, Sékou et moi-même, au sinistre château Svevo de Brindisi, sur l'Adriatique, à la fin du printemps. Dolomieu, malade, resta seul à Tarente.

Les égards que l'on nous témoignait disparurent sitôt franchie la passerelle et l'on me confisqua ma sacoche. Notre unique consolation fut de n'être point séparés et de retrouver des compatriotes sous les voûtes austères de la forteresse. Ainsi apprîmes-nous que nos armées s'étaient retirées de Naples pour prêter main forte à celles du Piémont, assaillies par la Coalition ; il se murmurait également que Buonaparte peinait face aux Ottomans.

L'adversité qui frappait les nôtres se détourna toutefois de moi au bout de quelques semaines : un matin du mois d'août, je fus convoqué chez le gouverneur par des gardes étonnamment respectueux.

On me donna un fauteuil et l'on expliqua, dans un mélange embarrassé de français et d'italien, que l'ouverture des missives que contenait ma besace avait donné lieu à une enquête concernant mon auguste personne, dont on connaissait désormais la naissance et les titres, notamment celui de prince du Saint-Empire. Le cardinal Ruffo, consulté sur l'affaire, s'était empressé d'ordonner que je fusse présenté à Leurs Majestés fraîchement rentrées à Naples après la débâcle de l'éphémère République Parthénopéenne.

— Une escorte conduira Votre Altesse jusqu'à Caserte, bredouilla le gouverneur. Un navire anglais appareillera bientôt pour Naples.

Je pus négocier que Sékou me suivît comme domestique, mais dus laisser derrière moi nos autres compagnons.

Nous embarquâmes à bord du *HMS Bellérophon*, intimidant navire de guerre de soixante-quatorze canons qui, précisa le capitaine d'Esterre Darby avec un sourire narquois, avait participé à la *première* bataille d'Aboukir :

— Il est regrettable pour les Ottomans que nous n'ayons point pris part à la *seconde*, ajouta-t-il en excellent français ; car eux ont perdu au mois de juillet dernier contre votre Buonaparte…

Le barbier du château Svevo s'était occupé de rendre à mon visage un air civilisé mais je manquais de vêtements neufs. Le capitaine, dont la complexion était proche de la mienne, m'en fit incontinent donner sur sa garde-robe personnelle, ainsi qu'une perruque à la mode anglaise. Ainsi métamorphosé, j'eus autant l'impression de remonter le temps que de trahir ma patrie.

— Votre Altesse devrait louer la Providence, objecta d'Esterre Darby comme s'il avait deviné mes pensées ; nul doute que Leurs Majestés napolitaines l'autoriseront à rentrer chez elle, retrouver les siens, choses qui nous sont interdites à cause des circonstances…

Je lui sus gré de contenir son animosité mais je dus à mon tour réfréner la mienne lorsqu'il narra comment les troupes du roi Ferdinand, sur l'injonction conjuguée d'Hamilton, l'ambassadeur britannique, et du contre-amiral Nelson dont la flotte stationnait en baie de Naples, avaient massacré les centaines de républicains, nobles et bourgeois, que ne protégeaient plus nos armées.

— La haine contre les Français est à son comble, prévint mon interlocuteur, car le peuple est demeuré royaliste ; je suggère respectueusement à Votre Altesse de ne point quitter Caserte sans protection.

Le *Bellérophon* passa au large de Naples pour mouiller quelques milles plus au nord, devant Castel Volturno, d'où l'on manda un coursier prévenir la Cour.

Après deux jours d'attente, un carrosse aux armes des Bourbon-Sicile, sur lequel veillaient des serviteurs en livrée et une garde lourdement armée, s'immobilisait devant le quai. En sortit un vieil homme aux yeux éteints, à qui l'on eut dit que pesait l'habit, tant sa démarche était lente. Avant de prendre congé, d'Esterre Darby me le présenta : Sir William Hamilton. Je ne pus refréner une grimace.

— On ne choisit pas toujours ses hôtes, murmura le diplomate en inclinant la tête. Leurs Altesses Royales Mesdames Victoire et Adélaïde[40] en ont fait l'amère expérience ; elles persistaient, en exil, à détester les ennemis de la France : Anglais, Autrichiens… Ce sont pourtant des Français qui les ont chassées, d'abord de leur pays, puis de Rome, de Naples et enfin de Corfou ! Madame Victoire n'y a d'ailleurs pas survécu : elle est morte à Trieste le 7 juin. Tout cela est fort triste…

Le vieillard, en chemin, précisa les modalités de mon séjour à Caserte.

— Leurs Majestés et Son Éminence le cardinal Ruffo ne doutent pas que Votre Altesse, en dépit de l'aventure égyptienne, ne soit restée fidèle à la monarchie, assura-t-il. L'épouse de Votre Altesse, parente de Sa Majesté la Reine Marie-Caroline[41], n'a-t-elle point suivi Louis XVIII en émigration ? Votre Altesse bénéficiera à la Cour d'un appareil conforme à son rang. Il me faut néanmoins indiquer que nous-autres Anglais ne partageons pas tout à fait le point de vue de Leurs Majestés, et que Sir Acton, le Premier ministre de Naples, attend de se forger une opinion. La correspondance saisie sur Votre Altesse — puisse Votre Altesse nous pardonner — contient en effet des éléments que nous souhaiterions éclaircir ; Lord Nelson éprouve la même curiosité. Votre Altesse nous obligera beaucoup en daignant nous en entretenir…

Inférant que le prix de ma liberté se paierait, pour ainsi dire, en livres sterling, je m'engageai par avance à complaire, dans les limites honorables, aux *desiderata* britanniques.

— Veuille surtout Votre Altesse complaire à Sa Majesté la Reine, insista Hamilton.

---

40. Filles survivantes de Louis XV.

41. Élisabeth de Lorraine-Harcourt (1710-1740), grand-mère paternelle d'Armande-Louise de Mondétour, était affiliée à la Maison de Habsbourg, d'où est issue la Reine.

À l'écart de Naples comme l'était Versailles de Paris, le château de Caserte en possédait également la grandeur monumentale mais il émanait de ce *gros tas de pierres* — ainsi l'appelait Hamilton — une froideur désuète que ne tempérait guère, en dépit du climat, la beauté des jardins. On m'y donna, outre une fort belle suite d'appartements, une garde-robe complète et pas moins de huit domestiques, dont un accort majordome qui palliait la différence de langue par des mimiques et d'amples gestes du dernier comique.

Je compris mieux, en partie grâce à lui mais également par quelques indiscrétions, l'injonction d'Hamilton au sujet de la Reine : le roi Ferdinand — que ses sujets surnommaient affectueusement *Nasone* à cause du long appendice hérité de ses ancêtres Farnèse — était en effet un monarque fruste, sans grande éducation, amateur d'exercices violents et plus à son aise parmi les *lazzaroni* du bas-peuple qu'avec ses propres courtisans. On racontait que la reine Marie-Caroline en avait souffert mais qu'elle s'était d'autant mieux accommodée des tares de son royal mari que celui-ci faisait un excellent amant, dont les assauts avaient engendré une nombreuse descendance, et qu'il lui laissait toute latitude pour gouverner.

Digne héritière de l'archiduchesse Marie-Thérèse d'Autriche sa mère, Marie-Caroline, bientôt quinquagénaire, régentait en quelque sorte le royaume, conseillée dans cette tâche par le très influent Sir Acton. Ses opinions, que l'on disait libérales, s'étaient muées en détestation des *idées françaises* après l'exécution de Louis XVI son beau-frère et, surtout, de sa cadette Marie-Antoinette. L'avènement de la République Parthénopéenne avait transformé cette haine en fureur, raison probable pour laquelle j'entendis Sa Majesté répondre en allemand aux hommages que je lui présentai lors de la première audience.

Hautaine et distante en public, Marie-Caroline se révéla néanmoins une hôtesse exquise dans l'intimité de ses petits appartements. Elle me fit notamment l'honneur de m'inviter à sa table et assura connaître mon nom pour l'avoir lu jadis sous la plume de notre défunte souveraine alors recluse au palais des Tuileries. Nulle mention de mes participations aux campagnes d'Italie et d'Égypte ; j'ouvris la bouche pour aborder la question mais la Reine m'en empêcha.

— Nos amis Anglais voient le mal partout ! s'emporta-t-elle. Suffirait-il que vous fussiez Français ? On a bien le droit d'aimer son pays : Mesdames Victoire et Adélaïde l'ont assez prouvé lors de leur séjour ici. On prétend que j'exècre vos compatriotes : rien n'est plus faux ! Ce sont les assassins que j'ai en horreur !

Nos amis Anglais y revinrent toutefois lors de l'entretien que nous eûmes chez William Hamilton, avec John Acton et Horatio Nelson. Si la courtoisie des deux premiers demeurait exemplaire, l'attitude du contre-amiral à mon encontre fut à ce point mordante que ses compagnons durent plusieurs fois le rappeler à son rang et au mien.

Ainsi qu'il était prévisible, la correspondance de Buonaparte constitua le nœud majeur de la dispute : Nelson affirmait que j'étais un espion et que la moindre lettre issue de ma besace contenait des indications codées dont je taisais la clef.

Emma Hamilton, belle brune manifestement trop jeune pour son mari, pénétra alors dans la pièce pour proposer du thé. Raillant nos mines soucieuses, elle nous ordonna de signer l'armistice.

— Leurs Majestés seraient fâchées d'apprendre que vous tourmentez leurs invités, gronda-t-elle gentiment. Son Altesse n'est point venue céans conquérir la flotte britannique ni renverser le trône de Naples ! — Et à moi : il paraît que Votre Altesse visita jadis la Suède en ballon…

La diversion opéra et je bénis *in petto* la prévenance de notre hôtesse. Mon récit sembla passionner tout le monde sauf le contre-amiral, pour qui sans doute la pratique de l'aérostation me rendait plus suspect encore. La tendre insistance de Lady Emma à le convaincre du contraire m'inclina à penser que ses rapports avec lui dépassaient le cadre protocolaire, soupçon que Lord Acton confirma quelque temps plus tard en indiquant que Lady Hamilton était « le plus court chemin pour accéder au cœur de Nelson ».

La Cour de Naples n'était certes pas celle de Versailles mais j'y succombai, malgré moi et les remarques acérées de Sékou, aux pavots de la nostalgie, goûtant les subtilités de l'étiquette, les promenades dans les jardins avec la suite de la Reine — je vis très peu le Roi, trop affairé auprès de ses *lazzaroni* —, les spectacles fastueux donnés au théâtre royal, les fêtes, les conversations érudites…

Caserte abritait en outre d'inestimables trésors dont la partie antique provenait des Farnèse. Il y avait aussi une ménagerie où, pour la première fois de ma vie, je pus contempler des kangourous apportés de Nouvelle-Hollande[42] par les Anglais.

Nelson persista à me tenir à distance mais Hamilton, qui possédait également de très belles collections ramenées de voyage, me traita comme un père. Je n'en oubliai pas pour autant mes compagnons d'infortune, toujours enfermés à Brindisi, et présentai, avec son appui, maintes requêtes à Leurs Majestés. On me répondit *in fine,* par la bouche agacée de Monseigneur Ruffo, que l'on étudierait le sort du minéralogiste mais que celui des militaires relevait de procédures différentes.

---

42. Ancien nom de l'Australie.

L'été s'écoula, puis l'automne, sans autre nouvelle de France que celle de la mort de Sa Sainteté le pape Pie VI, contempteur de la Révolution et, en quelque sorte, tué par elle au fond d'une prison valentinoise. La chute de la République Romaine instituée un an plus tôt par les Français lui servit de vengeance posthume.

Les espions britanniques avaient, en octobre, signalé le retour secret de Buonaparte à Paris mais, inquiétés davantage par la défection russe au sein de la coalition, *nos amis Anglais* n'y avaient guère prêté attention, concentrant leurs objectifs sur la reprise aux Français de leurs conquêtes. L'annonce de la fin du Directoire à la suite d'un coup d'État fomenté le 9 novembre — 18 brumaire An VIII — par *le Corse* surprit donc tout le monde.

Les assemblées ajournées, les Directeurs exilés, un Consulat fut imposé *manu militari* par le nouveau César avec la complicité de certains ministres démissionnaires, dont Cambacérès et Talleyrand-Périgord.

— La France a enfin son Cromwell[43] ! commenta Lord Acton.

Inquiet pour mes proches, à qui je n'avais pu écrire et desquels je ne recevais rien, je demandai à Leurs Majestés l'autorisation de regagner ma patrie. Elle me fut accordée en guise d'étrennes mais je dus attendre le début d'année 1800 avant qu'un navire en partance pour l'Angleterre ne me prît à son bord avec Sékou.

Nous débarquâmes discrètement en chaloupe, par une nuit glaciale de février, sur l'îlot morbihannais de Chemendy que je parvins à situer presque par miracle.

---

43. Le dictateur Oliver Cromwell (1599-1658) gouverna l'Angleterre sous le titre de *Lord Protecteur,* de 1650 à sa mort. Il proclama la République (*Commonwealth*) après l'exécution du roi Charles Ier.

En à peine plus de deux ans depuis ma dernière visite, l'endroit avait perdu en végétation et, semblait-il, gagné en hauteur. Le gardien, aussi surpris qu'intimidé, ouvrit la porte en s'exclamant que le froid avait joué pour nous avec la chance car les molosses dont on entendait les aboiements furieux dans les soubassements étaient exceptionnellement restés enchaînés. Notre hôte s'excusa de ne pouvoir offrir en partage que son humble pitance et une paillasse devant l'âtre.

— Ma famille reste à Vannes, bredouilla-t-il ; les communs ne sont point encore habitables. Je dors ici chaque soir. Monsieur Henry-Saül… je veux dire Son Altesse, était encore parmi nous la semaine dernière pour surveiller l'avancement des travaux. L'essentiel est fait : les couvreurs ont fini juste avant l'automne, les fenêtres ferment et on a nettoyé la citerne. L'intérieur devrait être prêt au printemps prochain : l'architecte a dit que Son Altesse voulait de l'égyptien partout…

Il ajouta que l'inquiétude dominait depuis que l'on avait perdu la trace de *La Belle Maltaise,* en dépit de rumeurs faisant état de ma présence à Naples.

Nous soupâmes médiocrement et dormîmes de même. Au matin, nous embarquions pour le continent.

Quand nous arrivâmes à Paris, rue des Marais-Saint-Germain, quelques jours plus tard, l'accueil ne me sembla pas aussi empressé qu'aurait laissé attendre un aussi long éloignement : même Bruno paraissait gêné de me revoir.

Je crus d'abord que Sékou en était la cause mais Nándor, refermant sur nous la porte d'un salon, expliqua d'une voix mal assurée que mon fils avait, depuis plusieurs mois déserté la maison et le collège Égalité.

— Monsieur Philippe continue à y étudier, marmotta-t-il, mais votre héritier a annoncé, après son vingtième anniversaire et l'inscription sur le tableau de recrutement de l'armée, n'avoir plus besoin de chaperon. Comment lui donner tort ? Il a obtenu une dispense du Conseil de révision, par le fait de votre disparition, et s'est mis en tête d'administrer lui-même vos domaines, où il passe désormais le plus clair de son temps, avec une préférence, semble-t-il, pour le château de Morienval. J'ignore avec quels succès car il m'a, pour ainsi dire, congédié. Il y a plus grave, hélas : vous ignorez, n'est-ce pas, ce qui s'est passé en votre absence, hormis peut-être la proclamation du Consulat...

J'approuvai de la tête. Mon interlocuteur m'engagea à m'asseoir et s'en fut quérir un godet de marc qu'il me tendit.

— C'est donc à moi, soupira-t-il, que revient la triste tâche de vous apprendre le décès de Monsieur Bologne de Saint-George.

Des larmes naquirent aussitôt à ma paupière ; mon sang se figea, comme si la douleur parvenait en même temps de toutes les directions, piquant ma peau et desséchant ma langue. Le cerveau pétrifié, incapable d'articuler quoi que ce fût, j'entendis à peine Nándor mentionner que le terrible événement s'était déroulé au mois de juin précédent, que mon bien-aimé compositeur avait succombé à une infection fulgurante et que sa dépouille reposait au cimetière de Sainte-Marguerite[44].

— Madame de Montesson a cru mourir de chagrin, ajouta-t-il ; elle fleurit la sépulture toutes les semaines. Monsieur Henry-Saül a également été fort peiné par cette disparition, comme d'ailleurs la plupart d'entre nous.

Sékou, qui se tenait en retrait, accrocha mes regards désespérés et vint me serrer dans ses bras. L'étreinte dura longtemps.

Nous nous rendîmes ensemble le soir même sur la tombe de Joseph, simple dalle grise que seules une discrète inscription et des fleurs de soie encore fraîches distinguaient de ses voisines.

---

44. Disparu. Dans l'actuel 11e arrondissement, à côté de l'église éponyme.

Cinquante-quatre ans à peine : Charlotte de Montesson, chez qui je me présentai le lendemain, le répéta maintes fois au cours de notre entretien. Ma récente affliction raviva la sienne, aussi tentai-je d'orienter la conversation sur des sujets moins éprouvants. Je narrai mon périple, mon hôtesse les récents événements qui avaient secoué Paris.

— Madame de Buonaparte peut se féliciter d'avoir fait le bon choix, grinça-t-elle ; la voilà *Première Consul* ! La Cabarrus ne s'en est pas trop mal tirée non plus, puisqu'elle a abandonné à temps ce pauvre Barras — parti, dit-on, en exil à Bruxelles — pour le financier Ouvrard, dont les affaires sont florissantes. Votre ami Cambacérès s'est également avéré fin stratège en démissionnant *in extremis* de son ministère pour mieux endosser l'habit de Second Consul — le Troisième est un nommé Lebrun, qui s'affirme royaliste modéré. Le nouveau César s'est installé au palais des Tuileries dans les appartements du feu Roi : Madame votre mère, moi-même et nombre d'autres avons trouvé cela particulièrement inconvenant. Joséphine se voit d'ailleurs si peu en Calpurnia[45] qu'elle préfère tenir cour en son château de Malmaison[46]...

Cambacérès me reçut quant à lui peu après en l'hôtel de Retz[47], non loin de celui d'Ystirac, dans un décor infiniment plus sobre que les luxueux lambris de l'hôtel de Bourvallais[48] où il exerçait précédemment. Notre ancien complice Barras ne parut guère lui manquer. Il revint en revanche longuement sur le régime fraîchement instauré, la bouche débordant d'éloges pour le Premier Consul, quand bien la situation en dehors

---

45. Dernière épouse de Jules César.
46. Dans les actuels Hauts-de-Seine (alors Seine-et-Oise).
47. Dans l'actuel 3e arrondissement.
48. Place Vendôme, dans le 1er arrondissement. Actuel ministère de la Justice.

des frontières n'était pas favorable, notamment en Égypte où les Anglais exerçaient une forte pression sur le général Kléber.

Mon odyssée napolitaine — notamment le portrait que je brossai de Nelson, dont la haine des Français était parvenue jusqu'à Paris — intéressa vivement mon interlocuteur, qui assura que le Premier Consul œuvrait à contrer l'ennemi par de nouvelles campagnes.

Je m'enquis alors de savoir si notre corps d'aérostiers serait requis, et fus grandement déçu de m'entendre répondre que le Directoire, dans l'un de ses ultimes arrêts, avait dissout la compagnie, fermé les ateliers de Meudon, et que le Consulat ne comptait pas revenir sur cette décision.

— Tes camarades Coutelle et Conté seront réaffectés à leur retour d'Égypte… s'ils reviennent, lança Cambacérès avec une légèreté qui me choqua. Eu égard aux difficultés que nous rencontrons pour libérer le général Dumas et nos compatriotes tombés aux mains des Anglais, je suis certain que ta famille sera soulagée de te savoir enfin en retraite !

Au moment de prendre congé, il me remit, l'air goguenard, le petit paquet de lettres que mon épouse avait envoyées de Courlande et qui, comme d'usage, étaient d'abord passées entre les mains du ministre de la Police. Armande-Louise y décrivait l'ennui à Mitau, l'absence de distraction en dehors des querelles de préséance, les longs hivers, la moiteur étouffante des étés et l'inexorable dégradation des relations du couple royal — je compris entre les lignes que le tribadisme de la Reine était en cause. Seuls événements notables : le mariage, en juin 1799, de Madame Royale avec son cousin germain le duc d'Angoulême, fils aîné du comte d'Artois, et en octobre la visite du général Dumouriez, ci-devant héros de la Révolution puis l'un de ses plus farouches opposants, que sa trahison contraignait à l'errance.

« Les Anglais seuls en voudront, assurait ma correspondante ; de même que du duc d'Orléans, fils de traître qui suit partout Dumouriez à l'instar d'un barbet et à qui Sa Majesté a bien magnanimement accordé le pardon. Ne manque plus, félon pour félon, que le général de Lafayette, mais on insinue qu'il s'apprête à rentrer en France avec l'assentiment de Buonaparte… »

Parmi les nombreuses autres missives attendant mon retour, je n'en trouvai qu'une de mon cher Alexandre, parti à Saint-Domingue peu avant que je ne fisse voile pour l'Égypte. Elle était datée de novembre, du port de Jacmel assiégé par les troupes rebelles de Toussaint Louverture. Sa tonalité me plongea dans l'angoisse.

« Puissent ces lignes te trouver en vie, et veuille le Ciel que je le sois également à l'instant où tu les liras, était-il notamment écrit. L'armée ne nous obéit plus, sauf dans le sud où nous sommes acculés. La défaite semble inéluctable si la République ne mande point de renforts. Le général de Hédouville espère que nous tiendrons jusque-là mais le commissaire Rigaud, qui commande la place, ne croit guère en nos chances. Certains parlent déjà de reprendre le bateau… »

Je me surpris à prier intensément Dieu qu'il ne me ravît point mes amours les uns après les autres, et je me rendis à Mondétour avec Sékou et Bruno afin que nos religieuses joignissent leurs oraisons aux miennes.

J'y retrouvai Philippe, mon pupille, voûté sur une carcasse trop vite grandie, visage constellé d'acné, regard fuyant, voix éraillée et propos maussade. J'en ressentis à la fois une profonde commisération pour ses souffrances, et de la colère contre mon rejeton qui semblait l'avoir complètement abandonné. Ma mère partageait cet avis, témoignant à ce petit-fils illégitime une affection qui contrastait fort avec sa froideur de jadis.

Sans réelle passion ni vrai talent, peu enclin à susciter l'amitié, l'adolescent languissait, de son propre aveu, sur les bancs du collège. Je songeai donc à le faire admettre aux Petites Tuileries, comme son ingrat cousin quelques années auparavant.

Il devint écarlate quand je lui présentai la chose à la faveur d'une promenade en tête-à-tête.

— Henry-Saül m'y a déjà mené, avoua-t-il, mais Monsieur Blaise-Abel a refusé de nous ouvrir, au prétexte que vous n'aviez laissé aucune instruction. Alors nous sommes rentrés à Paris ; et là…

Il s'interrompit et baissa le menton. J'inférai que l'aventure s'était achevée au bordel.

Trois jours plus tard, j'accompagnai l'adolescent en lisière de forêt de Montmorency. L'Apollon Blaise-Abel ne fit aucune remarque mais il précisa que le vieux Moïse, malade depuis plusieurs mois, avait pris la liberté de lui confier la direction du prostibule.

— Je me suis permis d'en chasser les parasites, releva-t-il ; ceux surtout qui se réclamaient indûment de Votre Altesse pour refuser de payer leur écot. Les amis de Monsieur Garat, par exemple.

J'applaudis d'autant à cette résolution que le *citoyen* Sade et ses atlantes ne comptaient pas au nombre des proscrits. En conséquence de quoi, déléguant à mon hôte le soin de veiller aux *desiderata* de Philippe, je passai les heures suivantes en compagnie du ci-devant marquis.

Il avait beaucoup maigri, ses traits s'étaient avachis mais il insista pour ouïr d'abord le récit de mes aventures avant de narrer les siennes, véritable théorie de catastrophes qui l'avait jeté, ainsi que la malheureuse Madame Quesnet, sur les routes de France : ruiné, expulsé de Saint-Ouen, poursuivi par les créanciers, le couple s'était égaré de ville en ville, survivant d'expédients jusqu'à ce qu'un théâtre de Versailles acceptât de l'engager.

— On ne saurait déchoir davantage, conclut mon interlocuteur en secouant ses hardes. Il n'est guère qu'ici où je me sente protégé. Ma *Nouvelle Justine* m'a valu bien des soucis — on a osé publier que mon seul nom exhalait une odeur de cadavre ! — mais j'ai réussi à apurer mes dettes et récupérer mes chers colosses. Nous devrions bientôt recouvrer un toit plus digne de notre âge que la soupente où nous croupissons actuellement et que j'ai, dans mon fol orgueil, préférée aux lambris que nous offraient ces rares amis parmi lesquels vous comptez.

Le soleil déclinant, Sade proposa ses valets pour la nuit en échange de sa présence à mes côtés lors d'une promenade vespérale dans la clairière au cénotaphe.

— Je veux vous voir à l'œuvre avec votre fantôme ! s'exclama-t-il.

— Des amis de ton bisaïeul avaient eu, jadis, une idée similaire, souffla bientôt la voix ; ce que j'avais révélé à leur sujet les avait mis en fuite.

— Tel n'est point l'objet, répondis-je mentalement.

— En effet, reprit le murmure : le marquis est quelqu'un que j'aurais aimé côtoyer... Déflorons seulement cet anodin secret qu'il est seul à connaître : après avoir vendu son château de Lacoste, il a commandé, pour le cabinet secret de sa maison de Saint-Ouen, une tenture licencieuse reprenant des scènes de *Justine*. Anxieux de la perdre quand la fortune s'est éloignée, il l'a cachée ici, sous le tapis de sa chambre.

Sade pâlit légèrement lorsque je formulai à voix haute ce que je venais d'apprendre mais il insinua aussitôt que Blaise-Abel, ayant découvert la cachette, s'en était ouvert auprès de moi.

— Dis-lui qu'il songe présentement à rentrer vérifier si son bien se trouve toujours là où il l'a laissé, suggéra la voix.

Je m'exécutai. Le marquis ouvrit la bouche sans proférer un mot, puis tourna les talons.

— Le voilà en fuite, soupira le murmure… Je dois, avant que tu ne l'imites, te parler de Philippe : il ressemble à son géniteur ; la haine qui sommeille au fond de son cerveau est terrifiante. Ton rejeton l'a profondément meurtri, à la fois par ses succès féminins — contrairement à ce que toi et les tiens croyez, les conquêtes du bel Henry-Saül ne se dénombrent plus —, par son délaissement après tant de proximité, et parce que, influencé par les idées pernicieuses répandues chez ses condisciples, il ne comprend pas pourquoi l'héritage du feu duc-prince son grand-père est si mal réparti.

— Mais il aura sa part : Choisy-Mondétour…

— Le marquis d'Ystirac lui a répété, dans l'enfance, que ton frère aîné l'avait légitimé : que lui chaut, dès lors, le droit, le testament établissant celui de ta famille, ta générosité ou votre tendresse ? Comme je ne sache nullement que les mâles l'attirent davantage que les femelles, je suggère que tu veilles à l'éclosion d'une vocation religieuse : sans mariage, pas de conflit.

— Je n'ai point ce pouvoir.

— Il se pourrait que, moi, je l'eusse : Philippe, légitimité ou pas, demeure l'héritier naturel de la branche aînée de ta famille. S'il m'est offert de te parler, je devrais également pouvoir converser avec lui. Et dans ce cas…

Il me donna à entendre une envoûtante mélopée d'où émergeaient des accents dignes de la chapelle Sixtine. Je frémis en anticipant l'effet que produirait ce subterfuge mais ne pus réprimer un sourire à l'idée qu'un spectre libre-penseur se muât en sirène pour convertir sa victime aux vertus théologales. Mon interlocuteur éclata de rire.

— Mande-le-moi donc, ce martyr ! s'exclama-t-il. Nous en ferons un bon clerc !

Je n'eus pas à me donner cette peine : au matin du lendemain, après une nuit luxurieuse passée auprès des atlantes du *citoyen* Sade auxquels s'était joint l'apollon Durelais, je retrouvai un Philippe transfiguré sur la banquette du vestibule et ressentis un mélange de culpabilité et de soulagement à l'entendre souffler, d'une voix étouffée par l'émotion, comment Dieu s'était adressé à lui *dans la langue des anges*.

— Vous devriez en parler au père Briard et à nos religieuses de Mondétour, suggérai-je traîtreusement.

Il approuva du menton en dardant sur moi des pupilles exaltées qui décuplèrent ma honte.

Nous rentrâmes à Mondétour, où Philippe apparut aussitôt en rédempteur de notre race mais où Sékou, qui avait entretemps découvert les portraits de mon bisaïeul — et notamment la plaque dorée que *Tulosanu* portait à l'oreille —, m'assaillit de questions à son sujet. Ma mère, qu'il avait déjà étourdie, me supplia de la débarrasser de cet étrange dévot. Philippe, évidemment, présentait de la religion un visage moins fantasque…

Autre archange lunatique, Henry-Saül avait beau savoir depuis longtemps que j'étais revenu, je ne le revis pas avant Pâques. Le ressentiment que je nourrissais à son encontre — soigneusement entretenu, car j'espérais ainsi me défaire de mes coupables pensées — disparut aussitôt qu'il franchit la porte de la rue des Marais-Saint-Germain ; incapable de formuler le moindre grief, je tombai dans ses bras, succombant derechef à l'intense passion qui m'en avait éloigné durant près de trois ans.

La beauté et le charme pleinement éclos de mon rejeton, ses mâles accents, l'élégance de sa mise et de ses gestes, constituaient autant de rets face auxquels tout combat s'avérait inégal. Cela, en revanche, je parvins à le lui marquer. Son sourire se figea.

— Vous accusez la nature, regretta-t-il en secouant ses belles boucles noires. Ne suis-je donc, pour vous aussi, qu'une façade ?

Sans me laisser le loisir de répondre, il avoua souffrir de plus en plus difficilement les regards appuyés que l'on posait sur sa personne, les sourires qui naissaient sur les lèvres de ses interlocuteurs quelle que fût la teneur de la conversation, *cette espèce de sot ravissement,* selon ses termes, dont chacun était saisi.

— Le Ciel qui a voulu ma fortune, grinça-t-il, a semé en mon âme un doute affreux : je ne suis, pour moi-même, ni ce masque ni cette abondance de biens que je ne dois qu'à vous. Et l'on m'adore, pourtant, à ces seuls oripeaux ! Peu importe que je sois instruit, sérieux, que mes projets aient une quelconque valeur : on me considère, on ne m'écoute pas ! Comment, dès lors, avoir le moindre ami, accorder la moindre confiance ? Et je ne parle point des demoiselles ; moins encore de leurs parents…

— N'êtes-vous pas trop exigeant ? risquai-je. Nándor…

— Nándor sait pertinemment de quoi il retourne ! On raconte que je suis le meilleur parti de France ! Si je voulais me marier…

— N'y a-t-il donc aucune jeune fille…

— Il y en a une, mais elle n'est point pour moi.

Je n'en pus rien tirer davantage. L'entretien dévia sur le sujet de Philippe, désormais reclus à Mondétour dans l'attente d'entrer au séminaire, pour la plus grande fierté de ma mère. Espérant que ma franchise descellerait les lèvres d'Henry-Saül, je ne lui masquai rien du subterfuge à l'origine de cette vocation. Il haussa les épaules.

— C'est de moi, plutôt, que votre prétendu fantôme aurait dû vous entretenir, grogna-t-il. Ainsi, peut-être, eussiez-vous pu me comprendre.

— Je vous aime, bredouillai-je ; cela ne suffit-il pas ?

Les yeux de mon héritier s'emplirent de larmes.

— Je vous aime aussi, Père, balbutia-t-il, et j'espère que vous pardonnerez aux soucis que je vais vous occasionner…

L'inquiétude me saisit mais mon interlocuteur refusa de calmer mes alarmes. Tout juste lâcha-t-il ne rien vouloir entreprendre que je n'eusse moi-même accompli.

Je résolus de retourner au plus vite consulter là-dessus mon oracle des Petites Tuileries mais celui-ci, étrangement peu disert, n'estima pas dans nos intérêts de trahir les pensées d'Henry-Saül.

— Le privilège que tu as à m'ouïr ne signifie point que je sois à tes ordres, osa-t-il conclure.

VI

En mai, alors que nos armées triomphaient des Autrichiens dans le Wurtemberg et que le Premier Consul traversait les Alpes pour envahir de nouveau l'Italie, j'appris avec émotion qu'Alexandre et les siens étaient parvenus à s'échapper de Jacmel : leur navire, affirmaient les gazettes, avait sans encombre rejoint Le Havre ; la petite délégation devait incessamment gagner Paris.

Ne sachant trop quelle attitude adopter envers mon ancien amant, j'attendis qu'il se présentât à ma porte, ce qu'il fit vers la fin du mois. Les rigueurs des épreuves avaient certes marqué son visage, mais sans altérer la grâce virile de ses traits ni la flamme impérieuse de ses regards.

Après m'avoir longuement serré contre son sein, il me présenta le grand et beau mulâtre en habit militaire qui l'accompagnait : Jean-Pierre Boyer, comme lui engagé contre les factieux de Toussaint Louverture. Je ne fus guère long à deviner que ces deux-là n'étaient pas seulement compagnons de caserne et j'en conçus, non point de la jalousie mais du chagrin face à mon célibat : fors le regretté Joseph-compositeur, chacun de mes amours avait convolé et je demeurais solitaire, avec ma coupable passion pour Henry-Saül.

Celui-ci, davantage préoccupé par ses propres tourments que par les miens — qu'*ipso facto* il ignorait dans toute leur étendue — avait repris ses transhumances entre nos domaines.

Je m'installai quant à moi pour l'été à Trémainville avec mes invités, où Cambacérès nous rendit maintes visites, accompagné à quelques reprises de Talleyrand-Périgord et de membres de la délégation de Saint-Domingue venus profiter de la discrétion de notre retraite pour préparer la contre-offensive dont ils comptaient soumettre les plans au général de Buonaparte, toujours occupé en Italie.

Les victoires difficiles de nos troupes à Montebello puis à Marengo présageaient en effet une longue campagne ; les affaires d'Égypte n'étaient guère meilleures : le général Kléber avait été assassiné par un janissaire, et son successeur, le général Menou, combattait les Anglais sans espoir d'armistice — nulle nouvelle de nos prisonniers.

Cambacérès convoqua également François Gérard, peintre en vogue, afin qu'il réalisât mon portrait : j'allais avoir quarante ans et la piètre image que je me faisais de moi-même depuis la blessure de Castiglione ne m'inclinait guère à me laisser représenter. Après moult tergiversations, on décida d'un trois-quarts profil masquant la partie mutilée de mon visage.

En escale chez moi pour l'occasion, Henry-Saül se vit proposer son effigie par l'artiste, faveur qu'il refusa pour des raisons que j'étais apparemment le seul à deviner. Une étrange connivence en résulta, qui inclina mon héritier à rechercher ma compagnie.

Peut-être Henry-Saül espérait-il apprivoiser mes préventions supposées au sujet de cette fille mystérieuse dont il taisait le nom tout en jurant n'en désirer épouser aucune autre. Sans opinion sur l'identité de la promise — que je m'interdisais de percer à jour malgré la tentation d'interroger nos intendants ou mander quelque espion —, je protestai maintes fois, au nom de l'histoire de notre famille, ne point vouloir faire obstacle à ce projet.

— Si ce n'est vous, finit par répondre mon fils, ce seront ses parents.

Je compris néanmoins que cette aventure nourrissait son âme et qu'il prenait une espèce de plaisir romantique à chevaucher de forêts en châteaux sans autre compagnie que celle des éléments, héros de sa propre geste.

— Chemendy est mon navire, confessa-t-il un soir. Si vous saviez combien j'envie vos voyages !

Ainsi ouïs-je pour la première fois le nom de Nicolas Baudin.

— Vous ne pouvez pas ne point le connaître, s'enthousiasma Henry-Saül : c'est notre plus grand explorateur depuis Bougainville !

Il me donna à lire, soigneusement rassemblés dans un portefeuille, les articles que les gazettes avaient consacré au projet d'expédition de ce navigateur dans les terres australes, et parut déçu que j'y accordasse peu d'intérêt — mon expérience à bord de *La Belle Maltaise* m'avait durablement prémuni contre ces sortes d'équipées. Je ne perçus pas, alors, la puissance de son désir d'aventure.

Philippe entra au séminaire Saint-Sulpice d'Issy[49] peu avant l'automne, éternelle fierté de nos recluses de Mondétour. Bourrelé de remords mais ne pouvant révéler la vérité à ces dernières, je voulus, avant que de signer l'acte confiant mon pupille aux pères de la Compagnie, prévenir le postulant sur les décisions hâtives basées sur des événements non-avérés. Il se contenta de sourire.

— Quand bien j'aurais rêvé cet appel, assura-t-il ; quand bien même on m'aurait, je ne sais comment, joué quelque méchante farce, la pertinence de ma vocation n'a fait que

49. Issy-les-Moulineaux, dans les actuels Hauts-de-Seine (alors partie du département de la Seine).

croître en mon esprit à l'instar de la graine de sénevé[50]. Je m'engage de mon plein gré ; Dieu décidera de la suite.

Vers le milieu du mois d'octobre, après que j'avais occupé une après-midi pluvieuse à commenter les nouvelles avec mes hôtes — une prétendue *conspiration des poignards* visant le Premier Consul occultait toutes les autres —, Henry-Saül demanda à s'entretenir privément avec moi. La solennité de sa voix me fit anticiper le pire.

— Vous rappelez-vous ce que je disais concernant les voyages ? lança-t-il quand nous fûmes seuls. Eh bien la chance m'est enfin donnée de vous imiter !

Ma gorge se noua.

— Où comptez-vous aller ? m'étouffai-je.

— Explorer les côtes de Nouvelle-Hollande avec Monsieur Baudin. Il a accepté de me prendre à son bord. Nous partons ce soir pour Le Havre.

Je dus m'asseoir, l'inextricable lacis des émotions qui assaillaient mon âme paralysant mon être tout entier. Cela, l'expression probable de mes traits et le silence qui s'établit, inquiéta mon interlocuteur.

— Vous opposerez-vous ? s'enquit-il.

Incapable de formuler une réponse sincère, je secouai négativement la tête.

— Je savais bien que je vous causerais du tourment, soupira-t-il.

D'étranges larmes se mirent à sourdre doucement sur mes joues sans que je ressentisse de douleur précise. Henry-Saül me serra dans ses bras.

---

50. « C'est la plus petite de toutes les semences mais, quand il a poussé, il est plus grand que les légumes et devient un arbre, de sorte que les oiseaux du ciel viennent habiter dans ses branches. » (Matthieu, XIII 31-32).

— Je jure que je reviendrai, martela-t-il. Je jure que je prendrai femme et vous donnerai des petits-enfants.

Les yeux clos, infiniment accablé, j'emplis mes narines du parfum de sa peau, phalanges ancrées à ses épaules. Nous demeurâmes dans cette position jusqu'à ce qu'un furtif tremblement à la surface de ses muscles m'enseignât qu'il commençait à se fatiguer. Je relâchai mon étreinte et pris son visage entre mes mains. Les larmes n'avaient pas cessé de couler.

— Vous êtes mon seul amour, chuchotai-je.

— Je le sais, souffla-t-il ; c'est pour moi une grande responsabilité. Je vous supplie d'être heureux en mon absence.

— Tolérez-vous que je vous accompagne au Havre ?

— Mieux vaut nous dire au-revoir ici, tout de suite... Je jure...

— Ne vous répétez pas.

Moins d'une heure plus tard, un carrosse emportait mon rejeton et ses malles vers un inconnu à côté duquel l'Égypte semblait une villégiature.

Aussi atterrés que moi, mes hôtes puis ma parentèle ne parvinrent guère, dans les temps qui suivirent, à me tirer de l'abattement : un long hiver s'annonçait, qui n'aurait pas de printemps avant longtemps.

Le 24 décembre, une *machine infernale* explosa rue Saint-Nicaise, tuant une vingtaine de malheureux et en blessant une centaine, mais pas le Premier Consul visé par l'attentat. Le crime survenant alors que la conspiration des poignards était encore dans tous les esprits — ses instigateurs, simples fanatiques infiltrés par la police, avaient été arrêtés avant de pouvoir agir —, on accusa pêle-mêle chouans, royalistes et jacobins. Cambacérès rapporta que Buonaparte, rendu furieux par l'attaque, entendait purger la France de toute opposition et que les jacobins en feraient les frais malgré les doutes de Fouché, le chef de la police, sur leur culpabilité.

— Lui penche pour les chouans, ajouta Cambacérès. Il pourrait bien avoir raison mais l'occasion est trop belle de disposer enfin d'une assemblée à nos couleurs.

Ainsi l'année 1801 et le dix-neuvième siècle commencèrent-ils avec la proscription sans procès, très loin de la mère-patrie, de députés, militaires et citoyens ordinaires dont le seul péché était d'être républicains *exclusifs* — nuance introduite par les sénateurs à la solde du Premier Consul. Cette purge, tacitement approuvée par le peuple que subjuguait Buonaparte, n'avait certes pas la violence de celles initiées jadis par Robespierre mais nous fûmes nombreux à craindre la répétition d'une forme modernisée de Terreur.

À Armande-Louise, qui évoquait par lettre un possible retour des immigrés malgré la rupture des pourparlers entre Louis XVIII et Buonaparte, et me suppliait de hâter nos retrouvailles, je répondis qu'il serait plus convenable de nous revoir chez son auguste maîtresse, à Wildungen[51], par exemple, où je savais que Sa Majesté prenait régulièrement les eaux.

Un tel voyage n'était pas sans danger pour ma réputation auprès du ministre de la police mais la récente signature d'un armistice avec les Autrichiens rendait le projet envisageable. Mon entourage, qui désespérait de me voir sortir enfin des langueurs consécutives au départ d'Henry-Saül, me pressa dans ce dessein.

La signature, à Lunéville, d'un traité confirmant celui de Campoformio et fixant les frontières entre belligérants — fors l'Angleterre, toujours acharnée à nous faire la guerre ainsi qu'aux Espagnols — eut pour conséquence de chasser Louis XVIII

51. Actuelle Bad Wildungen, dans la Hesse.

hors de Courlande, le Czar voulant complaire au Premier Consul. La chose favorisa néanmoins mes plans car j'appris que la Reine n'avait pas suivi son auguste époux dans ce nouvel exil et qu'elle avait gagné, avec sa propre suite, le domaine familial de Schierensee dans le Schleswig-Holstein. La séparation du couple royal n'était pas officielle mais cette disposition augurait d'une plus grande liberté de mouvements pour mon épouse.

Laquelle me prévint, au début du mois de mars, de l'installation de la Reine à Wildungen sous le pseudonyme de *comtesse de Schierensee*: « N'attendez aucun faste, prévint-elle, car nous n'avons plus rien. Sa Majesté a dû accepter l'aide d'autrui pour louer la médiocre bicoque où vous nous trouverez. Le prince de Waldeck et Pyrmont, qui gouverne la place, n'a pas souhaité nous héberger par peur de déplaire aux Français mais il devrait, pour cette même raison, vous faire bon accueil. »

J'obtins aisément un passeport grâce à Cambacérès et pris la route avec Bruno, Nándor et Sékou, dans une confortable diligence achetée pour l'occasion. Onze jours furent nécessaires pour gagner la nouvelle frontière du département de la Roer, au sortir de Cologne — Louis XIV n'aurait jamais osé rêver d'une France à ce point augmentée! —, puis seulement quatre jusqu'à Wildungen.

Je me fis aussitôt annoncer au château de Friedrichstein où le prince Friedrich Karl August, conformément à ce qu'annonçait Armande-Louise, me reçut avec des égards dignes d'un ambassadeur. M'ayant fait donner une suite splendide dans l'aile des invités, il voulut m'honorer d'un dîner à sa table. Bien que pressé de retrouver mon épouse, j'acceptai l'invitation.

Le prince, de trois ans mon cadet, était un gros poupard célibataire dont je découvris que les manières empruntées cachaient un homme d'État éclairé doublé d'un voyageur infatigable. Il s'exprimait parfaitement en français. L'entretien, débuté assez protocolairement par la nouvelle inattendue de l'assassinat du Czar — une conspiration de palais, où l'on devinait la main anglaise, avait mis Alexandre, le fils du défunt, sur le trône —, se poursuivit avec le récit de nos périples respectifs en Méditerranée.

Le vin aidant, la tonalité se fit plus complice : mon hôte, à qui j'avais révélé ne point priser les femmes, expliqua comment il s'était jadis ouvertement entiché d'une roturière afin de mieux repousser ensuite d'autres propositions, ses illustres parents refusant toute union morganatique.

— Ils n'ont jamais su les vrais motifs de cette foucade en laquelle ma noble mère croit toujours, pouffa-t-il. Si mon défunt père ne m'avait point légué tant de dettes, je me serais probablement isolé loin d'ici, dans quelque précieuse thébaïde où des esclaves nus…

Sa main décrivit un élégant arc de cercle dont le prolongement pointait Sékou, debout à quelques pas derrière moi.

— Les lois de l'hospitalité, commençai-je…

— Exigent en échange que je pourvoie à vos moindres désirs, acheva-t-il.

Mon commensal tira de sa poche une minuscule sonnette d'or qu'il me confia.

— Le son en est discret, sourit-il, mais l'effet intéressant. Considérez mes gardes et comptez leurs galons. Annoncez ensuite un chiffre au majordome qui se présentera quand vous agiterez cet objet. Ne vous préoccupez de rien d'autre : les yeux bandés, ces gaillards-là ne sont point bégueules.

Sékou me dévisagea avec incrédulité mais je ne lui ordonnai pas moins de suivre notre hôte dès après le repas cependant que je me rendais dans la salle des gardes.

Ce que j'y découvris me fit saliver et affola mon cœur comme il ne l'avait pas été depuis longtemps : allant et venant d'une cheminée, où rôtissaient des quartiers de viande, jusqu'à une immense table chargée de victuailles, une vingtaine de mâles de tous âges, uniforme en désordre, s'apostrophaient, bouche pleine et broc au poing.

— *Einen drink mein herr*[52] ? lança l'un d'entre eux en me tendant un pichet.

Il était beaucoup plus grand que moi et au moins deux fois plus épais ; hilare, ses yeux très bleus disparaissaient presque sous les replis des pommettes. À l'assaut de son col largement ouvert partaient des touffes luisantes dont la couleur fauve ourlait également ses poignets — cinq galons.

Je saisis le pot et le portai à mes lèvres.

— *Prosit* ! s'exclamèrent nos voisins, vigoureux spécimens de la race tudesque — neuf et onze galons.

Les autres n'étaient pas tous des Apollons mais chacun incarnait une variante de masculinité : exquise finesse de traits ou pure brutalité, poil blond ou brun, en quantité plus ou moins importante et, imaginai-je, génitoires diversement proportionnées. Seuls manquaient à la fresque les représentants de contrées exotiques, d'où probablement l'intérêt de Friedrich pour Sékou.

Dissimulant tant bien que mal mon trouble derrière ma pinte de bière, je pris le temps d'étudier cet étonnant harem avant d'en choisir trois éléments — j'eusse volontiers recruté l'ensemble si la crainte de paraître excessif ne m'eût retenu.

Rentré dans ma chambre, je m'enfermai seul et, sans vraiment y croire, agitai la sonnette : un domestique parut aussitôt à la porte de service.

— *Zwei, fünf und dreizehn*[53], annonçai-je d'une voix que le désir faisait chevroter.

52. « À boire, Messire ? »
53. « Deux, cinq et treize. »

J'eus à peine le temps d'ôter mes vêtements avant que le majordome ne revînt, tenant en laisse mes ribauds entièrement nus fors une intimidante cagoule de cuir ajustée au visage, de manière à ne laisser libre que la bouche. Leurs verges déjà lourdes battaient leurs cuisses à chaque mouvement. Le laquais me confia les longes — reliées au cou musculeux de mes visiteurs, dont la respiration haletante semblait anticiper nos ébats — puis il se retira.

Je tombai *illico* à genoux devant mes étranges esclave afin d'œuvrer à la pleine intumescence de leurs épieux. D'abord sagement alignés, ces priapes se disputèrent en cercle l'accès à mes lèvres, s'encourageant l'un l'autre, lanières de cuir nouées autour du membre, pivotant ensuite, poings ancrés aux fesses, pour m'offrir un anus grand ouvert. Après quoi le fauve numéro cinq prit l'initiative de nous porter jusqu'au lit, sur lequel il s'allongea de manière à m'empaler cependant que *Herr nummer zwei* m'offrait son fondement et *Herr dreizehn* un phallus luisant de miel.

Nous changeâmes plusieurs fois de place et d'orifice avant de jouir bruyamment les uns sur, et dans, les autres. Friedrich avait raison : peu avares de leurs charmes, ces bougres m'embrassèrent à pleine bouche avant de quitter les lieux, main dans la main, sur un *bis bald*[54] prometteur.

Mon hôte, quand je lui en fis le compliment au matin suivant, me retourna la politesse en ne tarissant pas de louanges à propos de Sékou.

— Je vous l'eusse volontiers acheté s'il ne s'était avisé de marquer combien il est épris de vous, soupira-t-il. Je ne saurais ajouter une séparation à une autre.

Devinant qu'il faisait référence à Armande-Louise, j'en profitai pour aborder le sujet. Friedrich détourna le regard.

54. « À bientôt ! »

— On ne fait pas toujours ce que l'on souhaite, murmura-t-il. La soi-disant comtesse de Schierensee persiste hélas à vouloir prendre les eaux chez nous alors même qu'elle connaît les termes de notre accord avec la France. Madame votre épouse et Madame de Gourbillon — pour qui, dit-on, Sa Majesté éprouve une vive passion — m'ont reproché de préférer les intérêts de l'État à la santé de leur illustre maîtresse. Je regrette d'autant plus leur ingratitude qu'elles ont, jusqu'alors, bénéficié de mes largesses : l'exil ferait-il perdre la raison ?

Mes chères exilées répondirent au prince à leur manière en éclatant en sanglots dès que je passai le seuil de l'inconfortable maison où elles avaient élu domicile. La Reine, m'apprit-on, était alitée, victime de fièvres rémittentes.

Malgré les pleurs, Armande-Louise paraissait inchangée en presque dix ans : tout juste avait-elle perdu en rondeurs et gagné quelques rides. La retrouver en habits bourgeois et en cheveux, les yeux baignés de larmes mais tentant désespérément de sourire, me fit la serrer entre mes bras, chose que je ne m'étais jamais permise auparavant. Elle n'opposa aucune résistance, effleurant de la joue le bandeau masquant mon œil. La vieille Gourbillon, qui se tenait en retrait, s'éclipsa par l'entrebâillement d'une porte.

— Nous recevons si peu, soupira mon épouse… Où que nous nous trouvions, nous gênons… Que d'épreuves !

Elle voulut me ramener une décennie en arrière mais je l'en empêchai ; le présent ne convenant à personne, nous parlâmes avenir : la plupart des émigrés, fors quelques enragés, ne songeait plus désormais qu'à rentrer en France et recouvrer, s'il se pouvait, la jouissance des biens confisqués par la Révolution.

— Le duc de Richelieu mon frère à quitté l'armée de Condé pour celle des czars, confia Armande-Louise. Il se plaît à Odessa et voudrait que je l'y suivisse. Bien que je ne puisse, en l'état, abandonner la Reine pour un exil aussi lointain, il me semble imaginable, mon service auprès d'elle accompli, de revoir enfin Paris et y demeurer quelques fois dans l'année. Je suis lasse, voyez-vous, de ces humiliantes transhumances. — Elle baissa le ton : j'aime et révère Sa Majesté, chuchota-t-elle, mais notre souveraine n'a plus, depuis longtemps, d'yeux et d'oreilles que pour Madame de Gourbillon. Je n'incarne, en ce qui me concerne, que la noblesse de ma naissance et le souvenir de choses à jamais disparues. J'étais lectrice, nous n'avons plus de bibliothèque ; je touchais correctement le piano-forte, nous n'avons plus d'instrument ; me voilà tout juste bonne à faire la troisième au tarot ! Et puis ces conversations infinies sur des disputes sans objet… Si la Reine n'était souffrante, je vous eusse volontiers suivi.

Bouleversé par la confidence, je promis de tout faire, une fois rentré en France, pour que ce projet aboutît : le nom d'Armande-Louise figurant toujours sur les registres à côté du mien — fût-ce avec l'infamante mention *émigrée* —, j'espérais obtenir le rétablissement de ses pleins droits.

Je demeurai un mois à Wildungen, le temps de pourvoir aux besoins les plus urgents de ces dames et achever mon exploration des gardes du prince. Lequel, au moment de prendre congé, m'informa de la débâcle française en Égypte.

— Les Anglo-Ottomans ont supplanté vos armées, annonça-t-il, mais l'Espagne s'est engagée par traité à empêcher le Portugal, qui refuse toute alliance avec le Consulat, d'ouvrir aux Anglais ses ports et ses comptoirs. Il devrait en aller de même avec le royaume de Naples. Vous perdez du sable mais gagnez du terrain !

De retour à Paris en mai, je trouvai une missive enthousiaste de mon héritier, expédiée en début d'année depuis

Ténériffe, que l'expédition Baudin devait incessamment quitter pour traverser l'Atlantique. Henry-Saül y renouvelait ses serments, rouvrant grande la plaie que son départ avait occasionnée en mon cœur.

J'appris par ailleurs que le *citoyen* Sade était, depuis quelques semaines, enfermé sans procès dans la prison de Sainte-Pélagie[55] à cause de ses écrits, notamment un pamphlet attaquant Madame de Buonaparte. Cambacérès, avec qui j'abordai le sujet en sus de celui concernant ma conjointe, préconisa la réserve.

— Peu importe la culpabilité, glissa-t-il ; le Premier Consul abhorre Monsieur de Sade pour ce qu'il symbolise. Cette littérature-là n'est point pour lui. À peine tolère-t-il que l'infortunée Madame Quesnet vienne en aide au marquis. Et puis on a saisi à Saint-Ouen certaine tenture obscène inspirée de *Justine*... Je comprends que ces méthodes, qui rappellent l'ancien régime, aient de quoi choquer mais un procès aurait causé trop de scandale.

Soucieux du destin d'Armande-Louise, je ravalai mon indignation mais fis en sorte, dans les jours qui suivirent, de rencontrer discrètement Marie-Constance Quesnet pour lui fournir de l'argent. Contre toute attente, nous nous retrouvâmes à Mondétour, où ma noble mère continuait à la recevoir en dépit des turpitudes supposées du prisonnier. Sans doute existait-il, entre ces femmes éprouvées, une communauté de sentiments qui en faisaient les égales de nos religieuses, prêtes à tout accepter faute de pouvoir tout comprendre ni tout pardonner.

La nouvelle d'un retour probable de mon épouse suscita moins de réactions que l'idée d'une restauration de la monarchie à laquelle personne n'osait plus croire.

---

55. Démolie à la fin du XIXe siècle. Dans l'actuel 5e arrondissement.

— Il paraît que le Premier Consul n'est pas aussi opposé au clergé que ses prédécesseurs, releva ma mère ; et même, on assure qu'il aurait mandé des émissaires auprès du Saint-Siège. Les pères de Saint-Sulpice sont très confiants : cette république-là, au moins, sera chrétienne...

Elle ajouta placer de grands espoirs dans la carrière ecclésiastique de *notre* Philippe, premier mâle de sa race à embrasser semblable vocation.

L'été venu, Armande-Louise ayant souhaité quitter son auguste maîtresse dans le respect de l'étiquette, me força, après que j'eus enfin obtenu les autorisations, timbres et cachets indispensables, à reprendre la route pour me présenter ès-qualités au château de Schierensee : vingt longs jours de voyage et l'obligation d'arborer habit de cour et perruque, aux uniques fins de baiser la main d'une souveraine valétudinaire dont les seuls mots furent pour me reprocher ma piété maritale.

— Vous venez m'ôter mes derniers soutiens ! gémit-elle en prenant Madame de Gourbillon à témoin.

Celle-ci eut beau représenter que mon épouse reviendrait servir aussi longtemps que l'on daignerait requérir sa présence, rien n'y fit et nous dûmes hâter notre départ par crainte que Sa Majesté ne revînt sur son autorisation.

Le passage de la frontière se fit d'autant plus facilement que nous étions civilement mari et femme. Nous fîmes maintes haltes à l'auberge et dûmes souvent partager la seule chambre disponible. Fâchée de me savoir dormir avec les domestiques ou dans la voiture, Armande-Louise finit par m'accorder son lit. Nous n'avions certes nulle envie l'un de l'autre — chacun ses valets ou suivantes pour le commerce de chair — mais la connivence, puis une forme inédite de tendresse, l'emportèrent si bien que nous fûmes presque marris, en escale à Morienval, de reprendre des appartements séparés.

Ce déplaisir fut néanmoins effacé par la surprise, aussi heureuse que tragique, de constater le retour du général Dumas ; tragique parce que sa longue captivité avait occasionné de lourdes séquelles : presque sourd, la vue très abîmée, la démarche hésitante, il expliqua avoir été transféré, avec le général de Manscourt du Rozoy, de Brindisi à Messine, où les sévices des geôliers ne s'étaient interrompus qu'après la signature du traité de Lunéville. Moins sévèrement éprouvé, Manscourt s'apprêtait à réintégrer l'armée mais on rapportait que le minéralogiste Dolomieu avait quitté son cachot de Tarente dans un état de santé qui faisait craindre pour sa vie.

Le malheureux Dumas était veillé par sa femme et, surtout, par la jeune Isabeau-Aimée, qui allait fêter ses seize ans et que je n'avais vue depuis longtemps. La beauté sombre et sage de l'adolescente me frappa ; je dus admettre *in petto* qu'elle évoquait, en plus mat de peau, ma défunte Pauline au même âge : vaporeuses frisures, pupilles de jais, lèvres pourpre foncé, réserve d'infante... Son élocution, en revanche, bien que retenue, témoignait d'une excellente éducation et d'une grande maturité.

— Dommage que son teint soit si noir, glissa Armande-Louise à mon oreille, car elle ferait un excellent parti.

Je proposai aux parents de requérir un artiste afin qu'il immortalisât les charmes de la belle.

— Un Monsieur Isabey est venu pour cela l'année dernière de la part du peintre Girodet, répondit Madame Dumas. Sans rien demander en échange, il a réalisé de superbes sanguines dont nous conservons un exemplaire que je pourrai vous montrer.

Malgré l'empressement de mon épouse à revoir Paris, nous séjournâmes plus d'un mois sous les chênes de Morienval. Le domaine, jusqu'alors entaché des souvenirs amers liés à mon défunt frère, prit au fil des jours une coloration toute féminine, Armande-Louise n'ayant pas mes préventions à en modifier le décor, et faire notamment ôter les portraits de nos prédécesseurs, leurs chevaux et leurs chiens, ainsi que les massacres enlaidissant les murs. Fortuité bienvenue, un nouveau mobilier commandé avant son départ par Henry-Saül à un maître ébéniste de Compiègne, et réalisé à notre chiffre dans le style antique, fut livré durant cette période.

Nous passâmes de longues heures auprès du Général Dumas et de ses compagnes, qui se laissèrent convaincre de quitter les communs pour le château. Isabeau-Aimée relâcha peu à peu sa circonspection et se révéla en outre excellente chanteuse après qu'Armande-Louise, comblée de retrouver un clavecin, eût découvert quelques *arias* abandonnées sur une étagère de la bibliothèque.

Ne manquait à ce bonheur bourgeois que mon fantasque héritier. Une missive de lui m'apprit que l'expédition Baudin avait doublé le cap de Bonne-Espérance et jeté l'ancre, après une tempête, dans l'Île de France : « Quand vous lirez ces lignes, concluait mon bien-aimé correspondant, peut-être aurons-nous atteint les côtes de Nouvelle-Hollande ! »

Les nouvelles de Saint-Domingue, en revanche, ne semblaient pas bonnes : Alexandre, qui résidait toujours chez moi avec *son* Jean-Pierre, indiqua que le félon Louverture, après avoir fait proclamer une constitution séparatiste, s'était octroyé les pleins pouvoirs à vie. « Il est heureux que les Anglais songent enfin à la paix, écrivit-il, car nos armées pourront pleinement se consacrer au rétablissement de l'ordre outre-mer. Le Premier Consul se croit capable de convaincre Louverture de collaborer avec la République : ses fils, qui sont toujours à Paris, et nos forces en nombre incomparablement supérieur constituent de solides arguments… »

Ce fut encore Alexandre qui m'apprit la signature, dans le courant de l'été, d'un concordat entre notre pays et le Saint-Siège instituant le catholicisme *religion de la majorité des Français,* et soutenue à ce titre par l'État. Ma noble mère avait raison : sur ce point-là du moins, la parenthèse révolutionnaire se refermait enfin.

Comme en hommage involontaire à cette intuition, Armande-Louise, toujours pointilleuse sur la bienséance, voulut rendre une visite de courtoisie aux habitantes de Mondétour. La lugubre atmosphère régnant au château lorsque nous y pénétrâmes me fit redouter le pire mais le majordome précisa aussitôt que l'on ne pleurait *que* la mort de Madame Élisabeth-Henriette — aînée du marquis Dieudonné d'Ystirac, recluse avec ma sœur Amable-Félicité dans l'ermitage depuis leur expulsion de l'abbaye de Fontevraud. La vieille femme était décédée quelques semaines auparavant et le cercueil, nous expliqua-t-on, attendait, dans la crypte de Mondétour, son transfert en la chapelle familiale des Basses-Pyrénées[56].

— Le marquis d'Ystirac semble d'autant moins enclin à ce pénible voyage, précisa le majordome, qu'il a dû se rendre en Béarn en début d'année à la suite du trépas de son parent le comte d'Ystirac-Sombrun…

Je songeai au bel Aymery-Henry qui prendrait la suite : nous avions été amants, jadis, et l'idée de le revoir me traversa brièvement l'esprit. L'arrivée de ma mère en grand deuil interrompit le songe.

— Avez-vous eu connaissance de ce que le baron de Roccaze avait succombé aux mêmes frimas ? gémit-elle.

56. Actuelles Pyrénées-Atlantiques.

— Je ne vous savais point si attachée à notre parentèle de province, m'étonnai-je avant de baiser sa main.

— C'est pourtant elle qui pourrait hériter de nous, répliqua sèchement mon interlocutrice en rendant, de la tête, sa révérence à Armande-Louise. — Et à cette dernière : comment se portent Leurs Majestés ?

— Assez mal, Madame, répondit mon épouse ; on est peu soutenus…

— On ne l'est jamais assez, bougonna ma mère.

Nous prîmes place devant une collation, dans un petit salon du rez-de-chaussée. Regrettant peut-être la rugosité de son accueil, la princesse douairière s'enquit civilement de notre santé, puis de nos opinions sur le Consulat pour mieux ensuite développer les siennes : elle vouait apparemment une grande admiration au général de Buonaparte en qui elle voyait une sorte de liquidateur de la Révolution, de héraut de l'ordre ancien. La signature du Concordat en était le symbole et il lui semblait peu opportun que Louis XVIII, qui n'avait point été sacré et vivait chez l'ennemi, revînt administrer une nation déchristianisée à qui les suppôts de la monarchie venaient de livrer une aussi longue guerre.

— Amable-Félicité retrouvera incessamment un couvent, prophétisa-t-elle, et nous ferons un bon prêtre de Philippe : quand ce pays sera de nouveau évangélisé, le peuple repentant acclamera son roi !

La mine atterrée d'Armande-Louise me fit sourire.

La signature, en octobre, de traités de paix avec l'Empire Ottoman puis avec la Russie, en attendant celui, imminent, concernant l'Angleterre, amena toutefois mon épouse à reconsidérer ses vues : la République de l'an X s'annonçait en effet plus prospère, y compris pour notre classe, que le royaume d'avant 1789.

Nous assistâmes ensemble, dans la salle de la rue Feydeau[57], à une commémoration parodique de ces traités, intitulée *Le chansonnier de la paix,* où nous croisâmes Cambacérès, que je présentai à Armande-Louise.

— Sais-tu, confia-t-il en aparté, que l'on reprendra bientôt ici l'opéra *La dot de Suzette* dont l'ami Boieldieu — très joli garçon — doit l'argument à quelqu'un que tu connais, à qui nous sommes redevables de nous fréquenter et qui aimerait beaucoup te revoir ?

Il faisait évidemment référence à Joseph Fiévée, dont j'étais demeuré sans nouvelle depuis notre séparation cinq ans auparavant. Ne lui ayant jamais vraiment pardonné sa trahison — je le savais toujours en ménage avec *son* Théodore —, je n'avais guère envie de le retrouver mais Cambacérès ne me laissa aucun choix en offrant à ma compagne de partager, pour l'occasion, la loge du Premier Consul.

Le fameux soir venu, les Buonaparte n'étaient pas des nôtres mais nous assistâmes à la représentation. Malgré l'excessive moralité de l'action et les vertus caricaturales incarnées par l'héroïne, l'élégance de la musique me divertit assez pour me faire oublier mes craintes.

Joseph apparut à la porte de la loge dès l'entracte : il avait forci et perdu des cheveux mais son charme était intact. Derrière lui se tenait un beau jeune homme brun vêtu à la dernière mode.

— Puis-je vous présenter Monsieur Boieldieu ? lança Joseph d'une voix mal assurée.

---

57. Disparue. Dans l'actuel 2e arrondissement. Ne se rapporte évidemment pas au dramaturge Georges Feydeau (1862-1921) mais au lieutenant général de police de Paris Claude-Henri Feydeau de Marville (1740-1747).

Salutations faites, j'abandonnai le compositeur à mes hôtes pour mieux m'isoler en bout de couloir avec mon ancien amant.

— J'ai tant pensé à toi, bredouilla-t-il... J'ai su, pour ce pauvre Saint-George ; et le départ de ton fils en expédition... On m'a également rapporté tes déboires en Égypte puis à la Cour de Naples : quelle vie fascinante ! Rien de commun avec la mienne...

Il confia se sentir à l'étroit dans son métier de journaliste — il écrivait principalement pour *La Gazette nationale de France,* dont l'impartialité de ton faisait autant l'intérêt que l'ennui — et rêver souvent d'une autre existence.

— *La dot de Suzette* m'a rapporté beaucoup d'argent, soupira-t-il, mais le succès ne s'est pas représenté. Théodore et moi menons bourgeoisement et sans éclat notre carrière. Alors tu penses, quand Monsieur Dejaure, le librettiste, s'est présenté chez moi de la part de Boieldieu ! C'était il y a quatre ans... J'ai entre-temps écrit un autre roman, *Frédéric* ; tu l'as peut-être lu... — Je hochai négativement la tête ; il eut un sourire narquois : tu n'es pas le seul, ironisa-t-il. Aucun compositeur n'a voulu le mettre en musique mais Boieldieu a accepté de me passer commande d'un livret. Nous avons cherché un thème : j'ai narré ce que je savais de tes aventures. Il s'est particulièrement passionné pour l'épisode de Castiglione. J'ai donc préparé une trame...

Il sortit de sa poche plusieurs feuillets qu'il lut à mi-voix en épiant mes réactions. L'intrigue, aussi édifiante que *La dot de Suzette,* s'inspirait fort librement de mon histoire mais je compris que l'on attendait mon *nihil obstat*[58]. Le nom des personnages ayant été modifié et l'action fortement altérée — on y

58. *Rien ne s'y oppose* : approbation officielle donnée avant l'impression d'un ouvrage religieux.

relatait les tribulations d'un pâtre des Alpes parti guerroyer en Italie à la suite d'une déception amoureuse ; tout finissait bien, sans œil crevé — je donnai mon assentiment.

— Tu n'imagines pas combien je suis soulagé ! marmotta Joseph. Je redoutais que tu m'en veuilles encore…

— Je t'en veux toujours, marquai-je doucement.

— Je ferai l'impossible pour que tu changes d'avis, chuchota-t-il ; sur moi et sur Théodore…

La cloche annonçant la seconde partie du spectacle mit fin à l'entretien.

Je n'eus aucune de nouvelle de Joseph avant la fin de l'année — je ne m'en inquiétai pas non plus — mais en reçus de mon héritier : une longue lettre datée du mois de mai, dont le papier discrètement ponctué de moisissures témoignait de l'infinie distance qu'elle avait parcourue. L'expédition Baudin venait de relâcher dans la colonie britannique de Sydney, où l'accueil s'était avéré amical en dépit de la guerre, et d'où nos explorateurs espéraient gagner la Terre de Van Diemen[59]. Paraphrasant Montaigne, Henry-Saül concluait ainsi : « S'il me fallait voyager pour *frotter et limer ma cervelle contre celle d'autrui,* sachez, bien-aimé père, qu'elle est à présent assez polie pour que je sache avec la plus grande clarté comment mener ma vie au retour. »

Cette promesse, qui était également une menace, me hanta longtemps.

Une expédition chassant l'autre, celle qu'espéraient Alexandre et ses partisans prit enfin la mer, peu avant Noël, sous les ordres du général Leclerc, le propre beau-frère de Buonaparte. Personne, alors, ne doutait du succès de ses trente mille hommes, même si l'on anticipait la forte résistance des séides de

59. Actuelle Tasmanie.

Toussaint Louverture. La confiance était telle que je promis à Alexandre de le rejoindre à Saint-Domingue dès après le retour de mon fils.

Je reçus, à cette occasion, la visite inattendue de mes anciens camarades Coutelle et Conté, à qui l'on avait laissé croire que j'embarquais avec Leclerc. Leur visage soucieux ne s'éclaircit pourtant guère quand je les détrompai : Coutelle, désormais sous-inspecteur aux revues, indiqua que notre compagnon, également entré dans la haute administration, venait de perdre concomitamment son épouse et son frère, que le pauvre Dolomieu avait précédés de seulement quelques semaines.

Je n'osai mentionner le général Dumas, toujours convalescent à Morienval, et tâchai de distraire mes hôtes en m'enquérant des progrès techniques dont nos armées pourraient bénéficier.

— Le Premier Consul n'a cure de tout cela, grogna Conté ; la chose n'intéresse que les Anglais.

Il ne m'en invita pas moins à visiter le Conservatoire des arts et métiers où il exerçait et où était rassemblée une collection de modèles et machines, propre, assura-t-il, à satisfaire l'esprit le plus curieux — « Mais point celui de Buonaparte » grinça Coutelle.

Je m'y rendis avec Armande-Louise durant la première semaine de février 1802. Conté, toujours morose, tint néanmoins sa promesse. Outre les œuvres de Vaucanson[60], il nous donna à admirer un étonnant chariot d'artillerie que l'ingénieur Cugnot avait conçu dans les années 1770 et dont la particularité était d'être mu par la seule force de la vapeur.

— Le procédé est en plein développement outre-Manche, grimaça notre guide. On travaille là-bas sur des machines à

60. Le *mécanicien* Jacques de Vaucanson (1709-1782) est notamment célèbre pour ses automates.

haute pression dont certaines pourraient un jour remplacer la traction animale ; des engins *auto-mobiles,* en quelque sorte...

Comme je m'étonnais à voix haute de ne point apercevoir d'aérostat, Conté soupira qu'il n'en demeurait en France aucun exemplaire en fonctionnement et que les Anglais ne manqueraient pas d'adapter aux leurs l'un de ces appareils à vapeur au moyen desquels ils finiraient par conquérir le monde.

Navré par tant de pessimisme, je proposai d'investir de nouveaux fonds dans ces inventions d'avenir. Notre interlocuteur haussa les épaules.

— Depuis le décès de ma chère épouse, je n'ai plus aucune volonté, souffla-t-il. Et puis j'ai déjà bien assez de labeur... Je peux nonobstant vous présenter un savant américain nommé Fulton, qui a travaillé récemment sur un prototype de machine sous-marine dont le Consulat n'a point voulu et qui s'échine, depuis, à faire financer un modèle de bateau à feu.

J'acceptai aussitôt, espérant que mon enthousiasme éveillerait le sien.

Tel ne fut guère le cas, mais Conté m'introduisit peu après auprès de Monsieur Livingston, ambassadeur des État-Unis d'Amérique chez qui notre inventeur avait trouvé refuge. De cinq ans mon cadet, Robert Fulton était un athlète roux aux cheveux frisés dont les grands yeux brillants me séduisirent avant même qu'il ouvrît la bouche. Il n'était pas sans le sou — excellent peintre, il avait racheté le brevet d'un système de tableaux circulaires baptisés *panoramas,* qu'il présentait avec succès au public du boulevard Montmartre — et parut beaucoup moins intimidé que son compatriote à l'énoncé de mes titres. La conviction avec laquelle il défendit ses projets impressionna Conté, qui promit d'en référer à ses collègues les plus influents.

Avertis de ce que celui-ci et moi-même devions nos yeux de verre aux aléas de l'aéronautique, nos hôtes louèrent notre patriotisme avant de protester du leur. Livingston insinua que nous avions été fort mal payés pour nos sacrifices.

— Je ne parle pas que de reconnaissance, insista-t-il. Les progrès techniques devraient faire la fortune de ceux qui les promeuvent.

Et de glisser sous nos yeux le brouillon des statuts d'une compagnie de navigation fluviale utilisant des modèles de *pyroscaphes* dont le premier exemplaire n'était pas encore construit.

— Plus besoin de halage ni de relais ! s'enflamma-t-il. Des passagers, des cargaisons, de l'argent !

Je sentis Fulton un peu gêné par tant d'exaltation.

— L'argent nous importe moins que le progrès, n'est-ce pas ? dis-je en posant une main sur son épaule.

Le regard lumineux qu'il me rendit paracheva l'envoûtement. Nous convînmes de nous revoir en mes murs.

VII

La paix venait tout juste d'être signée à Amiens avec les Anglais lorsque Fulton se fit annoncer rue des Marais-Saint-Germain. Lui ne croyait guère en la sincérité de nos anciens ennemis : il prophétisa le retour des hostilités dès que le très anti-français ministre William Pitt[61], temporairement écarté par le roi George III, serait de retour aux affaires.

— Croyez-moi, martela-t-il, l'Angleterre ne laissera jamais la France se développer au point de gêner ses intérêts commerciaux. L'argent, pour cette nation, compte infiniment plus que les idéaux.

Il revint sur le *Nautilus*, cette machine sous-marine prometteuse qui n'émouvait personne, et conjectura que ses plans finiraient à terme, comme ceux du pyroscaphe, par intéresser les états-majors.

— Mon rival en la matière, le marquis de Jouffroy d'Abbans, se vante de pouvoir fabriquer un bateau à feu pour moins de trois cent mille francs, indiqua Fulton ; je n'aurai besoin, quant à moi, que de cent mille francs car la machine, grâce à Monsieur Livingston, est déjà achevée. Et d'un chantier naval abrité des regards.

Je suggérai le port aux Bois[62], situé non loin de l'hôtel de Buridan où je n'avais pas remis les pieds depuis cette épouvan-

61. Dit *le Jeune,* pour le distinguer de son père, William Pitt *l'Ancien* (1708-1778), également Premier ministre.
62. Actuel port de la Tournelle, dans le 5e arrondissement.

table nuit de 1792 au cours de laquelle mon frère avait été massacré par les sans-culottes. Mes dehors trahirent probablement ce funeste souvenir car Fulton interrompit incontinent sa démonstration. La sollicitude avec laquelle il prit mon bras pour s'enquérir de ce qui n'allait pas me troubla.

Faute d'oser lui rendre cette prévenance, je bredouillai de vagues explications avant de revenir à notre propos, soit convoquer l'intendant de Laspasses afin qu'il éclaircît l'aspect financier : je ne m'étais jamais réellement préoccupé de cette question mais je savais, depuis la fin des pensions sur le trésor royal, prébendes et autres cadeaux princiers, que l'heure n'était plus aux prodigalités.

Richard de Laspasses se présenta chez moi quelques jours plus tard en compagnie d'Anselme, son fils aîné. Il expliqua que Jean-Baptiste, le patriarche de cette lignée de serviteurs de nos intérêts, avait cessé toute activité du fait de la vieillesse mais qu'il s'obstinait à résider dans les communs de notre forteresse de Compans.

— La Terreur a perturbé son âme, gémit l'intendant. Et bien que nous ayons acheté un manoir tout à fait confortable dans le nord de la Seine-et-Marne, il refuse de quitter sa retraite. Un domestique a même rapporté que notre père prétendait s'entretenir nuitamment avec feue Son Altesse le duc-prince… Cela nous préoccupe beaucoup.

Je tentai de le rassurer en indiquant, sur le ton de la plaisanterie, qu'il était traditionnel pour notre famille de converser avec des fantômes sans que cela portât à conséquence. L'entretien dévia naturellement sur les Petites Tuileries : Laspasses mentionna le décès du vieux Moïse, survenu au cours de l'hiver précédent, et son remplacement par Blaise-Abel Durelais, qui avait d'ores et déjà appelé d'autres membres de son vaste clan à le seconder.

La brutalité involontaire de l'annonce me laissa coi, ce que voyant, mon interlocuteur se confondit en excuses avant de produire des feuillets sur lesquels était résumé l'état de nos finances et de notre patrimoine : même si la colonne *Contributions,* que notre ordre devait à la Révolution, paraissait importante — parfois absconse, notamment pour le poste intitulé *Impôt sur les portes et fenêtres* — l'inventaire de notre capital autorisait la libéralité, et donc le soutien aux inventeurs de pyroscaphes.

L'intendant, réconforté par ma satisfaction, ajouta qu'il s'était permis d'acheter en mon nom une centaine d'actions de la toute nouvelle Banque de France créée par le Consulat sur le modèle de celle d'Angleterre.

— Ajoutés aux placements que les ancêtres de Votre Altesse ont eu la sagesse de faire, assura-t-il, et à ceux que nous devons à Monsieur Bergasse — dont nous n'avons plus guère de nouvelles depuis qu'il s'est installé à Lyon — ces revenus se substitueraient aisément à tous les autres s'il advenait que Votre Altesse se lassât d'administrer ses domaines…

Fulton, à Pâques, installa son chantier dans une baraque du port aux Bois. La machine à vapeur étant déjà prête, Livingston et moi-même eûmes droit à une démonstration avant que ne commençât le montage sur la structure flottante. L'ambassadeur, qui connaissait l'expérience, retint ma fuite lorsque les rouages fumants du monstre se mirent en branle dans un vacarme barbare, vomissant indistinctement fumées et scories à l'instar d'un volcan métallique. Nulle personne sensée, songeai-je terrifié, ne confiera son sort à un pareil engin ! Et nous constatâmes de fait, en sortant de l'atelier, que les fracas de la bête avaient vidé les quais alentour.

Je commençais à regretter ma mise de fonds quand Livingston jura que, l'avenir de ces *chevaux-vapeur* étant assuré outre-Manche, le continent suivrait tôt ou tard. Je voulus bien le croire mais me tins, dès lors, à distance de la redoutable baraque, préférant accueillir son occupant sous mes paisibles lambris.

J'étais justement en train de m'entretenir avec lui, par l'une de ces tièdes fins d'après-midi de printemps au cours desquelles il venait, yeux brillants et manches retroussées sur ses duvets roux, rendre compte de ses progrès, lorsque Joseph-librettiste se fit annoncer. Connaissant Fulton pour ses panoramas, il parut étonné de le découvrir mécanicien mais je compris surtout, à ses regards dérobés sur les bras et l'encolure de l'Américain, qu'il partageait mon intérêt pour les charmes de ce dernier.

Joseph ouvrit devant nos yeux une épaisse partition titrée *Le prince de Castiglione,* dont il expliqua que Boieldieu travaillait à la transcription pour orchestre. L'argument de l'opéra avait évolué depuis notre dernière rencontre :

« Tircis, orphelin amoureux de la noble Amarante, se voit éconduire par le père d'icelle au prétexte que de trop humble naissance. Songeant à la mort, l'amant déçu voue son destin aux armes. En chemin pour l'Italie, il rencontre Floriandre, prince de Castiglione, victime comme lui de l'iniquité d'un géniteur qui lui refuse un mariage d'amour avec la bergère Doristée. Assiégé par l'ennemi, le château familial est délivré grâce au courage des deux héros, embarqués à bord d'un aérostat, mais Floriandre succombe à ses blessures lorsque le ballon est abattu. Le roi de Castiglione fait amende honorable et, conformément aux dernières volontés de son héritier, adopte Tircis cependant que Doristée entre au couvent. Revenu triomphalement parmi les siens, le nouveau prince peut enfin épouser sa promise. »

— Hormis le titre et la machine, remarquai-je, je ne vois rien là-dedans qui me concerne.

— Boieldieu espérait te dédier l'ouvrage, marmotta Joseph. Il pensait que tu contribuerais...

— Je n'ai pas de ces vanités. Il n'a qu'à appeler ça *Le Prince d'Ajaccio, d'Arcole, de Rivoli, de Marengo,* ou que sais-je, et le proposer au Premier Consul.

— Tu sais bien qu'il n'en fera rien. Et puis je me suis engagé...

— Tu n'aurais pas dû.

La déception blessée que je lus dans ses pupilles me fit aussitôt regretter la sécheresse de ma réponse.

— Quand cela doit-il être achevé ? m'enquis-je.

— D'ici à la fin de l'année, souffla Joseph.

— Eh bien, soupirai-je, tu iras voir Monsieur de Laspasses de ma part et tu demanderas à Boieldieu de rédiger sa dédicace à la gloire de mon épouse : je sais qu'elle y sera sensible. Pour le reste, je ne veux plus ouïr parler de cet opéra avant sa première représentation.

— Et de moi, bredouilla-t-il, voudras-tu ouïr parler ?

Un flot d'émotions, redoublé par le souvenir de nos amours défuntes, me submergea au point que la présence de Fulton devint tout à coup importune. Ne pouvant congédier l'un, je renvoyai les deux.

— Monsieur Fulton te fera visiter son atelier, lançai-je à Joseph ; tu me diras ce que tu penses de sa musique...

Autre amour passé, mais qui demeurait vif en ma mémoire, Alexandre m'envoya un court billet depuis Saint-Domingue, où il rendait compte des succès de nos armées, au prix hélas d'un bain de sang : « Toussaint Louverture est actuellement assigné à résidence, prévenait-il, mais notre plus grand ennemi ce sont les fièvres qui déciment nos rangs. Enfin, le commerce reprend dans les ports et chacun semble s'en accommoder. La paix n'a jamais été aussi proche. »

C'était sans compter avec Buonaparte ; lequel, après s'être fait proclamer Consul à vie par un corps législatif entièrement à sa solde — en attendant le plébiscite du corps électoral —, fit voter, au prétexte de contingences économiques et diplomatiques, avec la complicité de Cambacérès, une loi rétablissant l'esclavage dans nos colonies : *exeunt* les idéaux républicains de 1794 !

Croisé lors d'une soirée au théâtre, le Second Consul tenta d'amoindrir les effets de cette ignominie.

— Les colonies sont nécessaires à notre existence, martela-t-il. Détruire cette institution, aussi horrible qu'elle nous paraisse, reviendrait à sacrifier aux esclaves les intérêts de la Patrie. Nous ne devons pas nous laisser entraîner par le sentiment, si noble soit-il, qu'il n'existe point de différence entre l'homme civilisé et celui qui ne l'est pas. Mal appliquée, la philanthropie est désastreuse : laissons au temps le soin d'opérer les changements nécessaires.

Seule Armande-Louise acquiesça. Voyant que je me renfrognais, Cambacérès me tira à part.

— En dehors de considérations philosophiques, insista-t-il, cette loi ne concerne personne de ta connaissance, pas même ton joli Sékou. Demande donc à ces Laspasses qui gèrent ta fortune ce qu'ils en pensent : tu pourrais être surpris ! — Sans me laisser le loisir de répondre, il enchaîna sur la récente promotion de son frère cadet, naguère simple curé, à l'archevêché de Rouen : le Premier Consul veut le faire cardinal, sourit-il. J'ai, bien sûr, pensé à Philippe, ton pupille, dont la carrière pourrait s'en trouver facilitée. Ta noble mère serait si fière! — Et à voix basse: Buonaparte respecte la religion; il lui importe beaucoup de se concilier les bonnes grâces du clergé. Ton ami Sade en sait quelque chose... J'ai dû maintes fois intervenir, depuis l'enquête qui l'a conduit en prison, pour éviter que la police ne se présentât aux grilles des Petites Tuileries. Monsieur Fouché ne t'aime pas; il me craint, toutefois...

Dès le lendemain, je me fis annoncer à Montmorency. Afin probablement de m'amadouer et se faire pardonner l'ignorance dans laquelle on m'avait laissé de la disparition de Moïse, Blaise-Abel Durelais me fit rendre, depuis le perron et en musique, des honneurs dignes d'un monarque. Outre un intendant chargé de la ferme attenante en remplacement de l'ancien, il me présenta le nouveau majordome, un sien parent prénommé Octavien, accort trentenaire débarqué depuis peu d'un Béarn dont il conservait l'accent.

— C'est la fine fleur du clan Durelais, assura mon hôte. Son éducation s'est faite à Toulouse. *Toute* son éducation...

En retrait se tenait un adolescent très brun aux lèvres épaisses que sa musculature prometteuse faisait ressembler à un jeune Hercule.

— Mon neveu Clovis rêvait de connaître Paris, commenta sobrement Blaise-Abel en tirant sur le poignet du jeune homme pour qu'il fît la révérence.

Nous traversâmes en procession les salons du rez-de-chaussée, dont le décor avait fait l'objet d'une mise au goût du jour dans le style égyptien.

— J'ai de grands projets pour cet endroit, confia mon amphitryon. Avec la permission de Votre Altesse, bien sûr...

Je n'eus pas à le prévenir des mauvaises dispositions du ministre de la police car il en était déjà averti.

— On veut de la moralité, de la discrétion, grinça-t-il, on en aura ! Ces beaux messieurs pleins de vertu nous arrivent la plupart du temps accompagnés de leur maîtresse ou de quelque courtisane recrutée en ville. Ils n'ont certes que faire de nos filles mais non point toujours de nos garçons...

Nous étions parvenus à la porte des grands bains, lieu chargé de souvenirs dont l'état d'abandon m'étonna. Un peu embarrassé, mon cicérone justifia la piscine vide et le manque d'entretien par le désintérêt des clients.

— En groupe et en public, avoua-t-il, la nudité n'est plus de mise et la licence tout juste tolérée. On exige des salons privés, des baignoires dans chaque chambre, autant d'améliorations qui ne pourront se faire qu'après les travaux. Je pensais transformer cette aile en salle de bal et de jeux.

La contrariété noua ma gorge.

— Comptes-tu tout détruire ? soufflai-je.

— Messieurs Fontaine et Percier, les architectes auxquels j'en ai parlé, et qui sont des habitués, proposeront sans doute des solutions pour conserver ce qui plaît à Votre Altesse, bredouilla Blaise-Abel. Mais il faut comprendre qu'en l'état...

— L'ouvrage se fera par étapes, pour ne point trop gêner, renchérit Octavien. La clientèle est prévenue...

— Et s'en félicite ! compléta son acolyte.

Repensant à la colonne de comptes des Laspasses où figuraient les bénéfices de l'établissement — près de dix fois les revenus d'une grosse ferme, s'il m'en souvenait bien — je ravalai mon agacement et écoutai patiemment mes hôtes détailler la chirurgie qu'ils s'apprêtaient à infliger au domaine : outre la salle de bal précitée, les architectes recommandaient l'érection d'un étage supplémentaire et de combles sur chaque corps de bâtiment, ainsi que l'agrandissement des communs. Le petit théâtre et les caves seraient épargnés, mais pas les jardins, sur lesquels devait souffler une tempête venue d'Angleterre. Au moins trois ans de chantier et des centaines de milliers de francs : le tripot le plus dispendieux d'Europe ! — « Le plus luxueux » corrigea Blaise-Abel.

Je me rendis seul sur la tombe du regretté Moïse, dont le cercueil reposait, avec ceux de ses prédécesseurs, dans le soubassement du cénotaphe au spectre. Je redoutais la voix, elle ne se manifesta pas, me laissant me recueillir et songer aux bouleversements à venir. En près de soixante ans de carrière au service de notre famille, le défunt n'avait jamais quitté les lieux ni fondé de foyer. Blaise-Abel semblait prendre le même chemin mais *quid* de ses successeurs ?

Mon esprit divagua naturellement vers Henry-Saül : quel géniteur ferait-il, et avec quelle femme ? L'idée de le perdre à l'instant de le retrouver, la solitude annoncée et l'évidence de la passion qui toujours me dévorait firent naître des larmes que mes hôtes, lorsque je revins sur mes pas, attribuèrent au deuil de Moïse. Je me gardai de les détromper.

Une missive de mon trop aimé rejeton arriva avec l'été, mandée de Sydney comme la précédente : la Terre de Van Diemen explorée, l'expédition Baudin avait entrepris de cartographier la côte sud du continent, après quoi il serait enfin question de regagner la France, perspective qui me réjouit autant qu'elle m'inquiéta.

Je finis par m'en ouvrir à Joseph, venu maintes fois me visiter au prétexte de connaître l'avancée des travaux de Fulton : son insistance à percer une morosité dont il se croyait responsable avait fini par vaincre mes réticences. J'avouai tout, jusqu'aux chimères luxurieuses qui m'éveillaient la nuit, parfois après avoir pollué mes draps, et où Henry-Saül tenait une part essentielle.

Joseph, dont le propre fils était au seuil de l'adolescence, me considéra avec un mélange d'effroi et de pitié qui accentua mon trouble. Ce qu'il asséna ensuite sur un ton grave, je le savais déjà : ne rien confesser, ne jamais céder mais combattre autant qu'il se pouvait cette pernicieuse inclination, au risque, dans le cas contraire, de perdre à jamais, plus que celle de la société, l'estime des miens, au premier rang desquels l'objet même de ma passion.

Quand bien je ne m'attendais guère à ce que mon confident comprît vraiment mes infortunes, le simple aveu de leur existence soulagea ma solitude et rendit moins désespérante l'évidence de devoir fuir mon héritier aussi longtemps que durerait l'incendie de mon âme.

En conséquence de quoi, pourtant, Joseph franchit moins souvent à ma porte et, détail qui me blessa, ne me présenta point son rejeton — placé en nourrice quand nous vivions ensemble mais qui habitait désormais chez lui — ainsi qu'il s'y était engagé.

Cet été-là fut particulièrement chaud. Armande-Louise, qui appréciait Morienval et les Dumas, me convainquit aisément de quitter Paris pour la fraîcheur picarde. Nos hôtes ne se trouvaient cependant point au château : le majordome expliqua que la famille s'était rendue à Villers-Cotterêts où Madame Davy de la Pailleterie était accouchée d'un garçon. Lequel, prénommé Alexandre, nous fut montré quelques jours plus tard lors de son baptême.

Le général Dumas faisait grise mine : sa santé s'était à peine améliorée et il venait d'apprendre que le Consulat le destituait non seulement de son grade mais également des indemnités de captivité qui lui restaient dues. La nouvelle du rétablissement de l'esclavage n'avait évidemment rien arrangé dans l'esprit de ce métis revendiqué dont la bouche pleine d'amertume se tordait douloureusement pour rendre ses mimiques au nourrisson. La belle Isabeau-Aimée rayonnait, au contraire, à l'instar d'une perle d'ambre, souverainement indifférente aux récriminations de son père.

Comme je m'enquérais de savoir si quelque galant s'attachait à lui faire la cour, l'adolescente baissa les yeux sans répondre, effleurant furtivement le médaillon fermé qu'elle portait en pendentif.

— La petite est entrée dans l'âge des secrets, sourit sa mère ; nul ne connaît l'élu de son cœur. Peut-être d'ailleurs n'y en a-t-il aucun…

L'humeur de Dumas ne s'éclaircit guère au cours de la saison et je fus même la cible de ses sarcasmes quand je lus à haute voix dans une gazette, sur un ton selon lui *stupidement satisfait*, le récit de l'emprisonnement en France de Toussaint Louverture, capturé avec sa famille à Saint-Domingue par le général Leclerc.

Une missive circonstanciée à Cambacérès permit néanmoins que j'obtinsse pour Dumas ce qu'il espérait jusqu'alors en vain, soit un décent traitement de réforme. Cela ne dérida point notre Général, qui trouva encore à fulminer contre les passe-droits, mais je compris que l'orage s'éloignait.

Revenu rue des Marais-Saint-Germain au milieu du mois de septembre, je découvris, comme espéré, une lettre d'Alexandre, arrivée probablement par le même navire qui embarquait Toussaint Louverture, où mon correspondant qualifiait d'indignité la capture et la déportation de ce dernier : « Je ne suis pas le seul que la chose outrage, s'emportait-il ; sans parler du vote infâme de la loi que tu sais ! Cela est-il Français ? Cela est-il républicain ? Non et non ! » — Ces derniers mots étaient soulignés d'une plume si furieuse qu'elle avait écorché le papier. Le reste, de même trempe, me fit remercier le Ciel qu'il n'y eut plus de Fouché pour en prendre connaissance, mais également redouter qu'Alexandre ne commît quelque folie. Répondre aux siennes s'avéra un exercice d'autant plus ardu que j'ignorais si — et quand — mes feuillets parviendraient à leur destinataire.

Je n'eus guère le loisir, dans les temps qui suivirent, de ruminer mes affres car les solliciteurs se succédèrent sans que mes domestiques ne parvinssent toujours à les éconduire. Ainsi que je finis par le comprendre, la cause première en était la publicité que Joseph avait faite de mes libéralités : avare de sa présence, il n'était pas moins fier que je soutinsse *son* opéra, au point de laisser se répandre les plus sottes rumeurs.

Convoqué sur la question, mon ancien amant se présenta, fort habilement, en compagnie de Boieldieu et de ses chanteurs. Lesquels donnèrent, à mon épouse ravie et à moi-même, une espèce d'aubade reprenant des extraits du *Prince de Castiglione.*

S'ensuivit une collation au cours de laquelle je pus notamment deviser avec un muscadin trentenaire nommé Jean Elleviou, dont les rôles de militaire avaient fait le succès et qui devait, dans notre œuvre, tenir celui du héros principal. Comme je louais le délicat appariement de sa voix avec celle du baryton Jean-Blaise Martin, autre muscadin du même âge, une fugace rougeur empourpra ses joues.

— C'est que nous ne sommes point amis que *su'* scène ! minauda-t-il avec l'accent caractéristique des incroyables.

La curiosité d'en découvrir davantage me poussa à le convier aux Petites Tuileries. À ma grande surprise, il déclina l'invitation. Joseph, témoin de ma déconvenue et plus que jamais soucieux de me complaire, voulu savoir pourquoi : Elleviou, après moult circonlocutions, finit par avouer que

Garat, devenu mon ennemi après l'affront que je lui avais fait subir, interdisait à ses intimes la fréquentation de mes murs.

Derrière son épaule, Jean-Blaise Martin acquiesça en précisant que l'artiste rancunier réservait son talent et sa compagnie aux membres éminents du Consulat, mais que lui ne se sentait tenu par aucune promesse.

Nous convînmes donc de célébrer *entre garçons* le succès du *Prince de Castiglione*, perspective à laquelle il ne fut guère difficile de rallier les récalcitrants.

La première représentation se déroula le 27 novembre au théâtre de la rue Feydeau, occasion pour Armande-Louise de découvrir la dédicace que Boieldieu avait rédigée à sa gloire. Ma noble mère, qui avait fait le déplacement avec Madame de Montesson et l'infortunée Marie-Constance Quesnet, en fut presque aussi émue que sa belle-fille et je dus empêcher Cambacérès, réfugié en fond de loge contre un Joseph nanti de *son* Théodore, de faire une annonce au public.

La majorité de l'assistance étant acquise à notre cause, l'œuvre triompha, y compris de la critique, et je pus rappeler à chacun son serment de fêter cette réussite aux Petites Tuileries.

Nous nous y réunîmes un mois plus tard, après que *Le Prince de Castiglione* eut quitté l'affiche avec la promesse d'une reprise. Joseph, qui savait probablement à quoi s'attendre, vint sans son conjoint mais Elleviou et Martin, dont j'avais eu confirmation de ce qu'ils étaient amants, ne se dérobèrent pas. Cambacérès imposa sa présence.

L'aile nord du château disparaissait sous les échafaudages : à mon demi-soulagement, Blaise-Abel indiqua que les bains ne seraient pas détruits, le décor de la future salle de bal se superposant à l'ancien et un simple plancher recouvrant le bassin.

— J'ai une autre surprise pour Votre Altesse, annonça-t-il en ouvrant à deux battants les portes du théâtre...

Le parterre était occupé par une table richement dressée, au centre de laquelle trônait un surtout d'argent figurant des satyres. Le rideau de scène était tiré.

— Attendez qu'il se lève, chuchota mystérieusement Blaise-Abel...

Nous nous installâmes pour banqueter. Les garçons de la maison entrèrent aussitôt, déguisés en ægipans[63], costume qui célébrait jusqu'à l'obscène leurs charmes vigoureux. L'application qu'ils mirent à nous frôler de leurs génitoires en remplissant verres et assiettes déconcerta mes commensaux.

Un prélude, mêlant flûte, violon et glassharmonica, retentit opportunément derrière la courtine ; Blaise-Abel apparut bientôt sur les planches, affublé d'un habit de cour à l'ancienne mode, avec perruque et bas de soie, mais *sans culotte* — l'allusion fit éclater de rire Cambacérès —, révélant au monde des appas que je connaissais bien.

— *Le diable amoureux,* déclama-t-il ; fantasmagorie librement inspirée du regretté Cazotte. Puisse-t-il nous pardonner, ainsi que les compositeurs auxquels nous avons volé leurs notes ; et vous-même, auguste public !

Il fit la révérence, puis nos chèvre-pieds éteignirent toutes les chandelles.

Des formes diaphanes émergèrent progressivement de l'obscurité, comme suspendues dans l'encadrement du théâtre : colonnes brisées, cimetière, arbres morts... Une magie inédite nous projeta soudain dans un dortoir où quelques soldats résumés à leurs seuls sabres se livraient amoureusement les uns aux autres. Je reconnus le bel Octavien Durelais, dont le corps finement musclé et la verge arquée créaient des

63. Ou *chèvre-pieds*. Divinités champêtres aux cornes et pieds de chèvre.

ombres tentatrices, et, divine stupeur, les atlantes Nicaise et Baptiste qui servaient jadis le *citoyen* Sade et paraissaient prendre goût à leur nouveau métier.

L'affaire conclue à grands ahans, nos soldats allumèrent leur pipe en cercle autour du héros incarné par Octavien. La fumée s'épaissit, d'où naquirent des formes végétales, puis animales, et enfin, aussi parfait qu'un dieu antique sublimé par sa chlamyde[64], le jeune Clovis Durelais.

Resté seul avec le héros, ce diabolique adonis entreprit de séduire sa victime par une chorégraphie de plus en plus voluptueuse qui m'ébranla lorsque je pris conscience de ce que ces deux-là étaient parents : la verge de l'un effleurait pourtant le visage de l'autre sans qu'aucun n'en parût offensé, et ils échangeaient de vrais baisers. Mais Octavien se dégagea de cet empire délicieux, renvoyant son assaillant aux ténèbres.

La scène se transporta sur la place d'un village où des noces étaient célébrées : on avait réquisitionné à cette fin les quelques filles demeurant au prostibule, que leurs *alter ego* mâles chassèrent bien vite, à l'exception de la plus grande, entièrement couverte de voiles. Se disputant les faveurs de celle-ci, ils firent assaut de démonstrations viriles, dénudant progressivement leurs muscles jusqu'à exhiber et croiser des érections que l'éclairage et les fumées rendaient prodigieuses.

Surgit notre héros, qui les tint en respect pour mieux courtiser la belle, arrachant voile après voile et découvrant *in fine* un Clovis plus lascif, s'il se pouvait, que lors de sa précédente apparition. Assailli par la horde que conduisait Octavien, l'adonis tenta plusieurs transformations — chien, dragon, squelette — avant de succomber à un assaut final au cours duquel, comme flottant parmi les vapeurs, son fondement reçut l'offrande des vainqueurs. Recueillie dans une patère

64. Toge.

d'albâtre, elle nous fut servie avec les desserts ; nous y trempâmes des quartiers de mandarine.

Je profitai de l'extase commune pour quitter discrètement la salle avant que ne revînt la lumière, et m'enquis de Clovis. Blaise-Abel le fit entrer à ma suite sous les tentures de la plus belle chambre de l'étage. L'adolescent avait conservé sa chlamyde, d'où pointait une verge poupardé que je qualifiai d'insatiable.

— Je n'ai pas joui ! protesta-t-il poliment.

Je lui donnai *illico* satisfaction. Son sperme avait un goût miellé.

Confortablement installés côte à côte sur le lit, nous devisâmes de choses et d'autres en sirotant un vin cuit. La relative complicité qui s'établit m'inclina à l'interroger sur ses rapports avec sa parentèle.

— Ça ne me gêne pas du tout, répondit Clovis ; je n'aime point les garçons de mon âge. Qu'ils soient ou non de ma famille, qu'est-ce que ça change ?

Et il confessa avoir vécu ses premiers émois à contempler son père nu, et ses premières étreintes auprès de cousins plus âgés.

— Mon propre père aurait fait mon affaire s'il n'était aux femmes, ajouta-t-il avec un regard de défi. Mais Octavien et l'oncle Blaise-Abel me conviennent ; sans parler des autres... — Mon étonnement le fit rire : Je ne suis pas fou ! s'exclama-t-il. Si tout le monde est d'accord, pourquoi refuser les plaisirs ?

Je nè pus qu'acquiescer. Enhardi par sa victoire, il voulut savoir ce que je faisais à son âge. J'évoquai mes amants d'alors, la vie de cour, les amours naissantes...

— Un vieil ami disait que la nostalgie était un affreux privilège de l'âge, soupirai-je...

Clovis se fit tendre et, sans un mot, réveilla nos ardeurs de la bouche, puis du corps tout entier. Sa musculature ronde était couverte d'un duvet très fin dont j'explorai les senteurs. La fruition fut longue et profonde.

Nous dormîmes enlacés.

Blaise-Abel vint pour le petit-lever.

— Il y a là quelqu'un qui souhaiterait s'entretenir avec Votre Altesse, glissa-t-il. C'est à lui que nous devons la fantasmagorie d'hier soir.

Je passai une robe de chambre et fis entrer mon visiteur, grand flandrin à peine plus jeune que moi, dont le nom — Étienne-Gaspard Robert *alias* Robertson ainsi qu'il était mentionné sur sa carte — ne m'était pas inconnu.

— J'ai été aéronaute avant de m'intéresser à la mécanique et à l'optique, précisa-t-il en faisant la révérence. Peut-être Votre Altesse a-t-elle lu dans les gazettes le récit de mes tentatives. J'ai maintes fois écrit à Votre Altesse et me suis récemment présenté chez elle, mais sans succès. Nonobstant, je suis honoré de savoir que Votre Altesse apprécie mes modestes talents de fantasmagore…

Nous nous attablâmes devant une pyramide de macarons sur laquelle se jeta un Clovis aussi nu qu'à la naissance. Robertson, bien qu'écarlate, n'en poursuivit pas moins son discours : il connaissait mes exploits aérostatiques et savait mon intérêt pour les sciences ; le marquis de Jouffroy d'Abbans, rival de Fulton, avait vanté ma générosité — bien que n'en bénéficiant pas — mais Conté s'était refusé à cautionner sa demande, au prétexte qu'un montreur de fantômes ne pouvait être sérieux.

— Dans le même temps, gémit-il, on accepte que Monsieur Fulton vive de ses panoramas ! Je prétends, quant à moi, financer mes recherches par le truchement de ces innocents spectacles — ceux, en tous cas, que je présente au public parisien…

Je ne pus réprimer un sourire, Clovis pouffa : cela dérida notre commensal, qui reconnut s'être bien amusé à préparer le divertissement de la veille. Je lui offris de recommencer et l'invitai à présenter ses projets rue des Marais-Saint-Germain.

La réapparition chez moi de cet étonnant personnage, le 21 janvier 1803, coïncida — involontairement, assura-t-il penaud — avec la commémoration du dixième anniversaire de l'exécution de Louis XVI. Nous devions, le soir-même, nous rendre à Mondétour pour une messe en la chapelle du château. Robertson, en se retirant, accepta de me confier les esquisses de la machine aérienne au moyen de laquelle il espérait conduire un certain nombre d'expériences scientifiques sur le magnétisme et l'électricité.

Je montrai ces plans à Fulton sitôt rentré de Mondétour mais il ne leur accorda qu'un intérêt poli : le pyroscaphe était en effet à l'aube de ses premiers essais et notre inventeur avait convaincu le vieux Cugnot — courtisé également par Jouffroy d'Abbans — d'y participer. L'Américain accepta néanmoins que Robertson se joignît au groupe très restreint de spectateurs qui devait, ce jour-là, témoigner, selon Livingston, de l'avènement d'une ère nouvelle.

Las, la trop lourde machine brisa par le milieu le bateau à peine lancé sur l'eau, entraînant vers le fond nos rêves mécaniques ! Cugnot, habitué aux échecs, soutint son disciple en indiquant que Jouffroy d'Abbans avait rencontré des difficultés similaires auxquelles une meilleure répartition des masses pourrait apporter une solution. Les regards désespérés de Fulton, qui appréhendait manifestement de perdre notre appui, m'amadouèrent d'autant plus que Robertson parvint à lui extorquer la promesse de collaborer à la conception d'un aérostat à vapeur dont on décida aussitôt qu'il s'appellerait *Le prince de Castiglione.*

VIII

Inquiet de ne recevoir aucune nouvelle de Saint-Domingue et redoutant qu'il ne fût arrivé malheur à mon cher Alexandre — j'attribuais en revanche le silence d'Henry-Saül à un périple de retour sans escale — je me fis annoncer chez Cambacérès vers la fin de l'hiver. Il me reçut avec une espèce de bonhomie condescendante qui m'agaça au point que j'oubliai volontairement de le féliciter pour son élection à l'Académie française, institution rouverte depuis peu par le Consulat.

— Ton Alexandre s'est jeté dans les bras de la rébellion, lâcha mon interlocuteur. Il a rejoint le traître Dessalines en abandonnant ses frères d'armes. Je serais étonné qu'il se manifeste avant longtemps; avant, du moins, qu'on le capture et qu'on le fusille.

Le souffle me manqua pour répliquer. Voyant ma contrariété, Cambacérès abandonna ses airs hautains pour s'asseoir à mes côtés.

— Laisse-moi te parler en ami véritable, murmura-t-il. De grands changements se préparent, sur lesquels je ne puis encore m'étendre mais dont les conséquences pourraient s'avérer favorables à chacun d'entre nous. Si tu me fais confiance... — Il posa une main sur ma cuisse; je tressaillis. Allons, sourit-il, tu n'étais pas si réservé, jadis! Et puis c'est surtout après ton joli Clovis que j'en ai. Je l'ai vu à l'œuvre dans la fantasmagorie des Petites Tuileries: joli morceau sur scène mais inaccessible en dehors, même au Second Consul et moyennant finance ! J'aurais pu me vexer… Mais parlons d'autre chose : ainsi que je te l'annonçais il y a quelques mois, mon frère cadet a finalement été fait cardinal ; une grâce de Sa Sainteté après la signature du Concordat — laquelle a également permis à notre ami Talleyrand de défroquer et prendre femme ! Plus sérieusement, et conformément à ce que je t'ai proposé, cette nomination pourrait servir tes intérêts à travers ceux de ton pupille. *Monseigneur de Cambacérès* devant incessamment se rendre à Rome ; ton apprenti-curé pourrait le suivre…

Sans avis sur la question, je m'en fus la poser au principal intéressé dans son séminaire isséen. Moins exalté qu'avant son entrée en religion, Philippe demanda le temps de la réflexion. À bientôt dix-neuf ans, le jeune homme semblait s'être affermi, tant au moral qu'au physique. Je me gardai d'en formuler la remarque mais fus conforté dans cette impression par la sincère prévenance de mon *apprenti-curé* à s'enquérir des nôtres, surtout d'Henry-Saül.

Sa réponse, positive, me parvint pour Pâques. Une petite cérémonie fut organisée à Issy en présence de ma noble mère, éperdue de fierté, au cours de laquelle Étienne de Cambacérès — grave prélat en tout point différent de son frère — prit officiellement la tutelle de Philippe. L'*autre* Cambacérès, arrivé en retard, tenta de se faire pardonner en promettant de veiller personnellement au cas d'Amable-Félicité, ma sœur aînée, demeurée seule, faute de couvent, dans l'ermitage de Mondétour.

— J'ai deux morts à t'annoncer, glissa-t-il à mon oreille alors que nous remontions en voiture. — Songeant à Alexandre, je sentis mes jambes se dérober. Mon interlocuteur me retint par le bras : Tu es trop sensible ! gronda-t-il. La première te touche certes, puisqu'il s'agit de ton ancien ami Sérizy auquel son exil londonien a coûté la vie, mais la seconde devrait favoriser la résolution du conflit à Saint-Domingue et hâter, qui sait, le retour de ce cher félon pour lequel tu trembles : le rebelle Toussaint Louverture n'est plus... Une dernière chose : le ci-devant marquis de Sade vient d'être transféré à l'asile de Charenton. Les visites y sont très réglementées mais, en cette matière comme en d'autres, que refuse-t-on au Second Consul, sinon la jouissance d'un dédaigneux fantasmagore prénommé Clovis ?

L'allusion étant assez claire, je me rendis dès le lendemain aux Petites Tuileries. Le *dédaigneux fantasmagore* — qui ne l'était point en ma compagnie — protesta véhémentement n'obéir qu'à ses oncles et à moi-même. Faisant taire mon cœur, j'ordonnai à l'adolescent de trouver le Second Consul assez attirant pour lui ouvrir ses cuisses.

Clovis et Philippe *placés,* l'absence et le silence d'Henry-Saül rongèrent d'autant plus obstinément mon âme que nul, pas même dans l'entourage de Cambacérès, n'avait la moindre nouvelle de l'expédition Baudin. Personne n'osait évoquer le sort de Monsieur de La Pérouse[65] mais chacun y pensait, moi le premier.

Je me jetai donc, avec l'énergie du désespoir, sur les projets mécaniques de Fulton et Robertson, jusqu'à leur consacrer le plus clair de mon temps. L'espace manquant dans la baraque du port aux Bois, je fis aménager un atelier dans les écuries et les communs de l'hôtel de Buridan, quai de la Liberté.

À l'instar de Morienval, ce fut Armande-Louise qui chassa du logis les mannes de mon défunt aîné : venue découvrir — seule, car je refusai de l'accompagner au-delà du vestibule —

65. Disparu corps et biens dans le Pacifique avec son expédition en 1788.

un lieu qu'elle ne connaissait pas, mon épouse décréta que l'endroit convenait mieux à une princesse du Saint-Empire que la *crapaudière* de la rue des Marais-Saint-Germain et annonça souhaiter s'y installer.

— Vous n'êtes aucunement forcé de m'accompagner, plaisanta-t-elle. Il faudra nonobstant que vous souffriez ma présence céans. Une fois exécutés les quelques aménagements nécessaires, je suis sûre que vous finirez par vous laisser apprivoiser : il y a trop de fantômes dans votre vie.

Je protestai pour la forme et veillai à ce qu'Armande-Louise n'eût pas immédiatement raison mais, au fil des jours et des travaux, tant dans ma partie que dans la sienne, les occasions se multiplièrent pour moi de franchir la cour et le fameux vestibule. Mais je refusai de dormir sur place — trop de fantômes sans doute —, cantonnant ma présence aux pièces d'apparat.

Le pyroscaphe de Fulton, amendé grâce aux conseils de Cugnot, s'élança sur le fleuve par une belle soirée d'été, en présence notamment des Consuls et de membres éminents de l'Institut, cependant que Robertson et moi-même peinions, faute de maquette viable, à compléter les plans du *Prince de Castiglione.*

Contre toute attente cependant, alors que le navire à vapeur remplissait spectaculairement ses objectifs, l'accueil s'avéra aussi peu enthousiaste que pour les précédentes inventions de l'Américain, à qui Buonaparte conseilla sèchement de retourner à ses panoramas.

Fulton, profondément humilié, parla d'abord de gagner l'Angleterre — derechef en guerre contre la France, ainsi qu'il l'avait prédit — avant de se raviser. Avec l'accord de Livingston, il m'offrit le pyroscaphe, baptisé *L'Armande-Louise* en hommage à mon épouse, et déplaça son chantier quai de la

Liberté afin de se consacrer à notre aérostat. Là, il démontra l'impossibilité d'installer une lourde machine à vapeur dans une nacelle, aussi solide fût-elle, sauf à construire un ballon titanesque, éventualité inconcevable en l'état de nos connaissances et de mes finances. Il s'affirma toutefois en mesure de façonner en réduction les éléments nécessaires à l'entraînement d'hélicoïdes.

Robertson, impatient d'expérimenter différents types d'enveloppes, mena de son côté plusieurs expériences périlleuses, dont l'une le conduisit à des altitudes jamais atteintes par l'Homme : plus de sept mille mètres selon ses instruments.

Je demeurai à Paris durant toute la saison. Armande-Louise, partie se réfugier avec ses suivantes dans la fraîcheur de Morienval, n'en revint qu'à la fin du mois de septembre. Le marquis de Jouffroy d'Abbans, irrésistiblement attiré par nos recherches, s'y était entre-temps rallié. Le naturel ombrageux de ce quinquagénaire aux traits aussi secs que le ton, n'aidait guère à la concorde, surtout avec Fulton, mais nos travaux avançaient.

Un divin hasard de calendrier fit que *Le Prince de Castiglione*, dûment équipé de gouvernes à vapeur, effectua ses premiers essais au moment où était annoncée la reprise de son homonyme musical au théâtre de la rue Feydeau. Faute de pouvoir espérer la présence de Buonaparte, trop affairé à préparer *sa* guerre contre l'Angleterre, Cambacérès honora chaque événement ès qualités de Second Consul.

Cela ne suffit hélas au succès ni de l'un ni de l'autre : l'opéra, boudé par le public, fut retiré de l'affiche après trois représentations et l'aérostat refusa opiniâtrement de s'élever au-delà de quelques mètres, tournoyant comme un toton dans la cour de l'hôtel de Buridan.

Mes proches, émus par les empreintes que ces échecs laissaient sur mon visage, me suggérèrent maintes fois de changer de marotte mais, toujours sans nouvelles d'Henry-Saül, je rechignais à ôter celle-là de mon esprit par crainte que l'autre, autrement puissante, ne reprît l'avantage.

Fort de ses orgies avec Clovis et de sa connaissance de mes faiblesses, Cambacérès sut alors insidieusement me convaincre de troquer l'habit de mécanicien contre celui de débauché. Armande-Louise, à ma grande surprise, abonda en ce sens.

— Je sais ce qui vous hante, assura-t-elle. Laissez-moi m'occuper de vos inventeurs, intendants et autres solliciteurs. Allez donc votre chemin en toute liberté et revenez-nous quand bon il vous semblera. Nous saurons où vous trouver s'il fallait vous importuner…

J'obéis avec l'ivresse d'un adolescent sur le point de commettre quelque délicieux forfait, abandonnant Bruno, Nándor et Sékou, très inquiets, aux bons soins de mon épouse.

Les Petites Tuileries, encore environnées d'échafaudages, ne comptaient guère de clients mais je m'y enfermai tel un moine en son cloître, cagoule comprise : celle-ci, en cuir fin, constitua en effet le seul vêtement que je portai durant tout le temps que je passai sur place. Je ne l'ôtais qu'en secret, pour me laver, quand l'ordure accumulée m'empêchait de dormir ou soulevait le dégoût chez mes partenaires en luxure. Car j'ordonnai à Blaise-Abel et à Octavien de me présenter aux visiteurs comme un pénitent anonyme dont on pouvait user *ad libitum*.

Si les premiers conservèrent toujours un respect minimal, y compris lorsque je les invitais à se perdre en ma compagnie, les seconds, échauffés par le masque et la passivité, s'en donnèrent à cœur joie : je servis d'urinoir, de poupée à deux trous, de godemichet ; ma langue nettoya des aisselles, des anus, des glands bréneux et même des vulves. Quand la nausée me saisissait, coups et insultes fusaient, ajoutant la douleur à l'extase oublieuse.

Mes hôtes veillèrent tant bien que mal à ce que ces bestialités — toujours contrôlées par l'un d'entre eux — ne sortissent point des caves mais je devins, en l'espace de quelques semaines, une espèce d'attraction secrètement prisée pour laquelle, plus encore que la fantasmagorie, il fallut tenir ce que j'appelai *mon carnet de bal*: nuit et jour à la tâche, je perdis progressivement la notion du temps, absorbant, excrétant et dormant quand l'exigeait mon corps, unique horloge d'une machine sans esprit, ivre d'urine, de sperme, de bran et d'alcool, excitant à plaisir la férocité de ses bourreaux.

Une sorte d'apogée fut atteinte lorsque, au cœur de l'hiver, le carnet de bal se vidant par manque de chalands, mes tauliers recrutèrent les maçons, engeance grossière qui travaillait derrière les palissades et dont la présence se résumait jusque là à des percussions dans les parois. Ces marauds peu intimidés, empestant la sueur et le tabac, protestèrent ne vouloir que des filles.

— C'est ça ou rien, répliqua Octavien en désignant, au bas des marches, le pilori où j'étais ligoté.

Ça, et le vin, les échauffa au point qu'il me sembla succomber aux assauts d'une horde de loups : l'un après l'autre, puis ensemble, d'abord leurs verges, ensuite leur rectum, crachant, déchargeant, urinant et frappant, torturant mes chairs du poing, des ongles, du pied, des dents même, pour le plus acharné, que Blaise-Abel, protecteur silencieux de mes égarements, jeta aussitôt dehors. Ses camarades, vexés, redoublèrent leurs outrages et je perdis conscience.

« Voulais-tu mourir, Labrador ? » fut la première chose que je perçus en revenant à la vie. J'étais allongé sous une courtepointe, âme et chair endoloris, bouche pâteuse et narines encore pleines d'ordure. Il faisait nuit. La voix, dont je ne pouvais déterminer la source, reprit doucement :

— Te rappelles-tu qui tu es, Labrador ?

— Ainsi m'appelait jadis le comte de Provence, marmottai-je. Qui es-tu, toi-même ?

— Tu le sais bien…

Mon cerveau fut submergé par une forte houle où explosait en surface l'écume de mes souvenirs, mais également d'autres qui n'étaient pas de moi. J'aperçus mon visage à différentes époques, à travers différents yeux parmi lesquels ceux d'Henry-Saül ; celui de mon défunt père et de nombreuses personnes mortes ou vivantes, dont plusieurs monarques ; je crus même reconnaître Henry Ier de Mondétour et son fils… Les épisodes, dont certains très anciens, s'enchaînaient en vagues de plus en plus rapprochées auxquelles ma conscience ne put longtemps résister : je sombrai derechef.

Blaise-Abel ouvrit les tentures sur le grand jour. Ma peau souillée portait des marques bleues ; je commandai un bain.

— Monsieur Robertson est arrivé à l'aube au moyen d'une étrange machine volante, indiqua l'Apollon en m'aidant à gagner la baignoire. Je lui ai suggéré d'attendre.

Le ressac, de nouveau, inonda ma mémoire mais je parvins à surnager, crâne et paupières aussi lourds que du plomb, poings ancrés aux bras du beau Durelais. Lequel, muet d'effroi, me considéra avec une terreur grandissant au fil des bribes de récits que j'exposais tels de monstrueux insectes capturés à la volée : les plus vieux dataient du règne de Louis XIV, les plus récents mettaient en scène des événements survenus en mon absence. N'en pouvant plus souffrir, Blaise-Abel détacha mes doigts et s'enfuit.

Je compris incontinent qu'il me faudrait me taire si je ne souhaitais que ma monstrueuse souvenance repoussât quiconque m'approcherait. Octavien, arrivé en renfort, me trouva donc aussi calme que l'autorisait ma pauvre cervelle : imposant le silence à la foule hurlante des réminiscences, je m'enquis posément de Blaise-Abel, prétextai les séquelles de l'orgie de la veille et annonçai que je redevenais moi-même, disposé à m'entretenir avec mon visiteur sitôt la toilette achevée. Octavien masqua mal son incrédulité mais n'en apporta pas moins des habits propres.

Robertson parut soulagé de me voir ainsi reparaître. Nous sortîmes sur le perron, d'où je pus découvrir un étonnant engin : l'aérostat, dont la double enveloppe, expliqua le fantasmagore, était gonflée d'hydrogène et d'air chaud, comportait une nacelle d'osier semblable à celle d'un traîneau, épousant une forme de cuivre dans laquelle était nichée la petite machine à vapeur nécessaire à faire se mouvoir les hélicoïdes placés de chaque côté. Le tout, manœuvré depuis l'avant, reposait sur quatre roues minuscules ; une voilure, logée sous la nacelle, pouvait être déployée au besoin. *Le prince de Castiglione*, assura Robertson, était un vrai joyau d'industrie.

— *L'Armande-Louise* aussi, a été amendée, ajouta-t-il fièrement. On y a aménagé une cabine où l'épouse de Votre Altesse aime à se retirer avec ses suivantes lors des navigations. Messieurs Fulton et Livingston, sans perspective de travailler avec le Consulat, songent désormais très sérieusement à regagner l'Amérique…

Je ne prêtai guère attention à la suite, affolé de constater que ces faits, à l'instar d'autres concernant Robertson dans son intimité, m'étaient déjà connus. Tel le spectre au cénotaphe, ce que savaient les visiteurs des Petites Tuileries n'avait aucun mystère pour moi ; mieux — ou pis — encore : je pouvais explorer leur mémoire jusqu'aux événements survenus la nuit précédente !

— Ma sœur Amable-Félicité est donc décédée il y a quinze jours sans que l'on jugeât utile de m'en avertir, murmurai-je distraitement…

— Monsieur Blaise-Abel, commença mon interlocuteur…

— A prétendu qu'il ne fallait point me causer de chagrin, complétai-je en me rappelant une scène à laquelle je n'avais pas assisté ; on devait me l'apprendre au retour à Paris.

Un irrépressible besoin de solitude me fit planter là Robertson pour rejoindre à grands pas la fameuse clairière au tombeau. Mais la voix demeura silencieuse.

Les rêves innombrables que je fis au cours des jours suivants — je dormais plusieurs heures tout au long de la journée — avaient la précision de la réalité, tissant dans mon crâne un écheveau d'images, intuitions et certitudes. À l'exception de cette sensation étourdissante d'avoir vécu plusieurs existences, je ne découvris rien de marquant chez ceux dont j'espionnai involontairement l'histoire. Seule m'ébranla, lorsque je cédai au désir de m'y intéresser, la secrète passion qu'Henry-Saül éprouvait depuis toujours pour Isabeau-Aimée : ne l'avoir pas comprise me blessa d'autant plus que j'inférai qu'Armande-Louise était, d'une manière ou d'une autre, dans la confidence.

Rentré à Paris à la fin du mois de février 1804 — ventôse An XII — ce fut la première question que je posai à ma conjointe. Ignorant évidemment d'où je tenais l'idée, elle me félicita pour ma clairvoyance.

— Les Petites Tuileries ont des bienfaits inattendus, sourit-elle… Cela dit, je n'ai, pour ma part, percé la chose que l'été dernier à Morienval, quand Madame Davy de la Pailleterie a révélé avoir vu le portrait de votre héritier sur le médaillon que sa fille porte en sautoir. La pauvre petite ne sait pas mentir. Il paraît que cet amour est réciproque mais je ne vois guère Henry-Saül épouser une…

— Une moricaude ? coupai-je.
— Une fille sans naissance ni dot.
— Vous oubliez ma première épouse.
— C'est justement à elle que je songe, ainsi qu'à vous : on pardonne plus aisément une erreur qu'une faute. Dieu a voulu que vous fussiez duc et prince ; c'est dans le cercle du haut qu'il faut chercher alliance, et non, quelque attachant qu'il soit, parmi l'entourage d'un général déchu.
— Jamais je ne forcerai Henry-Saül...
— Vous n'aurez pas à le faire s'il connaît ses devoirs.
Je savais, ô combien intimement !, qu'elle avait raison mais le jeune homme fougueux qui s'était embarqué en octobre 1800 et dont l'âme se découvrait à moi par quelque diablerie inédite, aurait nécessairement changé en quatre ans. N'avait-il pas assuré, dans cette fameuse lettre, que sa cervelle était assez polie pour qu'il sût, avec la plus grande clarté, comment mener sa vie au retour ?

Cette confiance, je la retrouvai quelques semaines plus tard sous la plume de mon cher Alexandre. Lequel était parvenu, Dieu savait comment, à confier ses feuillets à un soldat en partance pour la France : « Saint-Domingue n'est plus, écrivait-il, ni l'ingrate République française : vive Haïti ! Nous avons enfin un pays pour lequel vivre et mourir ! Parles-en à Henry-Saül : le sang d'esclave qui coule dans ses veines exultera ! »
Faute de pouvoir satisfaire mon correspondant, je m'en fus interroger Cambacérès. Celui-ci sembla moins préoccupé par la perte de la plus florissante de nos îles à sucre que par les menaces de complot pesant sur le Premier Consul. Les gazettes avaient certes mentionné un chouan nommé Cadoual, appréhendé avant de pouvoir exécuter ses plans, mais mon hôte indiqua avec grandiloquence qu'un ci-devant prince du sang — en l'occurrence le jeune duc d'Enghien, fils unique du

prince de Condé — venait d'être capturé outre-Rhin à la suite des aveux du prisonnier chouan, et passé par les armes sans autre forme de procès dans les fossés du château de Vincennes.

L'atrocité du forfait dessina sur mon visage une expression qui agaça mon interlocuteur.

— Tu n'entends rien à la politique! s'emporta-t-il.

Je tournai les talons et claquai la porte sans exprimer tout haut ce que ma récente expérience aux Petites Tuileries m'avait apprise sur lui et son trop cher Buonaparte.

Ce crime scandalisa la majeure partie de la noblesse, dont ma mère, qui ne voulut plus, dès lors, ouïr parler de *l'infâme petit Corse.* Seule Charlotte de Montesson, éternelle amie de Madame de Buonaparte, trouva des excuses aux criminels, ce qui, malgré ses bontés passées, lui valut d'être proscrite chez nos *vrais royalistes.*

L'affaire était encore sur toutes les lèvres lorsque fut enfin annoncé le retour de l'expédition Baudin, en l'absence de son principal instigateur, décédé en chemin. Une anxiété puissante assiégea mon esprit, au point que je pus difficilement trouver, et le sommeil, et à m'occuper dans l'attente des retrouvailles. Lesquelles se déroulèrent, peu après Pâques, en l'hôtel de Buridan, où je ne résidais toujours pas mais où je trompais le *spleen* plus efficacement que rue des Marais-Saint-Germain.

Bien que m'y étant minutieusement préparé, je ne pus retenir mes larmes quand mon bien-aimé rejeton apparut dans l'encadrement de la fenêtre de son carrosse. Henry-Saül, aussi ému que nous tous, étreignit chacun en silence et conserva ma main au creux de la sienne. Bien sûr, il avait changé, mûri, forci, et son front portait les stigmates d'une trop longue odyssée; mais je le trouvai plus désirable que jamais, et suprêmement digne d'être aimé.

— Je dois vous avouer quelque chose, concéda-t-il en pénétrant dans le logis.

— Nous savons de quoi il s'agit ! claironna Armande-Louise.

— Permettez-moi d'en douter, reprit notre héros interloqué, car nous ne sommes que trois, pour l'heure…

Je compris le premier.

— Vous avez, avant de venir ici, marmottai-je, trouvé un prêtre pour vous unir en toute illégalité, sans notre accord ni celui de ses parents, avec Isabeau-Aimée.

Il hocha la tête en silence ; les regards convergèrent sur moi.

— Notre race n'est guère heureuse en fait de mariage, soupirai-je…

— Avez-vous songé à la princesse votre grand-mère ? lança Armande-Louise. Quelle déception !

Le silence retomba. Voyant augmenter la contrariété sur le visage de mon rejeton, je me penchai vers lui.

— Je n'approuve certes point ce mariage, murmurai-je, mais ne m'y serais opposé en aucune manière. Je regrette que vous ayez pensé le contraire.

— Les parents d'Isabeau-Aimée lui avaient interdit de s'intéresser à moi, grogna Henry-Saül. Ils subtilisaient mes lettres et prétendaient la forcer à épouser quelqu'un d'autre ; nous avons dû prendre les devants. Le curé de Villers-Cotterêts, qui nous a mariés hier, les aura informés…

Je tirai mon fils par la main, traversai avec lui la cour de l'hôtel et, sous les yeux stupéfaits de l'assistance, nous installai sur la machine volante de Monsieur Robertson. J'espérais gagner avant la nuit le château des Fossés que les Dumas louaient depuis peu, non loin de Morienval.

L'émerveillement de mon passager, son bras passé autour de ma taille et sa tête bouclée appuyée à mon épaule eurent raison de mes ultimes réticences, annihilant les efforts entrepris depuis quatre ans.

Notre atterrage suscita l'émoi de toute la maison sauf le Général, demeuré cloîtré dans sa chambre à l'instar de sa fille, selon une Madame Davy de la Pailleterie terrifiée. Devinant que cette dernière redoutait une vindicte que justifiaient pleinement ces noces morganatiques, j'adoptai d'emblée le ton de la compassion.

— Les enfants sont une source perpétuelle d'inquiétudes, soupirai-je en baisant sa main. J'ai là un gourdiflot qui vient de nous mettre devant le fait accompli.

— Le père de la petite est furieux, gémit mon interlocutrice. Vos Altesses ont tant fait pour nous ! Nous nous opposerons au mariage civil !

— À quoi bon ? On nous l'a assez répété : l'histoire de notre famille regorge de mésalliances…

Un peu rassérénée, notre hôtesse autorisa Henry-Saül, penaud comme un adolescent pris en faute, à suivre nos pas jusqu'au vestibule du château, où nous attendîmes debout l'arrivée de Dumas. Lequel, victime à la fois de sa mauvaise santé et d'une humeur atrabilaire, descendit péniblement l'escalier sans regard ni salut. Après quoi, ayant chassé son épouse d'un revers de menton, il s'enferma avec nous dans un salon.

— Monsieur, vous avez humilié tout le monde ! lança-t-il à mon rejeton.

La harangue dura de longues minutes, convoquant maints concepts à majuscule. Nous la subîmes patiemment puis, à la faveur d'une quinte de toux de notre orateur, je pris celui-ci par le bras.

— Voilà des années que nous nous connaissons, appuyai-je. Quoi d'étonnant à ce que nos enfants, qui s'aiment depuis le premier âge, aient voulu unir leurs vies ? Voudriez-vous que l'unique bénéfice de cette République dont vous vous réclamez avec tant de force soit de les contraindre à divorcer ?

— Ils ont trahi notre confiance ! s'étouffa Dumas.

— Si des parents ne pardonnent pas à leur progéniture, qui le fera ? À moins que vous n'ayez honte d'unir la vôtre à un octavon de la haute noblesse !

Le trait porta.

— Ce n'est absolument pas ce que j'ai voulu dire ! protesta le Général. Mon père était marquis et ma mère esclave !

— Henry-Saül descend aussi de marquis et d'esclaves, renchéris-je. Oublions cela et parlons avenir : voulez-vous bien rappeler ici votre épouse et ma belle-fille ?

Vaincu, notre acrimonieux militaire sonna un domestique ; moins de cinq minutes plus tard, nous formions un cercle autour de son fauteuil.

Chacun joua sa partie : j'imposai au nom des miens — de ma mère, surtout — la rédaction d'un contrat de mariage faisant d'Isabeau-Aimée la simple usufruitière des biens d'Henry-Saül dans l'hypothèse peu probable où ce dernier disparaîtrait sans héritier ; Dumas obtint que le jeune ménage installât à Morienval sa résidence principale, l'hôtel de Saint-Ruth, boulevard des Capucines, servant de simple pied-à-terre parisien.

Le notaire convoqué, nous nous rendîmes quelques jours plus tard à la mairie de Villers-Cotterêts afin d'y procéder à la régularisation du sacrement. Henry-Saül nous avait entretemps enchantés par le récit de ses voyages outre-océans, et il m'avait profondément troublé en mentionnant, en sus des trésors entreposés dans des caisses à Paris, un tatouage réalisé par un sorcier de Nouvelle-Hollande sur *une partie de son corps que la décence interdisait de nommer.*

Nous nous transportâmes ensuite à Morienval pour y installer officiellement les nouveaux époux. Ce fut là, dans la chambre de parade, qu'ils passèrent leur nuit de noces cependant que, seul dans mon lit, je faisais en pleurant l'amour avec moi-même.

La nouvelle, en mai, de la proclamation de l'Empire et d'un Premier Consul devenu usurpateur de trône nous parvint avec retard. Dumas en fut horrifié, Henry-Saül amusé, moi attristé : je songeai à mon infortunée génitrice, qui apprendrait presque concomitamment la mésalliance de son petit-fils et la déloyauté de *l'infâme petit Corse,* ainsi qu'à tous ceux qui avaient vu — et, pour la plupart, voyaient toujours — en ce dernier un sauveur de la Nation.

Ma noble mère endura dignement ces épreuves mais tel ne fut pas le cas d'Armande-Louise, qu'elles plongèrent dans le désarroi au point d'instiller, durant l'été, la tentation d'émigrer de nouveau auprès de *Leurs Vraies Majestés* en exil.

Devenu prince-archichancelier de l'Empire, Cambacérès n'en oublia pas moins, secrètement et en privé, d'où il venait et qui nous étions, assurant qu'il en allait de même pour Talleyrand-Périgord, désormais grand chambellan de Napoléon Ier. En visite rue des Marais-Saint-Germain avec le beau Clovis — promu secrétaire personnel — il s'excusa presque pour sa participation au rétablissement d'une monarchie héréditaire et voulut se poser en défenseur de nos intérêts.

— Monsieur Fouché sera bientôt de retour au ministère de la Police, indiqua-t-il. J'ai fait en sorte qu'il ne s'intéresse plus à nous. Par ailleurs, la vie de cour renaît et tu serais surpris d'apprendre combien de membres de l'ancienne, et non des moindres, piaffent d'impatience en espérant y être conviés. Versailles est encore trop grand mais notre nouveau souverain, qui apprécie depuis longtemps le faste des Tuileries, a décidé de rétablir l'étiquette aux châteaux de Saint-Cloud et de Fontainebleau. Cela ne se fera certes pas avant que soient connus, en novembre prochain, les résultats du plébiscite entérinant l'Empire mais si ton épouse et toi-même…

— Votre Altesse Sérénissime est trop bonne! ricanai-je en hochant négativement la tête.

Le plébiscite dont parlait mon visiteur ne fut qu'une formalité mais ce qui blessa le plus mes chères royalistes fut le sacre de l'usurpateur, un mois plus tard, par Sa Sainteté en personne, en la cathédrale Notre-Dame de Paris, et la présence à la cérémonie de représentants des plus illustres maisons du pays, avides de se concilier les bonnes grâces du tyran.

Nous n'y assistâmes évidemment pas mais Cambacérès, plus courtisan que jamais, parvint à amadouer ma mère et mon épouse en leur proposant une audience privée avec Pie VII.

— Dom Philippe de Mondétour y sera aussi, ajouta-t-il.

Ainsi, douze ans après l'avoir quitté dans de tragiques conditions, revînmes-nous au palais des Tuileries. Mon fils et sa femme — dont le ventre, pour notre plus grande fierté, annonçait la fécondité — avaient, pour l'occasion, fait le voyage depuis Morienval.

Le Saint-Père occupait, dans le pavillon de Flore, les anciens appartements de Madame Élisabeth, sœur de Louis XVI, guillotinée en 1794. Le mobilier avait changé mais le décor restait le même: la nuée des souvenirs embruma tant nos yeux que l'illustre vieillard se méprit d'abord sur les raisons de notre émotion. *Dom Philippe,* qui se tenait avec Monseigneur de Cambacérès — le cardinal — à quelques pas du trône pontifical, s'en rapprocha pour glisser quelques mots à Sa Sainteté. Laquelle hocha gravement la tête avant de nous donner sa bénédiction.

Pie VII, d'un naturel très doux, souffrit patiemment les plaintes de mes compagnes et condescendit même à prier avec elles en mémoire du feu roi et du défunt duc-prince mon père. Après quoi, les audiences se succédant, Dom Philippe nous invita à prendre congé de notre auguste confesseur avant de gagner un salon attenant où une collation était servie.

À seulement vingt ans, mon ancien pupille avait, au contact de la Curie, acquis une solennité toute romaine qui impressionna jusqu'à Henry-Saül, ce qui m'irrita — j'avais eu beau faire en sorte qu'assez de kilomètres me séparassent de l'objet de ma passion, une espèce de jalousie aveugle m'étreignait à la seule idée qu'un autre mâle, fût-il de notre famille, l'intéressât. L'onctuosité de Dom Philippe, sur qui rien ne semblait avoir prise, me rendit celui-ci tout à fait détestable. Mon rejeton s'en aperçut.

— Il ne nous veut aucun mal, pourtant ! s'étonna-t-il à mon oreille comme s'il comprenait la vraie nature de mon ressentiment.

Au début de janvier 1805 — nivôse an XIII — une lettre d'Alexandre, datée du mois d'octobre précédent, m'apprit avec tristesse que le général Dessalines, héros de l'indépendance d'Haïti, devançant son rival Buonaparte, s'était fait proclamer empereur sous le nom de Jacques Ier. Les Français demeurés sur l'île, et plus globalement les Blancs, avaient dû fuir les massacres perpétrés par ses partisans.

Ma réponse fut tout aussi pessimiste, obscurcie en outre par la commémoration du vingtième anniversaire de la mort de ma chère Pauline : les *fantômes* dont parlait Armande-Louise étaient plus que jamais de retour.

Souffrant trop de l'absence d'Henry-Saül et n'ayant pas davantage le cœur à jouer les caudataires à Fontainebleau ou à replonger dans la luxure périlleuse des Petites Tuileries, je fis atteler pour Morienval avec mon *trio de chambre* : Bruno, Nándor et Sékou — *Le prince de Castiglione* avait été remisé pour l'hiver.

Isabeau-Aimée, sur le point d'accoucher, gardait le lit mais mon rejeton voulut bien tromper l'attente en ma compagnie. Il avait conservé de nombreux liens avec ses camarades de l'expédition Baudin, jeunes gens de sa génération auxquels il offrait régulièrement asile et qu'il me présenta. Nous passâmes plusieurs jours ensemble dans une atmosphère tout à fait amicale en dépit des différences d'âge et d'état.

L'aîné du groupe, Jean-Baptiste Leschenault de La Tour, naturaliste de son métier, avait tout juste dépassé la trentaine. C'était un athlète blond aux yeux bleus, plus vigoureux qu'Henry-Saül mais dont le visage évoquait davantage Vulcain qu'Apollon. Pas plus que pour ses confrères je ne m'étais posé la question d'une éventuelle attirance, mon être tendant toujours vers l'unique interdit.

Henry-Saül, sans aborder frontalement la question, mit à profit l'une de nos promenades solitaires pour revenir sur le coupable désir qu'éprouvaient ses amis de découvrir des endroits comme les Petites Tuileries avant le mariage, fantaisie que leurs préventions bourgeoises leur autorisaient moins encore que la réalité de leurs finances.

— Jean-Baptiste serait bien le seul pour qui je formulerais une requête, admit-il. Nous avons eu un certain nombre de discussions… C'est quelqu'un qui vous ressemble à maints égards. J'ai voulu savoir ce que vous éprouviez, et pourquoi : il m'a ouvert son âme ; je tiens beaucoup à lui.

— Seriez vous… bredouillai je, au bord de défaillir.

Mon rejeton éclata de rire et, sans mesurer la portée de son geste, passa une main dans mon dos pour me serrer contre son épaule. Nos fronts se rencontrèrent et nos visages, naturellement tournés l'un vers l'autre, s'unirent en un baiser furtif que mon bien-aimé fils transforma en étreinte silencieuse. À ma grande honte, mon pénis, aussitôt, se dressa, importunant celui, flaccide, d'Henry-Saül. Lequel affecta ne se rendre compte de rien, éteignant mes regrets par sa bouche collée à la mienne, nos deux cœurs trahissant un émoi identique.

« Jusqu'où cela ira-t-il ? » songeai-je affolé, tout en jouissant de l'instant comme si c'était le dernier. Mon complice, peut-être habité par la même hantise, détacha précautionneusement ses lèvres pour plaquer ma face au creux de sa poitrine. Comprenant qu'il redoutait les mots autant que moi, je me tus et le laissai faire : son poing protégeant ma tête, il nous fit glisser le long d'un tronc, sur un tas de feuilles mortes que recouvrait une fine couche de neige.

Nous nous tînmes enlacés jusqu'à ce que le froid nous saisît. Son thorax se soulevait avec amplitude et je perçus des sanglots. Risquant un regard vers son visage, je vis que mon idole souriait au milieu des larmes.

IX

Le 17 février à l'aube, Isabeau-Aimée donna la vie à un petit Louis-Thomas, nouvel héritier de notre race, chérubin parfaitement constitué dont la peau déjà mate et les cheveux frisés proclamaient l'origine. Ses grands-parents maternels accoururent en voisins mais une bonne semaine s'écoula avant que ma noble mère ne se fît annoncer, en compagnie de mon épouse et d'une partie de nos gens, dont les Laspasses — père, fils et petit-fils.

Tout à ma joie — à *mes* joies : il ne s'écoulait pas de jour sans qu'Henry-Saül, qui avait repris Nándor à son service, ne trouvât l'occasion secrète de renouveler ses tendresses — j'oubliai les offenses et multipliai les libéralités, de sorte que Louis-Thomas, couvert d'or, fût accueilli tel un dauphin.

Sa génitrice manifestant quelques signes de fatigue, j'invitai les amis du père à me suivre aux Petites Tuileries. Jean-Baptiste Leschenault, enthousiaste, entraîna les récalcitrants. Mon rejeton, avant de nous souhaiter bonne route, insista pour que son ami et moi-même fissions ensemble le trajet ; seuls.

J'avais maintes fois repensé aux mots d'Henry-Saül concernant Leschenault mais il m'était difficile d'imaginer en bardache ce robuste compagnon de voyage. Je le lui avouai tout de go après quelques kilomètres. Il rougit.

— On m'en fait parfois le compliment, marmotta-t-il. Votre Altesse peut-elle envisager qu'un lourdaud tel que moi soit amoureux de son fils ?

La sècheresse de l'aveu me laissa coi.

— On n'a donc pas tout dit à Votre Altesse, reprit-il entre ses dents... Amoureux dès la première rencontre ; amoureux sans espoir mais non sans succès, puisque l'objet de ma flamme a bien voulu condescendre à poser les yeux sur moi et tolérer mes ardeurs. Cela, je le dois en quelque sorte à Votre Altesse, car Henry-Saül m'a révélé...

Je posai une main sur sa bouche.

— Quoi que tu saches, sifflai-je, je t'interdis d'en parler !

— Nous avons fait l'amour, Messire, insista Jean-Baptiste.

Ulcéré, je perdis tout contrôle : mon poing vola, et le sien en retour. La bataille fut brève car la vigueur de mon opposant lui donnait l'avantage ; ainsi me domina-t-il aisément, plaquant mes membres à la banquette, un étrange sourire aux lèvres.

— Nous avons fait l'amour, Messire ! répéta-t-il.

Puis il m'imposa un baiser profond que mes dents n'eurent pas le courage de punir. Sa salive conservait le goût du café que nous avions dégusté avant le départ ; son souffle était puissant, l'étau douloureux.

Je maugréai : mon adversaire relâcha son étreinte et se redressa, braguette tendue. L'envie me traversa brièvement l'esprit d'y appliquer un coup de genou mais ce furent mes phalanges qui partirent à l'assaut de l'objet : la colonne de chair, extirpée de son enveloppe, était grande, épaisse et très blanche ; artères et veines y dessinaient un réseau palpitant dont la racine, à peine carnée au niveau des testicules, se perdait dans une mousse de poils blonds. Le gland, pourpre clair, se laissait découvrir tel un pistil niché au cœur d'un long prépuce des lèvres duquel perlait un filet de nectar que je cueillis du bout de la langue.

Jean-Baptiste dégagea ma verge et, la branlant d'une main, insinua l'autre vers mon fondement. Je fis glisser nos culottes afin que mon amant, toujours posté au-dessus, pût aisément introduire sa lance. Laquelle fourragea au rythme des cahots cependant que se mêlaient nos respirations. À l'approche de la fruition, Vulcain se cabra pour mieux pétrir mon vit et s'assurer de ce que nos semences jaillissent concomitamment. Son brâme couvrit le mien.

— Pourquoi avons-nous fait cela? maugréai-je après que nous eûmes repris notre souffle.

— Parce que nous en avions envie, répondit posément Jean-Baptiste.

— Mon fils ne te suffit-il pas?

— Il n'est pas amoureux de moi et ne m'a rien accordé depuis notre retour, hormis son amitié, dont j'ai appris à me contenter. Je ne lui en veux pas: je l'aime; je suis patient.

— Tu vas souffrir.

— Moins que *toi*.

Je me sentis blêmir. Jean-Baptiste emprisonna mon poing dans le sien et leva sur moi des yeux brillants.

— Pardonnez-moi, murmura-t-il. Je suis bêtement jaloux de ce qui existe entre vous. Henry-Saül ne vous aime certes point comme vous l'aimez — pour autant que je le sache — mais il ne vous en aime pas moins, et avec quelle force!

— J'ai cru comprendre qu'il tenait également beaucoup à toi, murmurai-je ébranlé. Il voulait que nous liions connaissance; voilà qui est fait.

— Pensez-vous qu'il approuverait…

— Tu peux me tutoyer.

Nous arrivâmes aux Petites Tuileries juste avant le couchant. La façade, enfin libre d'échafaudages, présentait un aspect inédit, avec son étage supplémentaire et ses hautes toitures d'ardoise, mais l'élégance était sauve. Jean-Baptiste, à qui, dans la confession du voyage, je m'étais ouvert sur l'existence d'une voix fantôme, émit l'hypothèse que les travaux l'avaient chassée. Et de fait, elle se tut durant le temps que nous passâmes sur place.

Mon nouvel amant et moi-même, tout en optant pour des chambres séparées — ses camarades n'étaient pas informés de ses inclinations — nous offrîmes maintes fois l'un à l'autre. Son corps évoquait l'Apollon Blaise-Abel, la blondeur et la vertu en sus.

La disparition des bains et de leur grand bassin m'empêcha de jouir pleinement du spectacle de mon athlète, aussi résolus-je d'en faire construire à mon seul usage dans le vieux château de Trémainville où je n'étais pas retourné depuis bientôt un lustre.

Rentré à Paris, j'aurais aimé que Jean-Baptiste établît chez moi ses quartiers mais il préféra conserver le modeste logement que le Muséum[66], pour lequel il travaillait, avait mis à sa disposition. Cette soif d'indépendance me séduisit autant qu'elle me chagrina : mon tendre Vulcain ne vint en effet me visiter que lorsqu'il en éprouvait l'envie, me laissant, le reste du temps, seul avec mes hantises — je n'osais retourner trop vite à Morienval.

Le Pape reparti dans ses états, Cambacérès profita de la représentation d'un ballet à l'Académie impériale de musique — ainsi désormais appelait-on l'opéra de la rue de la Loi[67] — à laquelle Armande-Louise m'avait entraîné, pour nous enjoindre derechef de participer à la vie de cour.

66. Muséum national d'histoire naturelle, dans l'actuel 5e arrondissement.
67. Actuelle rue de Richelieu, dans le 2e arrondissement.

— Je comprends tes réticences, appuya-t-il, mais songe à tes héritiers !

— Eh bien, lançai-je, si tu conçois que je n'aie rien à gagner à fréquenter la clique de ton empereur — sinon insulter à la mémoire d'illustres défunts et endurer le mépris de ma parentèle — et si le sort de ma postérité t'importe vraiment...

— Henry-Saül n'a que faire de ces postures ! L'Empire est là pour durer, il triomphera de ses ennemis et ton rejeton, alors, aura besoin de lui !

— Eh bien, convie-les donc, mes descendants d'esclaves, et cesse de m'importuner !

Un éclat courroucé illumina brièvement les pupilles du prince-archichancelier.

— Il y a un dieu pour les bardaches, bougonna-t-il en s'éloignant...

J'oubliai vite l'incident mais Henry-Saül, de passage rue des Marais-Saint-Germain, confirma avoir reçu, apportée par un héraut en livrée, une invitation de *Sa Majesté Napoléon Ier, empereur des Français et roi d'Italie* à rejoindre Fontainebleau, où la Cour passerait l'été et où une suite d'appartement serait mise à la disposition de *Monsieur le duc de Morienval et Madame.*

— Vous voilà promu plus rapidement que je ne le fus, ricanai-je ; nul doute que vous en reviendrez prince archi-quelque-chose !

— Je défends nos intérêts, Père ! Cela étant, si vous interdisez...

Je le fis taire par un baiser. Il se dégagea doucement et détourna la conversation sur le sujet de Jean-Baptiste, qui s'ennuyait au Muséum parmi les spécimens ramenés de Nouvelle-Hollande.

— Il ne refuserait certainement pas de passer la belle saison à Trémainville, assura Henry-Saül. Et puis ce serait un excellent prétexte pour moi de quitter Fontainebleau…

— Vous savez, n'est-ce pas, que nous sommes amants ? risquai-je.

— Oui et je m'en réjouis. C'est un garçon que j'estime beaucoup.

— Mais que vous n'aimez point.

— Pas comme il le désire. Fors Isabeau-Aimée, je n'aime d'ailleurs personne comme on le souhaiterait…

— *On* a appris à s'en satisfaire, même si *on* rêve toujours d'en obtenir davantage…

Mon héritier me dévisagea.

— Si je m'offrais à vous, commença-t-il…

— Vous feriez deux malheureux, achevai-je sans vraiment croire en ce que je disais.

Monsieur le duc de Morienval et Madame firent donc leur entrée à la Cour cependant que Jean-Baptiste et moi-même rejoignions Trémainville — Armande-Louise préférait seconder ma mère à Mondétour.

Suivant mon idée d'élever des bains célébrant la gloire du corps viril, je convoquai l'architecte Fontaine, qui œuvrait alors à transformer le palais du Louvre en résidence impériale. Il imagina une vaste rotonde fermée, dans le goût antique, édifiée au bout d'un portique à exèdres partant de la façade côté jardin. Chaque exèdre, ainsi que le centre de la rotonde, recevrait autant de statues sur le thème des travaux d'Hercule, la douzième représentant mon fier Jean-Baptiste enchaînant Cerbère. Je ne désespérais pas qu'Henry-Saül acceptât de poser lui aussi, couvert par exemple de la dépouille du lion de Némée. Je songeais à l'atelier du sculpteur Houdon, dont le très beau portrait de Fulton m'avait fasciné, mais Fontaine proposa de confier à Canova, prodige italien en vogue, la réalisation du douzième Hercule.

— Votre Altesse dépensera une fortune, prévint-il, mais le résultat attirera chez elle l'Empire au grand complet.

Dans l'attente de cette incertaine perspective pour laquelle s'annonçaient trois bonnes années de travaux, je m'amusai à faire prendre à un Jean-Baptiste écarlate diverses poses dévêtues dans un coin reculé du parc, Pygmalion de circonstance à qui les rayons de soleil jouant avec le feuillage tenaient lieu de flèches de Cupidon. Et je pris goût à ces étreintes agrestes au point d'y convier Bruno et Sékou.

En visite à Trémainville ainsi qu'il s'y était engagé, Henry-Saül s'amusa fort de mes desseins et, sans rien promettre pour ce qui le concernait, suggéra que certains hôtes des Petites Tuileries servissent de modèle.

Il revint, par ailleurs, sur la vie à la cour des Buonaparte : n'ayant pas vraiment connu celle de Versailles, tout lui semblait extraordinaire, à commencer par l'étiquette imposée par l'usurpateur à ses nouveaux courtisans. Il confirma néanmoins que la guerre, malgré les ris, le théâtre et les jeux, occupait de nouveau les esprits, les Anglais tentant de reconstituer une coalition avec la Russie l'Autriche et la Suède. Il évoqua également Haïti, qui s'était doté d'une constitution aussi hostile aux Blancs que la nôtre l'était aux Noirs.

L'intimité tacitement établie entre mon rejeton, Jean-Baptiste et moi-même permit enfin de francs témoignages de tendresse — notre Vulcain y gagna quelques baisers — mais chacun dormit séparément et le parc du château recouvra une pudique quiétude que troublaient à peine les méridiennes que nous nous accordions sur l'herbe et au cours desquelles le revers de nos mains, parfois, se perdait. Toutefois, si Henry-Saül ne repoussa aucune caresse — pas même celles que, furtivement, nous lancions vers son bas-ventre, en quête du fameux tatouage néo-hollandais — jamais sa verge, contrairement aux nôtres, ne tendit sa culotte.

Désir et frustration grandissant — personne n'osait franchir les limites du tissu — je finis par souhaiter le départ de mon fils, ce qui n'était pas le moindre des paradoxes. Je m'en ouvris à Jean-Baptiste, lequel convint avec moi de ce qu'il faudrait attendre, sauf à risquer tout perdre, qu'Henry-Saül fît le premier pas : ainsi avait-il procédé. Et il m'en narra les circonstances.

— C'est le sujet de vos amours qui a servi d'amorce, expliqua-t-il. Son étonnement devant l'inclination concupiscente qu'un homme peut ressentir pour son semblable, fût-il ou non de son sang, m'a poussé à lui décrire, à demi-mot puis très ouvertement, ce que j'éprouvais moi-même. Il a d'abord paru fâché, puis s'est maintes fois enquis de la chose comme d'une science non encore écrite. Nous comparions nos goûts et ce qui échauffait nos sens. Ainsi, à la faveur de l'un de ces entretiens, me suis-je aperçu de ce qu'il bandait : je lui en ai fait la remarque, ajoutant qu'il me suffisait, pour ma part, de le contempler. Il a douté à voix haute de ce que son érection tînt longtemps aux bons soins d'un garçon ; je l'ai défié, il a cédé… C'est lui, ensuite, qui a voulu recommencer ; mais il décidait seul, menait la danse et abandonnait nos joutes à chaque escale. Le solliciter trop, c'était le perdre pour longtemps. J'en ai beaucoup souffert, et plus encore après le retour, lorsqu'il a épousé cette Isabeau-Aimée dont il nous rebattait les oreilles. N'importe qui aurait coupé les ponts ; pas lui, qui a vu ma détresse et m'a supplié de demeurer son ami. J'ai eu la faiblesse d'accepter…

Cette confession me redonna l'espoir, non point qu'Henry-Saül répondît à mes empressements ou même les devançât, mais qu'il me laissât épancher les miens et, pourquoi pas, m'en libérât. Restait à trouver l'amorce.

L'occasion s'en présenta au mois de septembre lorsque, de retour à Paris pour la première représentation, en présence de l'Impératrice, du *Don Juan* de Mozart, mon fils nous attira à l'opéra en compagnie de nos épouses — sans doute l'idée émanait-elle de Cambacérès, dans la loge duquel nous fûmes conviés.

Comme on s'enquérait de l'avancée de mon projet *herculéen,* j'indiquai avoir mis l'architecte au travail mais peiner à trouver des modèles pour l'atelier de Houdon.

— Jean-Baptiste combattra Cerbère devant Monsieur Canova, ajoutai-je ; Blaise-Abel veut bien tuer l'hydre de Lerne, et son parent Octavien nettoyer les écuries d'Augias mais les atlantes de l'infortuné marquis de Sade rechignent à incarner le combat d'Hercule et de Géryon, et Monsieur Houdon à représenter Sékou au jardin des Hespérides. Quant aux autres figures…

— Clovis ferait un charmant dompteur de taureau crétois, suggéra Cambacérès, et je peux demander à quelques membres de ma garde…

— Je veux bien étrangler le lion de Némée, intervint mon héritier en souriant.

Le lendemain matin, nous étions chez Monsieur Houdon. Le vieillard, habitué sans doute aux fantaisies de ses clients, se contenta de tendre à notre Hercule putatif une authentique peau de lion en mimant la pose souhaitée.

— Vous n'êtes point obligé de vous dévêtir totalement, prévint-il.

Henry-Saül, pour mon bonheur, ignora la consigne, quittant son paravent aussi nu qu'un athlète grec, la dépouille drapée sur l'épaule masquant à peine un début d'érection. Ainsi vis-je enfin le fameux tatouage, mystérieux entrelacs reliant l'aine au nombril et se perdant de part et d'autre du bas-ventre. Mon bien-aimé sauvage était si souverainement beau que des larmes montèrent à mes paupières.

Le sculpteur haussa les sourcils sans commentaire cependant que ses doigts façonnaient la glaise.

Le pénis de mon idole prit diverses proportions au cours de la séance — ce qu'ignora l'artiste impavide — mais je fus davantage troublé par les discrets sourires que me lança Henry-Saül : il lui plaisait manifestement que je fusse le témoin de ce culte rendu à sa beauté. J'obtins aisément de Houdon qu'il œuvrât personnellement au marbre — les autres figures seraient traitées par ses élèves — et que l'on en réalisât une réduction en bronze.

— Vous avez bien changé, murmurai-je à l'oreille d'Henry-Saül après qu'il se fût rhabillé. Vous détestiez jadis que l'on vous réduisît à votre seule enveloppe corporelle.

— J'ai compris entre-temps qu'elle est source de joie pour ceux que j'aime, confia-t-il.

La réalisation du modèle d'argile requit plusieurs séances, ce qui obligea mon rejeton à revenir maintes fois dans Paris durant l'automne — seul la plupart du temps, Isabeau-Aimée ne le rejoignant que pour les événements de cour. Il ne dormit point chez moi mais me convia un après-midi en son hôtel de Saint-Ruth, boulevard des Capucines.

L'endroit, où je me m'étais rendu qu'une seule fois après que Laspasses aîné m'en avait conseillé l'acquisition, consistait en un élégant corps de bâtiment légèrement en retrait de la chaussée, devant lequel poussait un immense tilleul. Les salons de réception étaient au rez-de-chaussée, dont une salle de bal donnant sur un petit jardin ; les appartements des maîtres et de leurs invités occupaient les deux niveaux supérieurs. Sur le côté de l'immeuble, une grille ouvrait accès à un préau recevant chevaux et voitures, dont le toit supportait une véranda accessible depuis l'étage.

Nándor ouvrit la porte et me précéda dans l'escalier jusqu'au premier palier.

— Je n'irai pas plus loin, annonça-t-il mystérieusement ; Monsieur votre héritier attend sous la verrière…

J'effectuai les derniers mètres sans me poser de question et fus ébaubi de découvrir au-milieu de la verdure, allongé sur un lit de repos en acajou, mon athlète vénéré entièrement dévêtu ; son membre affichait une intumescence dont il me fut difficile de détacher les yeux.

J'esquissais un mouvement de recul. Henry-Saül tendit silencieusement la main vers moi et, comme j'approchais, saisit la mienne pour me forcer à m'asseoir devant lui. Après quoi, sans libérer mes poignets ni proférer de parole, il appliqua mes phalanges sur sa poitrine. Le pouls plus affolé que l'âme, je laissai mon idole caresser ses tétins de mes doigts, puis suivre le mince filet de poils qui courait sur son ventre, jusqu'aux entrelacs s'enfonçant dans la douceur bouclée de son pubis. Son épieu pénétra presque naturellement ma paume.

Je sentis que je pleurais. Henry-Saül tourna délicatement vers le sien mon visage pour recueillir mes larmes. Mon poing resté libre s'arrima à sa nuque comme un naufragé à sa bouée. Tel Saint-François entre les bras de Notre Seigneur, je fermai ensuite les paupières pour m'abandonner à l'extase. Mes mains, mes lèvres se posèrent où l'exigeait son désir — et le sien seul, car je conservai mes vêtements —, jusqu'à ce qu'enfin, sa semence envahît mon palais, puis sa bouche en un baiser plein de sanglots.

L'esprit en déroute, face et culotte trempées, je me redressai vivement et quittai la pièce. Mon prodigieux amant ne tenta pas de me retenir.

Je traversai le vestibule et sortis tête nue. Mon cocher me retrouva, près d'un kilomètre plus loin, errant sans but sur le boulevard.

Je ne me rendis pas à la séance de pose du lendemain. Henry-Saül, le soir-même, se présenta rue des Marais-Saint-Germain.

— Je ne pensais pas vous avoir offensé, marmotta-t-il tête basse. Ce que nous avons fait hier… Enfin, j'espérais que mon corps…

— Quand comprendrez-vous que c'est de votre être tout entier que je suis amoureux ? bramai-je. Je ne puis davantage vivre avec vous que sans !

Une suprême fatigue, tant morale que physique, me terrassa et je tombai à genoux. Mon rejeton se jeta à mes côtés pour me serrer dans ses bras. Nous demeurâmes de longs instants dans cette position, puis Henry-Saül nous appuya aux montants d'un canapé.

— Je vous aime, Père, murmura-t-il gravement ; et même s'il m'est impossible de ressentir votre passion, je m'en sais responsable. Je vous supplie de croire qu'il ne me gêne nullement de partager votre intimité ni susciter votre désir : pour autant que vous tolériez que j'aie une famille, je serai heureux de passer en votre compagnie mes heures de liberté. Ce sera notre secret.

— Un secret infamant ! soufflai-je.

— Pas pour moi. C'est moi-même que je chéris à travers vous. Peut-être parviendrai-je à faire en sorte que l'inverse opère également… Vous avez vous-même si souvent adoré sans l'être en retour : vos Joseph, votre Alexandre…

— Je n'ai jamais aimé que vous.

Henry-Saül passa la nuit dans mon lit. Ce fut lui qui, au matin, réveilla nos ardeurs et s'offrit derechef à ma concupiscence : fécondant ses entrailles après qu'il eût ensemencé les miennes, je compris à ses gémissements que j'étais le premier.

X

Les manœuvres guerrières reprenant en Europe, instillèrent en mon âme tourmentée l'envie de me rengager. Car contrairement à mon rejeton, je ressentais de la honte à ce bonheur incestueux où, quoi qu'en dît la victime, je tenais bel et bien le rôle du despote. Tout se passait comme si les victoires de nos troupes sur les Autrichiens célébraient autant ma médiocrité que la défaite de mes idéaux. Que les Anglais nous surpassassent en mer, à Trafalgar ou au cap Ortegal, ne changeait rien au symbole : Napoléon occupait Vienne et les conversations, cependant que je trompais mesquinement l'ennui entre deux visites de mon idole et des mensonges à Jean-Baptiste.

L'épouse d'Henry-Saül — mon innocente rivale, de nouveau enceinte — célébra ses vingt ans le 30 novembre. Nous nous rendîmes pour l'occasion au château de Morienval, où Armande-Louise fut comblée de retrouver Élisabeth Vigée-Lebrun, peintre à la Cour de Louis XVI rentrée trois ans plus tôt d'immigration, venue livrer un très beau portrait d'Isabeau-Aimée.

L'évocation des temps anciens et des *vraies princesses* nous plongea dans une nostalgie qui consterna nos hôtes et irrita le bouillant général Dumas dont l'état de santé refusait de s'améliorer et qui paraissait éprouver la même impression d'insignifiance que moi.

La nouvelle de l'héroïque succès d'Austerlitz accentua ce sentiment et éclipsa celle du décès prématuré de notre camarade Conté. La liquidation du Saint-Empire, en fin d'année, puis du royaume de Naples, achevèrent de me dépouiller de toute estime pour ce qui, en moi-même, subsistait de princier.

J'interdis conséquemment le prédicat d'*Altesse* et exigeai un simple *Monsieur,* caprice dans lequel mes chères royalistes — ainsi que ceux, innombrables, qui ignoraient mes tourments — voulurent lire du mépris pour le nouveau régime.

Ainsi en alla-t-il de Cambacérès, qui me convoqua chez lui début 1806 — nivôse an XIV selon le défunt calendrier républicain.

— Sais-tu, s'agaça-t-il, qu'à la Cour on surnomme ton héritier *le fils de Monsieur,* avec toutes les nuances péjoratives que cela implique[68] ? L'Empereur se défie plus encore des royalistes que des républicains : songes-y ! J'ai cru comprendre que l'Impératrice rêvait de naviguer en bateau à feu : ne laisse pas passer cette chance de t'amender. Quant à tes projets militaires, oublie-les : tu es trop vieux pour servir.

Il eut beau, ensuite, adoucir son propos, la sècheresse de ce qui précédait et la condescendance avec laquelle il affecta de s'intéresser à ma petite vie me mortifièrent.

Contraint de jouer malgré moi les courtisans, je dus annoncer à Armande-Louise que le navire portant son nom satisferait les caprices d'une ex-merveilleuse couronnée à Notre-Dame.

— Sauf à trahir une désinvolture qui ne m'étonnerait guère, répondit-elle avec mépris, Sa soi-disant Majesté doit pour l'heure pleurer la disparition de la chère Madame de

68. *Monsieur* est un titre d'Ancien régime réservé au frère cadet du roi, dont Philippe Ier d'Orléans (cadet de Louis XIV) et Louis XVIII quand il était comte de Provence (cadet de Louis XVI), homosexuels notoires, le titre passant au comte d'Artois (cadet de Louis XVIII) futur Charles X.

Montesson, dont il paraît que le cercueil est exposé en l'église de Saint-Roch. Vous l'ignoriez? Rien d'étonnant: on n'a pas jugé utile de nous en prévenir et je doute que l'on nous invite aux obsèques…

Nous le fûmes, en revanche, au premier anniversaire de Louis-Thomas, le 17 février, et Madame Vigée-Lebrun, dont on avait de nouveau requis les talents pour réaliser le portrait de mon petit-fils, épilogua longuement sur l'affaire.

Le général Dumas parut moins sarcastique qu'à l'habitude: vaincu par la maladie, il devait décéder quelques jours plus tard. Ce drame nous affecta profondément, et plus encore évidemment Madame Davy de la Pailleterie, dont le fils Alexandre était trop jeune pour comprendre vraiment notre chagrin.

Le château des Fossés, soudain atrocement vide, fut abandonné au profit, non point de Morienval ainsi qu'Henry-Saül le proposait, mais du modeste logis que les parents de la veuve occupaient à Villers-Cotterêts — choix motivé, semblait-il, par le vœu de ne dépendre de personne et offrir au petit Alexandre une éducation conforme à son état.

Quand le notaire des Ystirac vint ensuite nous visiter à Morienval, nous comprîmes que ce funeste hiver avait frappé ailleurs: le marquis Dieudonné n'était plus, terrassé par l'âge et les fièvres peu après son soixante-dixième anniversaire. Faute d'héritier mâle, ses titres et biens revenaient à la branche cadette d'Ystirac-Sombrun mais le défunt, ainsi qu'il s'y était engagé, n'avait point oublié mon fils et mon pupille. Lesquels, par testament, se retrouvaient copropriétaires de l'hôtel parisien *avec obligation, pour eux et leurs descendants, d'y vivre en bonne intelligence.*

— C'est un vieux document, admit le notaire; rédigé avant que Dom Philippe de Mondétour n'entrât en religion. J'imagine que le nouveau marquis d'Ystirac ne s'opposera pas à ce que nous considérions la clause comme non avenue. Et si vous souhaitez vendre…

— Nous ne vendrons point, coupa Henry-Saül.

— Quel besoin auriez-vous d'un tel héritage ? m'étonnai-je.

— On y parle *descendance,* releva-t-il en souriant.

Le printemps lui donna raison, avec la venue au monde d'un Henry-Amable aussi mat de peau que son aîné mais que mes nobles mère et épouse, amadouées sinon habituées, accueillirent avec plus d'enthousiasme.

L'envoi, par l'Impératrice, d'un hochet d'or garni d'aigles et d'abeilles ressuscita en revanche de vieux griefs, que le rappel par mon fils de la promesse faite à Joséphine d'une promenade en navire à feu — toujours repoussée sous divers prétextes — transforma en querelle. Je dus fermement rappeler aux duellistes que la ci-devant veuve Beauharnais avait épousé son *petit général* bien avant que la carrière de celui-ci ne prît la tournure que l'on savait, et que l'on ne pouvait reprocher sa couronne à une conjointe chanceuse que rien n'obligeait, par ailleurs, à récompenser ses courtisans.

Moins de quinze jours après cet esclandre, Armande-Louise, Isabeau-Aimée, Henry-Saül, moi-même et quelques intimes nous tenions quai de la Liberté — rebaptisé depuis peu *de Béthune*[69] — pour accueillir l'Impératrice et sa suite.

Nous pensions présenter nos hommages avant de nous retirer afin de laisser notre illustre visiteuse disposer du navire manœuvré par Robertson mais, empêchant mon épouse de s'agenouiller, Joséphine la prit par la main et la pria de l'accompagner.

69. En hommage à Maximilien de Béthune, duc de Sully (1559-1641), célèbre ministre d'Henri IV.

— Je suis ici *incognita,* sourit-elle. Vous m'obligerez beaucoup en effectuant avec moi cette promenade. Je m'engage à ce que vous n'ayez point à subir une étiquette que vous réprouvez. Nous savons, n'est-ce pas, qui vous êtes et qui je suis…

Cambacérès, posté à quelques pas, applaudit bruyamment avant de saisir mon bras.

— Le prince de Castiglione sera des nôtres ! annonça-t-il avec un clin d'œil.

La navigation dura trois heures, attirant sur les quais une foule badaude que l'Impératrice salua avec grâce. À l'exception de *cette pauvre Madame de Montesson,* de laquelle Joséphine savait combien nous avions été proches, on évita les sujets polémiques, ce qui n'empêcha nullement Cambacérès d'évoquer avec emphase l'avenir radieux qui s'ouvrait pour la *dynastie Bonaparte,* dont les membres, selon lui, seraient bientôt appelés à gouverner le continent tout entier.

— Joseph est devenu roi de Naples, Louis de Hollande, énuméra-t-il, Jérôme le sera sans doute de Westphalie ; quant aux sœurs de notre souverain, leur destin égalera celui des princesses de sang royal. Nous façonnons l'Histoire !

— *Il* façonne l'Histoire, corrigea Joséphine. — Et à Armande-Louise, à mi-voix : me croiriez-vous si je vous disais n'avoir pas souhaité qu'il se fît couronner ? Je n'aime guère les demeures royales : vous les connaissez, elle n'ont point été bâties pour nous… Si vous acceptiez de venir à Malmaison…

— On y viendra, Madame, appuya Cambacérès.

— Cesserez-vous de parler à notre place ? s'agaça l'Impératrice.

Le piège venait de se refermer : mon épouse ne pouvait qu'acquiescer, espérant sans doute comme moi n'avoir pas à honorer la promesse.

La guerre et la politique nous en préservèrent d'abord : en pleine création de la Confédération du Rhin[70], le couple impérial avait d'autres préoccupations. Les travaux en cours à Trémainville justifièrent par ailleurs mon installation à Morienval pour la belle saison cependant qu'Armande-Louise retournait à Mondétour tenir compagnie à ma mère.

Jean-Baptiste m'accompagna en aérostat chez mon rejeton, où se trouvaient déjà quelques-uns de ses camarades ; cette aimable société comptait désormais plusieurs membres féminins, conséquence de récents mariages, qui entouraient Isabeau-Aimée et sa progéniture à l'instar d'une petite cour.

Henry-Saül, pour offrir des battues en forêt à ses hôtes, avait fortement augmenté les effectifs du chenil et des écuries mais, connaissant mon peu de goût pour ces activités, veilla toujours à ce que nos chevaux empruntassent des allées écartées où nous pouvions donner un cours plus libre à notre affection. Jean-Baptiste se joignit parfois à ces escapades mais, de même que l'année précédente, chacun dormit dans sa chambre — mon cher Vulcain, si manifestement fier de compter à la fois parmi mes amants et les modèles d'Antonio Canova, ne pouvait se douter de ce qu'Henry-Saül et moi-même cachions.

Le *Prince de Castiglione* excita évidemment la curiosité générale, que je me prêtai de bon cœur à satisfaire en organisant moult excursions aériennes. L'une d'entre elles, le vent aidant, nous ayant porté au-dessus du château de Chalmont, je voulus savoir pourquoi mon héritier, jadis entiché du domaine, l'avait peu à peu délaissé.

— Isabeau-Aimée le trouve trop pompeux, soupira-t-il ; trop Ancien régime… Mais je regrette moins cet endroit que l'îlot de Chemendy, qui vous a coûté si cher et où je n'ai

---

70. Formée de 16, puis 35 états allemands dont les souverains sont des princes du défunt Saint-Empire Romain Germanique ; Napoléon Ier en est reconnu *Protecteur.*

pratiquement pas résidé, alors même que j'en rêvais et que j'en rêve encore…

Décelant là un moyen d'avoir pour moi seul mon idole, j'attisai ce songe à son esprit en le parant des atours de la liberté et de l'aventure.

Ma chère victime était presque convaincue lorsque, rédigée de la propre main de l'Impératrice et apportée par un Cambacérès goguenard, arriva l'invitation redoutée; la présence d'Armande-Louise étant requise, je dus à regret prendre congé de mes hôtes afin de gagner Mondétour.

L'aversion de ma noble mère pour le nouveau régime me contraignit à ruser afin qu'à l'irritation manifestée après l'entrée en cour de notre héritier et la promenade de Joséphine sur *L'Armande-Louise* ne succédât la fureur de nous savoir les hôtes de l'Impératrice.

Laquelle nous accueillit fort simplement en son château de Malmaison. À considérer l'aspect somme toute modeste de la bâtisse, nous comprîmes mieux la réflexion de notre hôtesse sur l'encombrant apparat des demeures royales: seules concessions au faste, les pièces du rez-de-chaussée où l'Empereur recevait ses invités et ses ministres; la souveraine préférait, quant à elle, impressionner ses courtisans par la visite des serres immenses qu'elle avait fait construire dans la continuité du parc.

Les fruits exotiques qui y poussaient couronnèrent, pour ainsi dire, le repas que nous prîmes en la seule compagnie de Joséphine. Le prince-archichancelier absent, aucune question susceptible de générer la controverse ne fut abordée, la discussion passant de la botanique à l'architecture avec quelques digressions sur mon rejeton et son épouse.

Revenant là-dessus au moment de quitter la table, l'Impératrice me pria en souriant d'autoriser Armande-Louise à la suivre au jardin.

— Quelqu'un arrivé tout à l'heure de Saint-Cloud désire vous entretenir privément de votre héritier, dit-elle.

Je m'inclinai et suivis un laquais. À l'instant de franchir seul la porte de la bibliothèque, m'attendant à retrouver Cambacérès, je fus stupéfié de découvrir l'Empereur en personne debout près d'une fenêtre.

— J'ai appris, lança celui-ci en guise de salut, que vous souhaitiez vous rengager dans l'armée; cela ne m'a surpris qu'à moitié, connaissant vos états de service. On vous a fait cependant une bien mauvaise réponse que je viens corriger. — Il me désigna un siège. Voyez-vous, poursuivit-il en arpentant la pièce, la Patrie n'a pas seulement besoin de zélateurs du régime en place. Je sais votre aversion pour ce que j'incarne — ne m'interrompez pas — mais je constate aussi que vous n'avez point interdit à votre héritier de fréquenter la Cour. De même, ce sont nos troupes d'Italie et d'Égypte que vous avez suivies, au péril de votre intégrité physique, plutôt que votre épouse en émigration. Je veux ignorer vos motifs et ne retenir que l'amour que nous partageons pour notre pays. J'ai consulté votre ami Fiévée, il répond de vous.

Cette mention de Joseph en pareil décor me donna le vertige: les rumeurs qui faisaient de lui un espion stipendié de Buonaparte s'avéraient donc exactes. Espérait-on que je l'imitasse?

— Une nouvelle coalition se forme contre nous, répliqua mon interlocuteur, mais les Anglais peinent à trouver des alliés. Par-delà les campagnes militaires, ce sont les alliances qui décideront du sort de la guerre. Ces mariages-là se combinant rarement au grand jour, j'escompte que vous nous y aiderez: à un *vrai prince,* on se confie plus volontiers qu'à un ambassadeur plénipotentiaire. La pérennisation de ce titre princier constituera, au reste, l'unique récompense de vos services: je ne vous ferai point l'insulte de vous offrir autre chose. Il va sans dire que vous n'en référerez qu'à moi. J'attends que vous vous présentiez chez le Czar afin de me rendre compte de ses réelles dispositions ainsi, le cas échéant, que de la manière de les faire évoluer. Inutile de lui dissimuler quoi que ce soit, il en saura probablement plus que vous. Écoutez-le, faites-le parler et laissez-lui entendre que je suis prêt à négocier. — Il me montra la porte : à ce sujet, sourit-il, le temps m'est compté et nos épouses attendent.

Je ressortis comme un automate.

Ne pouvant révéler à quiconque les vraies raisons de mes soudains préparatifs de voyage — et surtout pas à Henry-Saül, qui en demeurait la cause première — je prétextai l'espoir de monnayer à l'étranger les plans et maquettes de *L'Armande-Louise* et du *Prince de Castiglione*. Et je me gardai soigneusement de répondre aux blâmes que suscitèrent cette apparente déloyauté envers l'Empire.

Faute d'introduction à la Cour d'Alexandre Ier, j'obtins de ma conjointe — prête, de même que Bruno et Sékou, à m'accompagner avec ses suivantes — qu'elle écrivît au duc son frère, gouverneur d'Odessa, afin qu'il intercédât en notre faveur.

L'entrée en campagne de nos forces contre les Prussiens retarda néanmoins de plusieurs semaines la réception de la missive espérée, et donc notre départ, qui se fit en bateau depuis Boulogne[71] au lendemain de la victoire d'Iéna.

La navigation s'effectua sans encombre jusqu'en mer Baltique, suivant l'avancée de la Grande Armée sur le continent, puis un bâtiment russe arraisonna le nôtre. L'invitation du Czar obtenue par le duc de Richelieu nous valut de grands égards mais une mutuelle suspicion s'installa avec nos hôtes, qui dura tout le temps que nous demeurâmes chez eux.

71. Boulogne-sur-Mer, dans le Pas-de-Calais.

Dans l'attente de notre présentation à la Cour, on nous ouvrit les portes de l'ermitage du palais d'Hiver de Saint-Pétersbourg, où Leurs Majestés Impériales recevaient leurs invités, et l'on nous donna de vastes appartements ainsi qu'une suite de domestiques plus nombreuse que celle dont nous disposions en France.

Les comtes Budberg et Viazmitinov, respectivement ministre des Affaires étrangères et gouverneur militaire, nous gratifièrent d'une visite de bienvenue. Ces graves personnages, après avoir rappelé, en excellent français, que mon ancêtre Henry Ier avait été fait seigneur de Wolmar[72] par le czar Pierre le Grand, et décoré de l'ordre de Saint-Alexandre Nevski par l'impératrice Catherine Ière, laissèrent entrevoir à demi-mot le peu de crédit qu'ils accordaient à mes prétextes.

— Sa Majesté Impériale est plus jeune, donc plus ouverte que nous aux inventions modernes, s'excusa Viazmitinov. Elle n'aime point votre Napoléon mais adore les choses françaises… Savez-vous que Monsieur Boieldieu est ici ? Sa Majesté Impériale a été avertie de ce que Vos Altesses en avaient été les mécènes et dédicataires : sans doute lui plaira-t-il d'aborder ce sujet en préalable aux autres…

Ce fut exactement ce qui advint deux soirs plus tard lorsque, après avoir traversé seuls, en grands habits de cour, l'immense salle de bal du palais d'hiver, au milieu d'une rangée de courtisans, nous nous inclinâmes devant le couple impérial : Alexandre Ier, beau trentenaire au regard très bleu, prit la main d'Armande-Louise pour ouvrir le gala sur une valse tirée du *Prince de Castiglione* de Boieldieu. La czarine Élisabeth fit de même avec moi.

— Madame votre épouse a bien de la chance, remarqua-t-elle avec un fort accent allemand.

---

72. Actuelle Valmiera, en Lettonie. Cf. *L'Élixir d'Oubli.*

— Daignez croire, Madame, bredouillai-je, que nous sommes sensibles à l'immense honneur…

— Je songeais à la dédicace de Monsieur Boieldieu.

Nous regagnâmes la tribune pour être protocolairement présentés aux membres de la famille impériale ainsi qu'aux prélats et courtisans de haut-rang. Après quoi, la Cour tout entière vint faire la révérence.

À l'énoncé du *prince Youri Kropotkine,* le Czar glissa à mon oreille que c'était mon meilleur allié.

— Nous en reparlerons quand vous viendrez me voir, ajouta-t-il.

L'audience promise ne vint pas avant plusieurs jours mais le prince Kropotkine se fit annoncer à l'ermitage dès le lendemain. N'ayant guère eu l'opportunité de remarquer ses traits au cours de la présentation, je fus surpris de découvrir un vieil homme de la génération de mes parents, d'un exquis raffinement de manières, vêtu à l'ancienne mode. Émergeant de manches en dentelle, ses longues mains soignées arboraient un énorme diamant.

Discrètement en retrait se tenait un homme dans les âges du Czar et aussi séduisant en sa virile blondeur.

— Mikhaïl est mon fils adoptif, indiqua le vieillard. Je fus moi-même adopté, jadis, par le feu prince Vladislav Kropotkine, lequel, également abandonné par les siens, a institué cette tradition pour notre lignée : interdiction de léguer nos titres et biens à quiconque de notre sang, obligation de choisir un héritier parmi les meilleurs d'entre nos pupilles.

Il expliqua comment le nom de mon bisaïeul, ami et protecteur du défunt prince, avait depuis longtemps rejoint la *mythologie tribale,* et avec quelle émotion il avait appris ma présence à la Cour.

— Le portrait de votre ancêtre figure dans chacune de nos maisons ! s'exclama-t-il. — Et à voix basse : la Russie tolère moins *les nôtres* que la France… Il est heureux que les souverains qui se sont succédés sur le trône de Pierre le Grand aient, sans exception, accepté de fermer les yeux sur notre œuvre…

Laquelle consistait à sauver de l'infortune — et leur famille du déshonneur — les bardaches de toutes conditions qui se présentaient aux portes des palais Kropotkine de Saint-Pétersbourg et de Moscou ou des nombreuses *datchas* que possédait l'institution. Des garçons de haute-naissance y ayant trouvé refuge, le pouvoir impérial cautionnait secrètement ces pensionnats avec la complicité de certains religieux concernés au premier chef. Les fonds, outre les dons anonymes, provenaient principalement de l'exploitation d'une lointaine mine de diamants au Brésil, acquise jadis par le feu prince Vladislav, gemmes qui permettaient en outre d'amadouer les esprits réticents.

— Nos dehors sont ceux d'une maison d'éducation pour jeunes gens orphelins, précisa mon interlocuteur, mais nous ne nous contentons pas de donner asile et instruction à ces malheureux : nous tâchons d'en assurer l'avenir. Faute d'intégrer l'Église, l'Administration supérieure ou de conclure un mariage, cela finit hélas souvent par l'exil.

— Sa Majesté Impériale a dit que vous étiez mon meilleur allié, assurai-je.

— Sa Majesté Impériale entendait probablement signifier combien long elle en savait à votre sujet comme au mien. Je ne compte aucun soutien à la Cour sinon celui, tacite, de personnes assez haut-placées dans la Table des Rangs[73] pour assurer notre protection. C'est que nous ne sommes point sensés exister…

73. Ou *Tchin* : hiérarchisation des degrés de noblesse par celle des fonctions.

— Et justement, comment vos protégés vous trouvent-ils ?

— Le prince Vladislav a laissé jadis se répandre la légende — qui n'en est pas une — de *tainstvennogo doma*, maisons mystérieuses où, en dernier recours, les nôtres trouvent le réconfort. Certains connaissent le nom de Kropotkine ou réussissent à se procurer une adresse mais la majorité nous arrive par l'entremise de pensionnaires. Ce premier filtre, très efficace, se double d'un d'examen d'admission au cours duquel sont évaluées les capacités du candidat. Après quoi l'impétrant est officiellement accueilli ; les échecs sont rares.

— Et le choix de votre héritier…

— …Dépend notre propre Table des Rangs et du bon plaisir éclairé du prince en titre : les enjeux sont trop importants pour que seul parle le cœur ! J'ai longuement attendu avant d'adopter Mikhaïl, dont je précise qu'il n'a jamais été mon amant, pas davantage d'ailleurs que je ne le fus du regretté prince Vladislav. — Il prit mes mains entre les siennes : Vous honoreriez notre maison en acceptant d'y paraître ! appuya-t-il.

J'acceptai, non sans l'espoir équivoque d'assister à l'une de ces fameuses épreuves d'admission. Mon visiteur, avant de se retirer, glissa dans ma paume une clef niellée sur l'anneau de laquelle était enchâssé un très gros brillant.

— Le palais Kropotkine a quatre entrées, sourit-il ; faites-vous déposer quant il vous plaira côté Levant et congédiez votre cocher…

L'invitation chez le Czar m'empêcha d'honorer immédiatement celle du prince ; Sa Majesté Impériale me reçut sans témoin dans le bureau de ses Petits-appartements et assura s'être passionnée pour les plans de mes machines.

— Nul doute que nos fleuves et cieux verront un jour s'élancer de semblables engins, prophétisa Alexandre Ier. On m'a appris que Monsieur Fulton allait créer, dans son pays, une compagnie exploitant des navires à feu, et que votre compatriote, le marquis de Jouffroy d'Abbans, s'apprêtait à l'imiter en France. Nous savons bien, cela étant, que de simples maquettes ne sauraient remplacer le talent d'un ingénieur, raison pour laquelle nous ne pourrons donner suite à votre offre avant d'être en mesure de recruter le personnel nécessaire.

Il se leva et me pria de le suivre dans un salon attenant où attendait un rafraîchissement. Rapprochant son fauteuil du mien, il évoqua à voix basse les *tainstvennogo doma* du prince Kropotkine.

— Les liens qui unissaient votre ancêtre Henry Ier à la Russie me font loi de vous parler en toute franchise, murmura-t-il. La maison Kropotkine a formé plusieurs générations d'espions dont la Couronne a toujours eu lieu de se satisfaire. Ces agents obtiennent d'excellents résultats, grâce notamment à une particularité sur laquelle je ne crois point nécessaire de revenir mais qui a permis à l'un d'entre eux d'approcher votre soi-disant prince-archichancelier. Ce que je sais de votre probité, *cher cousin,* m'incline à ne point vous cacher qu'en dépit du peu d'estime que je porte à votre empereur, la sauvegarde des intérêts supérieurs de la Russie pourrait me conduire à traiter avec lui. Vous n'ignorez pas que le prétendu prince Murat, ce fils d'aubergiste, s'est emparé de Berlin et que ses troupes marchent sur Varsovie, obligeant les nôtres à se mettre en ordre de bataille… Il paraît que Napoléon espère constituer un blocus continental contre l'Angleterre, idée peu réaliste mais à laquelle nous pourrions souscrire. Voudriez-vous le dire de ma part à celui qui vous envoie, et revenir, s'il vous plaît, me porter sa réponse ?

Je demeurai paralysé par le dilemme. Ce que voyant, mon auguste interlocuteur assura ne point attendre que je trahisse ma patrie et, à l'instar de Buonaparte, se défendit de vouloir me corrompre.

De même qu'après mon entrevue avec l'Empereur quelques mois auparavant, je ressortis perplexe, ne sachant quelle cause servir, libre seulement du délai que me laissait le Czar — « Nous en rediscuterons », avait-il promis.

Mon cocher me déposa le soir suivant au seuil du palais Kropotkine, imposante bâtisse dominant les rives de la Neva. La clef remise par le prince ne trouva d'abord aucune serrure sur le fameux accès côté Levant, puis je découvris, dissimulé sous un écusson portant le chiffre *TD,* un verrou dont la manœuvre généra, non point l'ouverture de la porte mais un discret tintement derrière celle-ci.

Une sorte de Goliath travesti en majordome ouvrit aussitôt.

— Je suis le prince de Mondétour, annonçai-je impressionné. Je viens voir…

Le Goliath se jeta *illico* à mes pieds pour embrasser mes bottes, coutume qui me laissa désemparé jusqu'à ce que, piqué sans doute par la curiosité, un pensionnaire mieux placé dans la Table des Rangs ne vînt me tirer d'affaire après une simple révérence.

Les deux hommes me conduisirent ensuite, au sommet d'un escalier majestueux, chez leur maître et mentor ; lequel, sans un mot, me serra longuement dans ses bras.

— Vous ne m'avez pas tout dit au sujet de vos protégés, marmottai-je en me dégageant ; et notamment que l'un d'entre eux agissait auprès de notre prince-archichancelier.

— Je craignais votre réaction, s'excusa le vieillard. Nous devons néanmoins à cet agent la confirmation de ce que vous n'êtes point un ennemi, certitude que nous avions déjà grâce au duc de Richelieu et dont vous ne pouvez imaginer les conséquences dans le cas contraire… Pour le reste, les espions de votre empereur sont plus chevronnés que les nôtres, et ses armées victorieuses !

Un tumulte montant du rez-de-chaussée interrompit la conversation. Un laquais entra précipitamment glisser quelques mots à l'oreille de mon hôte.

— Le Czar en visite n'aurait pas reçu un accueil aussi enthousiaste ! s'amusa le vieillard.

Il fit signe au domestique d'ouvrir grand les vantaux : sur le palier et le long des marches, une foule de jeunes gens en uniforme noir poussa aussitôt des *slava*[74] à notre intention avant d'entonner une *byline*[75] endiablée.

Mikhaïl, l'héritier en titre, s'avança à la tête d'un cortège de prêtres et professeurs venus me rendre hommage. À ses côtés se tenait un adolescent d'apparence ordinaire — « Dimitri, actuellement le plus haut placé dans l'ordre de succession » glissa le prince — qui débita en français un compliment auquel je répondis du mieux que je pus. Après quoi nous descendîmes en procession vers la salle de bal, où une collation était apprêtée et où quelques étudiants firent la démonstration de leurs talents de musiciens et de danseurs.

Alors seulement je découvris, ouverte sur une console que dominait un imposant portrait en pied de mon ancêtre Henry Ier, une cassette emplie de diamants.

— Il y en a exactement quatre cent trente-deux, soit un par mois depuis ce funeste hiver 1770 au cours duquel disparut notre bien-aimé prince Vladislav, indiqua Youri Kropotkine en me la remettant. Ainsi en avait-il voulu ; je vous supplie de l'accepter.

Encombré par le cadeau, je balbutiai un commencement de protestation que mon interlocuteur noya dans un verre de vodka.

— Nous tiendrons cette nuit un conseil secret, chuchota-t-il. Bien sûr, vous serez des nôtres.

---

74. *Gloire !*
75. Chant traditionnel magnifiant les héros du folklore russe.

L'alcool, la musique et l'exquise prévenance de mes amphitryons eurent raison de mes scrupules.

Vers minuit, alors que la fête battait encore son plein, Mikhaïl et Dimitri me prièrent de les accompagner dans l'oratoire privé où le prince tenait assemblée en présence de l'hégoumène[76] et de trois autres personnes que l'on me présenta comme étant l'impétrant, son avocat — en l'occurrence, le pensionnaire qui l'avait fait admettre — ainsi qu'un étudiant mandaté par ses camarades.

Les débats se déroulèrent en russe mais Youri Kropotkine voulut bien m'en traduire l'essentiel. La déférence avec laquelle cet étrange tribunal s'adressa au postulant — joli brun tout juste sorti de l'adolescence mais déjà mâle en ses attitudes — me fit inférer que derrière le simple particulier qu'il prétendait être, rejeté par une famille intransigeante, se cachait une haute naissance dont on ne souhaitait guère m'entretenir.

Le prince Kropotkine sembla préoccupé par les motivations de ce soi-disant Fyodor Pavlovitch, notamment lorsque celui-ci, dardant sur moi un regard appuyé, évoqua en français *la nécessaire défense de la très sainte Russie.*

— Pardonnez à l'incongruité, glissa le vieillard à mon oreille au moment de lever la séance, mais accepteriez-vous de recevoir celui-là dans votre intimité ? Vous seul saurez dire à quelle espèce nous avons affaire.

— Pourquoi me cacher de qui il s'agit vraiment ? rétorquai-je.

— Parce qu'il en va de notre vie à tous. Quand vous l'aurez percé à jour — car je ne doute point que cela n'advienne —, gardez-vous d'en parler à quiconque fors moi-même. Vous aurez compris, n'est-ce pas, que cette candidature n'était point ordinaire…

---

76. Équivalent orthodoxe de l'abbé.

— Pourriez-vous la rejeter ?

Le prince secoua la tête sans répondre. Excité malgré moi à l'idée de prendre part à ce mystère, je consentis à ce que ma couche servît de prétoire.

La chambre de parade que l'on m'avait réservée était scindée en deux parties par une balustrade dorée, dont l'une contenait un lit de géant, clos de tentures — ce qui était heureux eu égard à la froidure que ne parvenait guère à dissiper le feu brûlant dans la cheminée.

Des laquais m'aidèrent à troquer mes vêtements de jour contre ceux de nuit, cependant qu'un quatrième disposait samovar et liqueurs sur une table. Après quoi, la communauté tout entière vint défiler devant la balustrade. Seuls demeurèrent Youri Kropotkine et Fyodor Pavlovitch. Le regard madré de ce dernier ne faiblit pas lorsque le prince s'employa lui-même à le déshabiller avant de se retirer, nous abandonnant au silence qu'interrompait les craquements de l'âtre.

Le corps musclé, à peine ponctué de toisons, de Fyodor rappelait celui d'Henry-Saül au même âge ; son membre viril était déjà gonflé, le mien l'imita aussitôt et nous nous livrâmes incontinent l'un à l'autre. Il savait si bien son affaire, possédant et se laissant posséder à l'instar d'un bardache accompli, retenant sa fruition pour mieux cueillir la mienne, que je me persuadai de la réalité de ses inclinations.

— Fyodor Pavlovitch est ton vrai nom ? m'enquis-je après que nous eûmes joui.

— C'est mon prénom ; ne cherchez pas à en savoir davantage.

— Serions-nous ennemis ?

Pour toute réponse, Fyodor m'embrassa fougueusement. Nous bûmes un peu de thé mêlé d'alcool puis renouvelâmes notre étreinte. Le sommeil me terrassa le premier.

— J'aurais pu vous étrangler, chuchota mon jeune amant au matin suivant…

Sa langue acheva de me réveiller. Nous refîmes l'amour avant que les laquais n'ouvrissent les tentures et que Fyodor ne s'éclipsât par une porte de service.

Youri Kropotkine, entré sur ces entrefaites, ne parut qu'à demi satisfait par mon compte-rendu, assurant ignorer les objectifs réels de cet encombrant pensionnaire.

— Son rang, qui est très élevé, en fait à la fois un atout et un danger, soupira-t-il. Je crains qu'il ne veuille prendre le pouvoir dans cette maison.

Je quittai le palais en proie au doute. Un carrosse me raccompagna jusqu'à l'ermitage. Je confiai, en secret, la cassette de diamants à un joaillier de la Couronne afin qu'il ciselât un collier pectoral.

L'hiver, exceptionnellement clément, nous trouva à la Cour : Alexandre Ier organisa un Noël catholique — les orthodoxes plaçant cette fête au 6 janvier de notre calendrier — et toutes sortes de festivités pour célébrer l'arrivée de l'an 1807. Notre hôte eut la délicatesse de ne point me présenter ès-qualités les nombreux diplomates qui y prirent part mais il me convoqua un soir dans ses Petits appartements.

— On m'apprend que votre Napoléon s'est installé en vainqueur à Varsovie, lâcha-t-il. Le froid ne devrait point vous empêcher de remplir la petite mission dont nous avons parlé, cher cousin, à moins que votre conscience, et quelques flocons de neige…

Le ton et, surtout, la qualité de mon interlocuteur rendant impensable la moindre objection, je m'inclinai et préparai mes malles.

Le prince Kropotkine se fit annoncer chez moi la veille du départ. Je devais voyager seul avec Bruno ; mon visiteur, manifestement embarrassé, bredouilla qu'il n'en serait rien.

— Fyodor sera votre valet, annonça-t-il sans me regarder.

Je me sentis non seulement piégé mais avili.

— Vous direz au Czar que nous rentrons en France ! m'emportai-je. Pour qui…

Le vieillard posa vivement sa main sur ma bouche.

— Ne comprenez-vous pas que j'exécute un ordre ? souffla-t-il. Votre rencontre avec Fyodor n'était certes pas fortuite mais je vous supplie de me croire tout aussi prisonnier que vous l'êtes des commandements de Sa Majesté Impériale. Nous avons récemment découvert que Fyodor était son demi-frère adultérin : oui, vous aurez, en quelque sorte, un grand-duc putatif pour domestique et il se peut bien, hélas, que Mikhaïl soit empêché de me succéder !

Je proposai à mon interlocuteur de livrer notre ennemi aux Français mais il m'adjura d'anticiper ce qu'il adviendrait alors de mon épouse, de lui-même et des nôtres.

— Il faut convaincre Sa Majesté Impériale, gémit-il. Puissent votre ambassade et mes soins y parvenir avant que Fyodor ne triomphe !

XI

La voie de mer s'avérant périlleuse par le fait des manœuvres des différents belligérants, mon importun — quoique charmant — compagnon de voyage et moi-même partageâmes une confortable berline aux armes du Czar dans laquelle nous dormîmes et forniquâmes à l'envi, mais sans jamais évoquer les enjeux de notre équipée.

Parvenus à Varsovie le 17 février, au lendemain de la victoire française d'Ostrolenka[77] contre les Russes, nous ne dûmes notre salut qu'à la méprise des sentinelles qui nous crurent les émissaires du camp adverse et nous ouvrirent la route jusqu'au quartier général de Napoléon. L'officier qui nous y accueillit, peu impressionné par mes lettres patentes et sourd à mes comminations, nous fit en revanche *illico* emprisonner dans les caves du palais royal.

L'Empereur résidait encore sur place: informé, quelques heures plus tard, de notre présence en ses murs, il ordonna notre libération et me reçut en audience privée. Son humeur était excellente.

— Mars et Vénus me sont favorables! sourit-il en préambule.

En l'absence de l'Impératrice, je devinai que mon auguste interlocuteur avait succombé aux charmes d'une beauté locale

77. Nord-est de la Pologne actuelle.

dont je me gardai de m'enquérir, tout comme je tus l'identité de Fyodor, officiellement mon valet. Cela mis à part, je rapportai l'entité de mes entretiens avec Alexandre Ier et exposai la partie dicible de ceux que j'avais eus avec le prince Kropotkine.

Napoléon écouta sans m'interrompre puis assura que le Czar ne donnerait suite à ses projets qu'après qu'on l'aurait acculé à négocier.

— Les Anglais tenteront par tous les moyens de briser le blocus, ajouta-t-il, y compris en assiégeant nos ports, notamment ceux de nos colonies. Et à ce sujet… — Son visage se ferma. Les séparatistes de Saint-Domingue ont assassiné leur prétendu empereur, grogna-t-il. Votre ami Alexandre Sabès comptait, paraît-il, parmi les conjurés. Le voilà chef d'une faction en guerre contre une autre. Quand ce fruit-là sera mûr…

En dépit du ton menaçant, je ne pus m'empêcher de ressentir une certaine fierté à l'idée que mon ancien amant présidât désormais au destin de son île. Autant pour dévier le sujet que masquer un sourire naissant, j'interrogeai mon irascible interlocuteur sur mes proches demeurés en France, dont je restais sans nouvelle.

— J'ai dû interdire à votre fils de rejoindre l'armée avant votre retour, lâcha-t-il. Ses talents de cavalier en feront un précieux officier mais une ardeur patriotique mal maîtrisée met en danger hommes et familles.

— Je ne me hâterai donc pas de rentrer en France, murmurai-je contrarié.

— C'est moi, *cher cousin,* qui en déciderai, grinça l'Empereur. Je veux que vous demeuriez à la cour de Russie aussi longtemps que nécessaire : vous seul, dans notre camp, avez l'oreille du Czar. À chaque défaite de ses armées — et je jure qu'elles seront nombreuses —, il faut qu'une voix, la vôtre, instille en son âme la nécessité de parlementer. Nous avons bien davantage à offrir que les Anglais ! — Il se leva : je vous accorde une semaine de repos, conclut-il en me raccompagnant jusqu'à la porte.

Un aide de camp me conduisit au seuil du luxueux appartement d'invité que l'on avait substitué à ma cellule. N'y trouvant pas Fyodor, je n'osai m'en enquérir auprès du majordome et soupai seul, en proie à toutes les alarmes.

Je ne pus trouver le sommeil avant que le maraud, nullement enclin à me rejoindre, se glissât sans un mot dans le réduit qu'on lui avait réservé à côté de mon alcôve. Je me levai pour verrouiller la serrure de la chambre, conservai la clef et retournai dormir.

La main vagabonde de Fyodor me réveilla aux premières lueurs du jour. Saisissant son poignet, je sommai notre apprenti espion de s'expliquer.

— Je n'ai aucun compte à vous rendre ! lança celui-ci avec un regard de défi.

— Emprisonné ici, sifflai-je, tu ne seras utile à personne !

— Votre vie dépend de la mienne, non le contraire !

— Quoi que tu en penses ou qu'on te laisse accroire, m'agaçai-je, tu n'es grand-duc qu'à moitié et releves actuellement, quels que soient les sentiments du Czar, de mon bon vouloir légitime de prince du Saint-Empire et de l'Empire. Crois-moi : ton auguste demi-frère se consolera plus aisément de ta perte que de celle d'un allié tel que l'empereur des Français !

Je tordis le bras du fâcheux ; il poussa un juron.

— Tuez-moi tout de suite, s'étouffa-t-il, ou je vous ferai égorger, vous et les vôtres !

Nous luttâmes brièvement. Il parvint à se dégager et s'enferma dans son réduit. Je donnai pour consigne au majordome de l'y laisser macérer toute la journée pendant que j'enquêtais discrètement sur son emploi du temps.

Le château était vaste et peuplé mais un factionnaire de la Maison de l'Empereur indiqua avoir ouï parler russe au cours de la nuit précédente dans l'un des couloirs de desserte des Grands appartements. Comme je m'étonnais de ce qu'il n'eût point donné l'alerte, le garde promit, moyennant mon silence sur sa faute, de mener ses propres recherches.

Ainsi, en début d'après-midi, étais-je en possession du nom d'un laquais polonais fraîchement embauché par le général du Roc de Brion *alias* Duroc — fait Grand maréchal du palais par Napoléon, qui l'avait spécialement chargé de veiller sur sa sécurité. Ne pouvant convoquer ce Polonais en mes murs, je me fis annoncer chez son maître, que j'avertis de mes soupçons, sans mentionner Fyodor. Le Général les reçut très froidement mais promit de faire surveiller sa recrue.

Le soir-même, alors que notre forcené, apparemment revenu à la raison, quittait son réduit pour partager mon dîner en toute humilité, un serviteur me remit un pli signé Duroc, par lequel celui-ci exigeait que je le rejoignisse immédiatement.

— On a trouvé un poignard sous la paillasse de ce Polonais que vous avez dénoncé ! s'écria le Général sitôt refermée la porte de son bureau. Nous ignorons encore ses desseins ; il a seulement avoué recevoir ses ordres de Saint-Pétersbourg : vous devez tout me dire !

— Je ne réponds qu'à l'Empereur, répondis-je aussi fermement que possible.

— Le jeune homme qui vous accompagne...

— Est le demi-frère du Czar.

Duroc me considéra avec effroi :

— Notre souverain en est-il averti ? — Je secouai négativement la tête. Vous avez pourtant sa confiance, reprit mon interlocuteur ; je ne puis vous croire complice d'une tentative d'assassinat !

— Je n'ai pas choisi mon compagnon de voyage ! protestai-je. Les visées d'Alexandre me sont inconnues et je n'entends rien à la diplomatie mais je doute qu'il soit dans nos intérêts d'exécuter trop vite ses agents.

— Il faut en référer à Sa Majesté.

Napoléon, retranché en galant entourage dans ses Petits appartements, nous accorda une audience fort brève.

— Exécutez le Polonais et enfermez le Russe, trancha-t-il ; la captivité du demi-frère nous aidera à convaincre l'aîné. — Et à moi, avec un mauvais sourire : Je vous laisse le soin de l'annoncer au Czar.

Fyodor fut incontinent jeté en prison cependant que son complice attendait la mort dans une cellule voisine. Hanté par une angoisse térébrante — sous quelque angle que je la prisse, ma situation était bien périlleuse —, sans motif sérieux de demeurer à Varsovie, j'obtins l'autorisation de rejoindre au plus vite la cour de Russie.

Le périple vers Saint-Pétersbourg sembla durer une éternité. Faute d'autre société que la mienne, ni autre voix que celle de mon esprit tourmenté, je retournai *ad nauseam*, incapable de la résoudre, la cruelle équation qui s'était dessinée sur la noirceur de mon ciel.

Il me parut néanmoins sage de rendre visite au prince Kropotkine avant de me présenter devant Alexandre. Me voyant seul, le vieil homme s'inquiéta aussitôt de Fyodor. Ma réponse ne parut guère le rassurer.

— Peu après votre départ, expliqua-t-il, Mikhaïl et Dimitri ont réchappé par miracle à une rixe particulièrement violente dont leurs corps portent toujours les stigmates. Certains agresseurs appartenaient à la Maison du Czar. J'ai eu l'honneur de m'entretenir privément avec ce dernier, qui s'en est étonné et a assuré ne rien savoir. Il a d'abord feint d'ignorer également qui était Fyodor, puis a admis lui avoir octroyé, pour le cacher à sa mère qui est encore vivante et éviter tout scandale, *un pouvoir exorbitant* — tels furent ses termes. Quand j'ai évoqué la possibilité de faire disparaître ces deux obstacles, il s'est fâché et m'a menacé du pire si cela advenait. Je n'ose imaginer sa réaction quand il apprendra où se trouve son protégé : les Romanov détestent qu'on les brave...

De fait, le Czar, maintes fois approché lors de cérémonies officielles, ne donna suite à mes placets qu'après Pâques : ce fut donc un souverain parfaitement informé qui me reçut dans son bureau du palais d'été. Je m'étais entre-temps persuadé de ce que ce délai, sans conséquence fâcheuse pour moi et les miens — nous étions toujours accueillis à la Cour et personne, en dehors de Youri Kropotkine et de ses héritiers, n'évoquait *l'affaire Fyodor* —, marquait une évolution dans la doctrine d'Alexandre.

Mon cœur, nonobstant, battait à se rompre lorsque je m'inclinai devant lui.

— Il est heureux pour votre parti, cher cousin, que les intérêts supérieurs de l'Empire priment ceux du particulier, lâcha-t-il sans sourire.

— Mon parti, Sire, est celui de la paix, bredouillai-je.

— Votre Buonaparte prétend me contraindre par d'ignobles procédés ! Il ne lui suffit pas de mettre le continent à feu et à sang, ni retenir en otage un membre de ma famille, voilà qu'il s'apprête à conclure une alliance avec le shah de Perse, notre ennemi[78] ! Et vous osez parler de paix ?

— Nul n'a intérêt en de trop longs conflits, Sire, pas même l'empereur des Français. Quant au prisonnier que Votre

78. Par le traité de Finkenstein (Prusse occidentale, mai 1807), Napoléon reconnaîtra les conquêtes perses en Géorgie et dans le Caucase.

Majesté Impériale honore du titre de parent, c'est par la seule grâce de son auguste victime qu'il est encore en vie.

— Je n'ai jamais demandé… — Il s'interrompit : Je ne vous savais point si dévot à Napoléon, grinça-t-il. Auriez-vous oublié que nous donnions asile à votre roi légitime avant qu'il ne trouvât refuge en Suède ? Savez-vous bien ce que vous souhaitez et qui vous détestez, vous qui devez tant aux Bourbons ?

— C'est parce que je ne lui ai jamais prêté allégeance de cœur, Sire, que l'empereur des Français m'a mandé auprès de celui de toutes les Russies. Et l'humble particulier que je demeure, qui doit en effet tout aux Bourbons, ne retrouvera sa patrie que pour voir son fils unique s'engager dans les armes…

Ma voix s'était brisée. Alexandre, ébranlé, posa une main sur mon épaule.

— J'aspire tout autant que vous à la paix, murmura-t-il, mais j'aimerais mieux voir mourir mes propres enfants qu'humilier ma couronne. Nos forces sont à la mesure de notre Empire, cher cousin : prions pour que chacun le comprenne.

Les craintes que le conflit ne s'enlisât se dissipèrent plus vite que ne l'attendait mon illustre interlocuteur, mais à ses dépens : vers la fin du printemps, les troupes russes essuyèrent en effet de si graves revers que leur état-major, accablé par la défaite de Friedland[79], supplia le Czar de solliciter un armistice. À ma grande surprise — et celle, plus grande encore, de mon entourage —, je fis partie des émissaires désignés par un Alexandre hésitant entre colère et abattement, qui m'avait seulement donné pour consigne de *lui rendre la tâche moins odieuse*.

---

79. Actuelle Pravdinsk, dans l'enclave Russe de Kaliningrad (ancienne Kœnigsberg).

Lorsque notre petite ambassade parvint au nord de Kœnigsberg, sur les rives du fleuve Niémen, nous comprîmes que l'objectif de Napoléon n'était pas d'humilier la couronne russe ainsi que le redoutait le Czar : on nous reçut avec égard et il fut rapidement convenu que les deux empereurs se donneraient l'accolade sur un radeau spécialement aménagé au milieu des eaux, avant de signer un traité dans la cité voisine de Tilsit[80].

Bien que cela ne fût point précisé, Fyodor Pavlovitch devait recouvrer la liberté et suivre la délégation russe sur le chemin du retour. J'évitai soigneusement de croiser *l'otage,* laissant la Maison du Czar en prendre soin, ce qui fut accompli en toute discrétion.

Napoléon, toujours de belle humeur — il venait de passer plusieurs semaines en la seule compagnie de Marie Walewska sa maîtresse, dont il se disait amoureux jusqu'à vouloir ressusciter pour elle le royaume de Pologne[81] —, s'amusa de ma présence du côté ennemi mais refusa de me donner congé avant que le général de Caulaincourt ne prît ses fonctions d'ambassadeur près la cour de Russie.

— L'affaire de quelques semaines, assura-t-il.

Ces semaines s'avérèrent des mois : le traité signé, l'été s'écoula sans autre nouvelle de France que la démission de Talleyrand de son poste ministériel — mais demeuré prince de Bénévent et conseiller privé de Napoléon —, puis de l'accession de Jérôme de Buonaparte, frère cadet de l'Empereur, au trône de Westphalie, hypocritement saluée par toutes les cours d'Europe.

80. Actuelle Sovietsk, dans l'enclave ci-avant mentionnée.
81. Démembré entre 1772 et 1795 par la Russie, la Prusse et l'Autriche.

Aucune trace de Fyodor, pas même chez le prince Kropotkine : nous tentâmes, ce dernier et moi-même, de nous persuader de ce que le danger était écarté mais le refus persistant du Czar à nous recevoir en audience privée n'était guère rassurant.

Je m'apprêtais, non sans lassitude, à célébrer le premier anniversaire de notre arrivée à Saint-Pétersbourg lorsque le général de Caulaincourt y fit enfin son entrée. Ce trentenaire d'illustre naissance séduisit tout le monde — à commencer par le Czar, qui l'avait brièvement côtoyé quelques années auparavant — jusqu'à ce qu'un courtisan averti publiât que le nouvel ambassadeur avait participé, en mars 1804, à l'enlèvement de l'infortuné duc d'Enghien. Nombre d'entre nous, alors, le tinrent pour suspect et je me serais volontiers contenté du strict nécessaire s'il ne m'avait remis une note de Napoléon m'enjoignant expressément de l'informer des affaires en cours.

Le ton narquois qu'adopta Caulaincourt pour évoquer le prince de Condé et le duc de Bourbon, respectivement aïeul et père du malheureux duc d'Enghien, réfugiés en Angleterre, puis la réception, dans ce même royaume, de Louis XVIII par le comte d'Artois et le duc d'Orléans dans des conditions indignes d'un monarque en exil, éteignit mes préventions à cacher l'existence des *tainstvennogo doma* du prince Kropotkine, dont je ne soufflai pas davantage mot que de Fyodor, toujours invisible.

Ce fut Alexandre Ier en personne qui se chargea de le rappeler à ma mémoire, à la faveur d'un aparté, un soir où la Cour s'était réunie afin de saluer notre départ — lequel devait se faire par le même navire qui nous avait porté jusqu'en Russie.

— Un jeune homme de notre connaissance, désirant mieux connaître la France et les Français prendra place à votre bord, glissa-t-il avec un inquiétant sourire. Je compte sur vous, cher cousin, pour veiller à ce que rien de fâcheux ne lui arrive, cette fois : notre ami Kropotkine ne s'en relèverait pas.

Et il glissa un énorme diamant dans le creux de ma main.

La menace et sa contrepartie — joyau d'une centaine de carats que je comptais intégrer au merveilleux pectoral ciselé par l'orfèvre de la Cour — n'impressionnèrent guère le vieil homme lorsque je lui en fis part : sans doute éprouvait-il du soulagement à la perspective de voir s'éloigner un ennemi. Il me recommanda néanmoins de surveiller le prince Alexandre Kourakine, grand amateur de diamants, qui devait bientôt reprendre à Paris le flambeau de son illustre bisaïeul[82] et que notre apprenti-espion ne manquerait pas d'approcher.

— Je pressens que nous ne nous reverrons point en ce monde, conclut-il les yeux brillants, mais il y aura toujours, ici ou ailleurs, un Kropotkine pour vous serrer contre son cœur !

La présence imposée de Fyodor déplut à mon épouse, à qui je fus contraint de desceller la véritable identité — Bruno et Sékou s'en doutaient peu ou prou. Il fut rapidement décidé que l'importun, tenu à l'écart, ne quitterait sa cabine qu'une fois Boulogne atteinte. Fyodor, plus silencieux qu'un trappiste, obéit sans un regard.

Nous touchâmes terre vers le 15 décembre. Notre embarrassant compagnon de voyage nous faussa aussitôt compagnie. J'en conçus quelque inquiétude, qu'Armande-Louise étouffa bien vite par son enthousiasme à s'engouffrer dans la première voiture en partance pour Paris, où nous arrivâmes juste avant Noël.

---

82. Le prince Boris Ivanovitch Kourakine (1676-1727) fut ambassadeur en France de 1716 à sa mort.

Henry-Saül, pour ma fortune — et mon infortune, car je le savais prêt à s'engager dans les armes — résidait avec les siens en l'hôtel de Saint-Ruth. Nous y célébrâmes la Nativité autour du berceau d'un petit Jean-Saül né à Morienval au mois d'octobre précédent.

Mon rejeton, souverain en sa virile prestance, portait le deuil de Nándor, décédé subitement, à seulement quarante-huit ans, après une battue en forêt de Trémainville, tragédie dont, selon sa conjointe, il tardait à guérir en dépit de la venue au monde d'un nouvel héritier.

Passées les étrennes de l'an neuf 1808, le sachant seul chez lui, je surmontai mon appréhension et me présentai à la porte d'Henry-Saül. Il m'accueillit, non point sous la verrière qui jadis abritait nos amours incestueuses, mais devant l'âtre d'un salon du rez-de-chaussée, où sa joue seule accepta mes lèvres.

— Je vous aime toujours, Père, s'excusa-t-il en me pressant contre son sein.

Puis il monologua sur les conflits pendants, le blocus continental, les manœuvres de contournement anglaises, l'invasion du Portugal par nos troupes — la famille royale avait dû fuir au Brésil — et encore les intrigues de cour, la solitude de l'Impératrice…

— Je m'ennuie, soupira-t-il; ces rituels m'assomment et j'ai perdu le goût de la chasse pour la raison que vous savez. Il y a tant de vie ailleurs, au-delà de nos frontières…

— Tant de mort! rectifiai-je gorge serrée.

Henry-Saül prit mon visage entre ses mains.

— Je ne veux pas vous causer de peine, souffla-t-il, ni à Isabeau-Aimée, ni à quiconque d'entre ceux que j'aime, mais je ne saurai souffrir plus longtemps cette existence: s'il était un explorateur…

— Il n'en est plus ! coupai-je au bord des larmes.

— Restent les hussards. Le colonel Gérard, du 2e régiment, est un ami, et l'Empereur lui-même... — Mes sanglots ne l'empêchèrent pas de poursuivre : nos armées se couvrent de gloire ! insista-t-il. C'est cela, et cela seulement que je recherche, non la mort ! Au nom de quel principe, Père, seriez-vous seul autorisé à disposer de soi ? N'ai-je pas assuré l'avenir de notre Maison ? Je ne puis croire que vous préfériez au héros de la Patrie un étalon de basse-cour n'ayant pour horizon que la ferme voisine !

Il me laissa pleurer jusqu'à l'égarement mais n'en démordit pas : de nouvelles campagnes militaires se préparaient, et il en serait, que cela m'agréât ou non.

Meurtri par cet entretien, je laissai mon épouse reprendre ses quartiers en l'hôtel de Buridan cependant que je me réfugiais à Mondétour, chez ma mère, avec Bruno et Sékou, pour y commémorer les sombres anniversaires liés au 21 janvier.

La princesse douairière, malgré le crêpe mauve duquel émergeait à peine son visage très pâle, et l'atmosphère sépulcrale régnant parmi son entourage — en majorité des gens de religion —, témoigna à mon égard d'une tendresse non feinte.

Son admiration allait invariablement à Dom Philippe de Mondétour, « soutien de Sa Sainteté en ces heures effroyables », et ses lectures les plus libérales au *Génie du Christianisme* de Monsieur de Chateaubriand, mais elle ne m'en remit pas moins, de la part du marquis de Sade toujours emprisonné à Charenton, un volumineux paquet dont l'enveloppe était sobrement titrée *Les journées de Florbelle.*

— C'est cette pauvre Madame Quesnet qui l'a secrètement apporté ici, je vous laisse imaginer comment, glissa-t-elle sans parvenir à réprimer un sourire. Il paraît que la police a saisi une copie de ce manuscrit qu'elle croit être l'original. Je ne veux savoir ni ce qu'il contient ni ce que vous en ferez.

J'attendis donc le soir et la solitude de ma chambre pour dénouer l'épais ruban de soie noire qui retenait les feuillets : « Cher dédicataire et ami, était-il écrit sur le premier, je me suis longtemps demandé comment honorer dignement les inestimables bontés que vous eûtes pour moi, vous que la naissance et le mérite ont placé à l'abri des vicissitudes du commun. Puissent les pages qui suivent, commises par un malheureux vieillard injustement détenu, témoigner de ce que doit à V.A. son très humble et très reconnaissant obligé — D.A.F.S. »

Le Marquis, en post-scriptum, indiquait n'avoir pour seul caprice, dans l'occurrence peu probable où je trouverais un éditeur assez fou pour imprimer l'ouvrage, que ce dernier le fût *in-duodecimo*[83], sur un papier spécial et avec une encre particulière dont les compositions, passibles de répugner le plus débauché, figuraient en annexe ; quant à la reliure, elle devait être constituée de pubis, mâle et femelle, *enlacés sur le dos* ! — « M.C.Q. connaît les bonnes adresses. », concluait-il.

Je parcourus quelques pages : tracée d'une main appliquée sur deux colonnes très serrées, leur matière généra en mon cerveau une espèce de transe luxurieuse qui se communiqua à mes membres au point que je dus, tremblant d'effroi, abandonner ma lecture pour mieux y revenir, tel un fumeur d'opium à sa pipe, jusqu'à ce que mes doigts soulageassent, sinon mon âme, du moins ma lubricité, et ce plusieurs fois durant la nuit.

Au matin suivant, ma décision était mûrie : je publierais moi-même, quel qu'en fût le prix, *Les journées de Florbelle ou*

83. Ou *in-douze* (noté *in-12°*), format équivalent aux actuels livres de poche.

la Nature dévoilée, suivies des Mémoires de l'abbé de Modose et des Aventures d'Émilie de Volnange, et j'en offrirais les rares exemplaires à ceux que je jugerais dignes de les recevoir — je songeais principalement à Louis XVIII et à Cambacérès. Les risques bien réels que me faisait encourir cette aventure distrairaient en outre mon spleen. J'écrivis conséquemment un message codé à Madame Quesnel afin qu'elle me communiquât ces *bonnes adresses* promises par Sade.

Le prince-archichancelier, bien qu'ignorant mes desseins, ne laissa guère s'écouler de temps avant de me convoquer en ses murs, inquiet, selon les termes de son message, de ne me croiser nulle part dans Paris.

— Sa Majesté attend plusieurs choses de toi, annonça-t-il gravement. Satisfaite de tes bons-offices auprès du Czar, elle entend te mander aux mêmes fins chez le roi d'Espagne — un falot dominé par son entourage et trompé par sa femme. Si ce que je sais au sujet de ton cher rejeton s'avère exact, cette mission devrait t'agréer… Il y a autre chose : notre souverain, dont tu connais l'aversion pour le dévergondage, désire que tu restreignes l'accès des Petites Tuileries aux seuls membres de la haute noblesse, c'est-à-dire que tu reviennes au *statu quo ante* la Révolution ; faute de quoi… — Il m'empêcha de répliquer et poursuivit, sur le ton du secret : le dernier point est éminemment délicat mais il prouve, si besoin était, la confiance dont l'Empereur nous gratifie. Tu te rappelles certainement Madame Walewska… Eh bien c'est ton domaine de Chalmont qui abritera leur idylle : un privilège pour lequel d'autres abandonneraient leur fortune ! Évidemment, très peu d'entre nous le savent — surtout pas l'Impératrice — et tu dois jurer un silence absolu. La récompense…

— Tu veux dire la *compensation* ! grinçai-je.

— Tu ignores ta chance, ricana Cambacérès : l'Empereur te trouve *schirzosu*[84], alors même qu'une fraction de cette indocilité vaudrait à d'autres l'accusation de lèse-majesté ! La récompense, disais-je, sera à la hauteur du *sacrifice*… Madame Walewska nous arrivera en avril prochain, concomitamment au nouvel ambassadeur russe, un certain prince Kourakine dont il se murmure qu'il aurait de communes inclinations avec les nôtres…

---

84. *Plaisant, taquin,* en langue corse.

XII

Je ne revis ni l'Empereur ni Henry-Saül avant mon départ pour l'Espagne, qui se fit en toute discrétion vers la fin de l'hiver avec Bruno et Sékou, mais sans Armande-Louise, catégoriquement opposée à m'accompagner.

Tout juste franchies les Pyrénées, une estafette du maréchal Murat — couvert d'honneurs après son mariage avec la sœur de Napoléon, et qui commandait nos forces à Madrid conformément au traité signé avec les Espagnols[85] — vint me prévenir de ce qu'une conjuration populaire dirigée contre le Principal ministre Godoy, universellement détesté pour son arrogance et ses accointances avec la Reine, venait de renverser Charles IV, contraint d'abdiquer en faveur de son fils Ferdinand.

— Sauf à aimer la guerre, l'heure n'est plus aux voyages, remarqua l'officier avec une impertinente ironie. Nous attendons les ordres de Sa Majesté…

— Laquelle m'a mandé auprès du roi d'Espagne, complétai-je ; peu importe que ce soit un Charles ou un Ferdinand.

L'estafette, joli garçon à peine sorti de l'adolescence, me considéra avec incrédulité.

85. Le traité de Fontainebleau du 29 octobre 1807 autorise le passage et le stationnement des troupes françaises sur le territoire espagnol afin d'envahir le Portugal, allié de l'Angleterre.

— La sécurité de Votre Altesse ne pourra être assurée, objecta le jeune homme.

— J'aime la guerre, mentis-je.

Et je lui ordonnai de me conduire auprès de son maître.

Nous arrivâmes, moins d'une semaine plus tard et sans encombre, au palais de la Moncloa[86], devant Madrid, où le Maréchal avait établi son quartier général. Mon opiniâtreté à remplir ma mission amusa Son Altesse Impériale, manifestement déroutée par le cours des événements : faute d'instructions, Murat préférait en effet ignorer l'abdication de Charles IV au risque de mécontenter les Espagnols.

— Vous avez, dit-on, apprivoisé Alexandre Ier, sourit-il ; peut-être ramènerez-vous le prétendu Ferdinand VII à résipiscence ? Il n'a pas vingt-cinq ans et semble encore bien malléable mais il ne peut ignorer combien sa forfaiture fait le jeu de nos ennemis… La misérable tribu de son père, Godoy compris, s'est placée sous notre protection dans le château de Villaviciosa, non loin d'ici. Vous trouverez l'usurpateur au palais d'Orient[87] : je puis vous donner une escorte, mais non répondre de ce qu'il adviendra une fois passées les grilles…

N'ayant à produire, faute de mandat officiel, que mes lettres patentes de prince du Saint-Empire et de l'Empire, je ne m'attendais guère à ce que *l'usurpateur* agréât aussi vite ma demande d'audience : il le fit pourtant dès le lendemain.

Le soir suivant, comme convenu avec mon illustre correspondant, un coche de louage me déposa discrètement à l'entrée des écuries royales. Un garde me conduisit devant un petit pavillon où il me laissa seul. La porte s'ouvrit presque

86. Siège actuel et résidence officielle de la présidence du gouvernement espagnol.
87. Palais royal de Madrid.

aussitôt sur un visage encore juvénile, aux belles lèvres charnues et aux yeux amandins qu'encadraient d'épais sourcils noirs. Le furtif éclat d'une Toison d'Or me jeta instinctivement à genoux.

— Relevez-vous, murmura Ferdinand dans un français pratiquement dénué d'accent ; ni vous ni moi ne sommes censés nous entretenir…

Nous prîmes place devant la lueur mourante d'un âtre. Du visage de ce descendant des plus grandes Maisons d'Europe émanait une gravité d'archange qui fit renaître en mon cœur la dévotion particulière que j'éprouvais jadis en présence du feu roi Louis XVI. Absorbé par ce sentiment, j'écoutai distraitement mon auguste interlocuteur légitimer son coup d'État et espérer à voix haute un soutien français.

— Votre Majesté n'a pas à se justifier ! sursautai-je lorsque le jeune monarque voulut connaître mon avis. La France attend de l'Espagne un appui sans faille dans sa lutte contre l'Angleterre. Un allié solide…

— Croyez-vous que je puisse directement plaider ma cause auprès de votre Empereur ? coupa-t-il. Les atermoiements du prince Murat me semblent de mauvais augure.

J'acquiesçai en mentionnant l'entrevue de Tilsit. Ferdinand eut un triste sourire.

— La position d'Alexandre n'était pas aussi périlleuse, soupira-t-il : vos armées n'avaient point franchi la frontière russe ; elles campent aujourd'hui dans notre capitale !

Je promis d'intercéder. Ferdinand, en retour et à ma grande gêne, s'engagea à me couvrir d'honneurs et de récompenses, me donnant même l'accolade au moment de nous séparer.

Mon compte-rendu destiné à l'Empereur croisa les consignes que celui-ci envoya à Murat : les protagonistes du coup d'État étaient invités à se rendre à Bayonne, où Sa Majesté présiderait une sorte de conseil de famille appelé à régler le différend.

Le Maréchal ayant reçu l'ordre de tenir ses troupes en alerte, je pris seul, avec Ferdinand VII et une suite réduite, la route des Basses-Pyrénées[88] — Charles IV et les siens empruntaient un chemin séparé.

Nous parvînmes les premiers à destination, le 20 avril, escortés par la cavalerie française, mais la réception au château de Marracq[89] fut des plus sobres. Mon royal compagnon de voyage avait entre-temps perdu de sa superbe, de plus en plus intimidé par la perspective d'affronter concomitamment le Roi son père et Napoléon.

Ce dernier, amusé, comme sur les rives du Niémen, de me voir côtoyer le clan adverse, se gaussa des réunions familiales en indiquant que mon rejeton, intégré à sa demande au 2e régiment de hussards, campait à proximité.

Je me précipitai chez le colonel Gérard : l'officier, quadragénaire assez raide en ses manières, me reçut avec des égards quelque peu outrés, comme pour excuser l'incorporation d'Henry-Saül à un grade inférieur à celui auquel son titre lui permettait de prétendre. Appelé devant nous, le *major* de Mondétour apparut en pelisse et dolman bruns, culotte d'azur et shako. Je dus réfréner *in extremis* l'envie de lui exprimer ma tendresse, me contentant d'une poignée de main.

— Nous franchirons bientôt les Pyrénées, lança-t-il le regard brillant. Retournerez-vous à Madrid ?

— Tout dépendra de l'entrevue de Marracq, répondis-je mécaniquement en pensant très fort : « Je te suivrais jusqu'en Géhenne si seulement tu le voulais ! »

88. Actuelles Pyrénées-Atlantiques.
89. Sur la commune de Bayonne. Aujourd'hui en ruines.

Vers le milieu de la nuit, j'entendis gratter à la porte de la modeste chambre que l'on avait mise à ma disposition au château. Rêvant encore de retrouver mon fils, j'ouvris moi-même : c'était un membre de la suite de Ferdinand.

— Sa Majesté désire vous entretenir sur-le-champ, chuchota l'émissaire.

Aussi déçu qu'intrigué, je m'habillai à la hâte et suivis l'homme jusqu'aux appartements royaux. Le jeune souverain, les yeux rougis, était assis sur son lit.

— J'ai été mal conseillé et conduit dans un piège ! gémit-il. L'Empereur, tout à l'heure, m'a offert le minable royaume d'Étrurie[90] et le mariage avec une quelconque princesse impériale en échange de ma couronne ! Il veut procéder avec nous ainsi qu'il l'a fait de nos cousins de Naples pour mettre un Buonaparte sur le trône ! J'ai refusé, bien sûr, et annoncé mon départ mais il m'a ordonné — Ordonné ! *Hijo de puta*[91] ! — d'attendre ma parentèle et sa basse-cour ! Mon peuple vengera cet affront ! — Il continua en langue espagnole, sanglota de rage, puis me prit par la manche : jurez que vous n'étiez informé de rien ! s'étouffa-t-il. Jurez fidélité aux Bourbons !

L'heure n'étant guère aux effets rhétoriques, je m'exécutai. Ferdinand me tendit alors un pli cacheté à ses armes.

— Portez-le à Madrid, au palais d'Orient, commanda-t-il. Évariste Pérez de Castro, qui dirige mon gouvernement, saura quoi en faire. *Dios nos mira*[92] !

Partagé entre mon serment et la crainte de trahir ma patrie, je balançai de longues heures avant de décider. Napoléon m'y

90. Créé en 1801 à partir du grand-duché de Toscane, et intégré à l'Empire en 1807.
91. « Fils de pute ! »
92. « Dieu nous regarde ! »

aida sans le savoir, en me demandant de confier de sa part une missive secrète à Murat.

— Je vous dois beaucoup pour les affaires privées, assura-t-il. Je m'en souviendrai.

Je quittais Bayonne le soir même ; le 29, j'arrivais au palais de la Moncloa.

Le Maréchal demeura impassible devant moi à l'ouverture du courrier impérial mais les contractions de sa mâchoire me firent inférer que la prose de son glorieux beau-frère était lourde de conséquences. Je me doutais qu'il en irait de même du billet que je m'apprêtais à remettre à Pérez de Castro, mais certes point que la conjugaison des deux participerait d'une sanglante tragédie.

L'épître de Ferdinand VII, incontinent rendue publique par son récipiendaire — personnage orgueilleux qui avait tout juste pris la peine de me remercier pour les risques encourus —, alarma en effet le peuple madrilène, déjà fort excité, sur la prétendue détention de ses rois. Et quand Murat, obéissant à Napoléon, manda le 2 mai chercher les infants demeurés au palais royal afin qu'on les conduisît à Bayonne, l'émeute éclata : la foule en colère assaillit nos soldats, qui répliquèrent, faisant partout couler le sang.

Le Maréchal, ivre de colère, ordonna que fussent fusillés tous ceux qui avaient pris les armes contre les Français : les terribles détonations des pelotons d'exécution résonnèrent longtemps dans la nuit.

Reclus à la Moncloa durant plusieurs jours, j'appris l'embrasement inexorable des villes espagnoles, attisé par la nouvelle de l'exil contraint de Charles et de Ferdinand — respectivement à Compiègne et à Valençay — et l'accession imminente de Joseph de Buonaparte, ci-devant roi de Naples, au trône d'Espagne. Le destin de Murat, invité à choisir entre la couronne du Portugal et celle de Naples — belle promotion pour un fils d'aubergiste ! — m'importait moins que celui de mon fils, engagé dans un conflit indigne.

Menée sous forme d'escarmouches et de harcèlement perpétuel de nos troupes, cette *guérilla,* comme l'appelaient les Espagnols, fit ses premières victimes, parmi lesquelles, hélas, Bruno et moi-même : convié par Pérez de Castro à étudier une possible intercession entre belligérants, je quittai en effet mon refuge pour rendre visite au ministre en la seule compagnie de mon fidèle valet — Sékou n'était pas admis au palais royal. Je ne sus jamais si Pérez de Castro était averti du danger, ou même s'il avait commissionné ce qui survint, mais nous fûmes mitraillés sitôt descendus de carrosse. Bruno, qui était le premier, s'effondra sur moi. Son pauvre corps protégea le mien, que plusieurs balles percèrent toutefois.

Je perdis connaissance avec la certitude de quitter ce monde.

Notre cocher réchappa miraculeusement de l'embuscade ; ce fut lui qui, secouru par des factionnaires du palais, nous ramena à la Moncloa : ainsi m'en fit-on le récit lorsque je revins à la conscience, paralysé sur ma couche, les membres enveloppés dans d'épais bandages. Sékou, assis à mon chevet, pleurait doucement. Devinant que Bruno n'avait pas survécu, je joignis mes larmes à celles de mon compagnon.

— Les projectiles qui ont atteint Votre Altesse n'ont touché aucune partie vitale, observa un médecin entré sur ces entrefaites. Le fémur droit et le poignet gauche ont été brisés, la chair souffre d'exulcérations mais le flot de sang a emporté les humeurs peccantes. Nous sommes optimistes quant à la pleine recouvrance par Votre Altesse de l'entité de ses moyens d'ici quelques semaines. Il lui faut du repos.

Murat assura que l'attentat ne resterait pas impuni mais je vis bien que son esprit vaguait déjà du côté de Naples, dont il avait finalement décidé de prendre la couronne.

Mon seul réconfort vint de mon rejeton, autorisé à me rendre aussi souvent visite que le permettaient les mouvements de son régiment. Je sus par sa bouche la mauvaise tournure que prenait le conflit pour nos armées : ainsi qu'il était prévisible, l'ennemi avait obtenu le soutien de l'Angleterre.

Ce fut néanmoins après une victoire, à Medina de Rio Seco[93], que le nouveau roi Joseph Ier fit, en juillet, son entrée dans Madrid. Ma santé s'étant améliorée, j'assistai avec Henry-Saül et l'état-major à l'investiture, au palais d'Orient, de ce dynaste méprisé de son peuple avant même d'avoir régné.

Je me serais volontiers accommodé de cette convalescence et de la chaste, mais ô combien réconfortante, présence de mon héritier si la guerre n'en avait décidé autrement : la déroute de nos forces à la bataille de Baylen[94] contraignit en effet, devant la percée espagnole, la Cour fraîchement installée à quitter Madrid. Mon cher major retrouva son régiment cependant que je suivais Joseph Ier vers le nord, d'abord à Burgos, puis à Vitoria, dans de grosses maisons inconfortables pompeusement qualifiées de *palais.*

L'infortuné monarque, dont l'entourage ne comptait guère plus d'une cinquantaine de courtisans — sa famille ne l'avait pas suivi en Espagne, préférant demeurer à Paris auprès de l'Empereur — évoquait son bref règne napolitain comme un paradis perdu. Informée sur ma carrière, et notamment mon

93. Au nord de Valladolid (Castille-et-León), le 14 juillet 1808.
94. En espagnol *Bailén,* dans la province de Jaén (Andalousie), le 19 juillet.

séjour forcé à la Cour de Naples, Sa Majesté tint conséquemment à m'entretenir de ses deux années passées à Caserte, et occuper en ma compagnie ses longues heures de solitude, promettant, à l'instar de Ferdinand, de me combler de faveurs.

Bien que mal logé et sans grande considération pour mon hôte, je jouai d'autant plus volontiers les caudataires que cette place me permit, non seulement d'utiliser la poste impériale pour ma correspondance, mais surtout de gagner à nouveau pour Henry-Saül la permission régulière de séjourner auprès de moi. Les Anglais ayant pris pied au Portugal, j'espérais obtenir en outre du colonel Gérard qu'il préservât mon bien-aimé hussard de la première ligne des batailles à venir.

Henry-Saül, qui ignorait cette dernière disposition, se prêta de bonne grâce à mes empressements et, tout en se dérobant opiniâtrement à mes caresses, n'en finit pas moins par me retourner mes baisers. N'eussent été les nouvelles alarmantes en provenance de nos armées, je me fusse cru en villégiature dans quelque austère province.

La convention signée à Sintra[95] avec les Anglais le 20 août mit un terme temporaire à la débâcle de nos forces au Portugal mais point à l'humiliation, ni au péril d'une défaite dans le reste de la péninsule. En conséquence de quoi, l'Empereur annonça à son *cher frère* l'envoi massif de troupes dont il prendrait lui-même le commandement. Sa missive précisait que, devant rencontrer de nouveau le Czar à Erfurt[96], il entendait que je l'y accompagnasse. La conférence étant prévue pour la fin du mois de septembre, je dus quitter précipitamment Vitoria avec Sékou, ne laissant à mon fils, alors en manœuvres, que des adieux écrits.

95. Au nord de Lisbonne.
96. En Thuringe. Alors principauté française enclavée dans la Confédération du Rhin.

Nous voyageâmes jour et nuit à travers l'Empire, ne nous arrêtant que pour relayer, et atteignîmes le palais d'Erfurt au soir de l'arrivée d'Alexandre Ier, le 27 septembre. Contrairement à Tilsit, une atmosphère de pesanteur protocolaire régnait jusque sur les Petits appartements, surchargés de chefs d'œuvres apportés spécialement de France.

Logé conformément à mon titre — soit fastueusement —, je me retrouvai voisin du prince de Bénévent, *alias* Charles-Maurice de Talleyrand-Périgord. Notre bavardage, entamé sur un mode très formel, se fit plus familier quand je rapportai les conversations tenues avec le Czar à propos de son demi-frère.

— Inversement au nôtre, persifla mon interlocuteur, le souverain de Russie est plus civilisé que son peuple ; mes *invités* du château de Valençay sont bien de cet avis… Et puisque nous en parlons, sachez que j'admire votre aptitude à vous faire aimer des différents partis en lice : Ferdinand ne tarit pas d'éloges à votre sujet, et ce n'est rien en comparaison de ce que le malheureux Joseph écrit, paraît-il, à son illustre frère… Je vous prédis la grandesse[97] et la Toison avant la fin de l'année !

— Sa Majesté Impériale a été plus généreuse, plaisantai-je. — Et je mentionnai le fameux diamant, baptisé *Alexandrin* en hommage au Czar autant qu'à ses extraordinaires douze fois douze carats.

— L'ambassadeur Kourakine a fait des insinuations là-dessus, chuchota Talleyrand. On prétend également que l'ami Cambacérès aurait succombé aux charmes d'un espion à la mode pétersbourgeoise dont vous vous seriez gardé de le prévenir… Je ne vous en blâme point : la loyauté est une vertu changeante ; je sais de quoi il retourne.

---

97. Dignité de Grand d'Espagne. Équivalent à la pairie.

Enclin lui aussi à la confidence, Napoléon me reçut le lendemain en audience privée pour s'épancher sur ses préoccupations dynastiques : l'Impératrice, bien qu'ayant eu deux enfants de son premier mariage avec le vicomte de Beauharnais, n'était pas parvenue à offrir un héritier au trône.

— Certaines personnes et moi-même savons que je ne suis pas stérile, insinua-t-il. Enfin, je puis vous dire qu'il me serait agréable d'épouser une princesse russe — sans parler des avantages stratégiques d'une telle union — et que je vous saurais gré d'en entretenir confidentiellement Alexandre.

La perspective de parler mariage avec un souverain dont j'avais trompé la confiance — au risque de manquer à ma parole, je ne m'étais nullement inquiété de la disparition de Fyodor — ne m'enchantait guère mais il me semblait plus dangereux encore d'opposer un refus à mon auguste interlocuteur, surtout après avoir traversé à sa demande la moitié du continent. Je me présentai donc, gorge nouée, chez le Czar.

Celui-ci, pour ma fortune, était d'humeur joyeuse, la tête encore pleine des *arias* entendu la veille à l'opéra. Il me fit la grâce de s'inquiéter de ma santé — détail qui n'avait pas effleuré l'Empereur — puis, sans aborder l'affaire Fyodor, écouta distraitement mes allusions concernant un éventuel hymen. Je dus insister.

— Êtes-vous sérieux, mon cousin ? s'amusa-t-il. Sauf en ultime recours, l'impératrice douairière ma mère n'accordera jamais la main de l'une de ses filles à un… — Il me fit un clin d'œil : Vous me comprenez ; Monsieur de Talleyrand-Périgord lui-même… — Il s'interrompit et reprit à mi-voix : j'ai ouï dire que vous aviez renouvelé votre serment de fidélité aux Bourbons ; cela est très courageux mais pourrait vous valoir des ennuis si cela se publiait. Il vous faudra fournir des gages à *qui nous savons* : répondez-lui donc de ma part que ma cadette la princesse Anna Pavlona fera un possible parti quand son âge le permettra. Pauvre Joséphine…

Napoléon parut satisfait de mon compte-rendu.

— Vous pouvez d'ores et déjà vous considérer Grand d'Espagne, chevalier de la Toison d'Or et Grand Aigle[98] de la Légion d'Honneur, ajouta-t-il.

Repensant aux vaticinations de Talleyrand, je ne pus réprimer un sourire que l'Empereur prit heureusement pour une manifestation de fierté, dont il me félicita. Je me sentis beaucoup moins à l'aise, en revanche, quand le prince de Bénévent, au dîner, appuya les compliments de notre souverain jusqu'à suggérer ma nomination au sénat conservateur[99].

Une étrange ambiance s'établit sur les négociations, chacun jouant sa partie comme au théâtre, au point que je participai moi-même au mensonge général ; lequel prit fin avec la signature solennelle d'une convention sans grande portée renouvelant l'alliance franco-russe et invitant l'Angleterre à cesser les hostilités.

Chacun, ensuite, regagna sa capitale. J'aurais aimé voyager seul avec Sékou, valet autant qu'amant, mais Talleyrand m'encouragea fermement à partager son carrosse. Tirant un service à alcool d'une trappe dissimulée sous son siège, il nous versa un excellent armagnac puis monologua longuement sur Ferdinand, qu'il appréciait, la guerre d'Espagne, qu'il jugeait folle, et la personnalité fantasque de Napoléon.

Ses arguments, proches de la forfaiture, me tinrent éveillé plusieurs nuits d'affilée.

---

98. Aujourd'hui *Grand-croix.*

99. Ainsi dénommé parce que chargé de veiller à la *conservation* de la Constitution.

De retour à Paris, las d'avoir trop erré, étourdi par les tirades du prince de Bénévent, je trouvai la force de décliner l'invitation de l'Empereur à le suivre en Espagne, en dépit du désir de revoir mon cher fils. Et je repris mes quartiers rue des Marais-Saint-Germain.

Une petite caisse en bois, soigneusement cloutée, attendait sur mon bureau sans mention d'envoyeur. Ayant oublié mes résolutions, l'argent investi et les bonnes adresses de Madame Quesnet, ma surprise fut totale d'apercevoir, enveloppés dans de précieux coffrets, cinq exemplaires des *Journées de Florbelle* du marquis de Sade, imprimés et, surtout, reliés selon ses vœux : les toisons pubiennes mâles et femelles, prélevées, tannées et apprêtées par quelque main démoniaque, luisaient comme de l'astrakan ; le contenu était illustré d'eaux-fortes si violentes que je détournai le regard.

Ce singulier présent contribua pourtant, quelque temps après, à me rendre les faveurs d'un Cambacérès passablement irrité depuis *l'affaire pétersbourgeoise* : saisissant l'objet avec une espèce de ravissement dégoûté, le prince-archichancelier — récemment fait duc de Parme — poussa de sourdes exclamations en tournant les pages.

— Tu es le diable, gronda-t-il tendrement, le diable en redingote ! Je me demande si Monsieur Fouché, qui a personnellement présidé à la fermeture de tes Petites Tuileries — tu sais, n'est-ce pas, qu'il faut désormais l'aval d'un ministre ou d'un sénateur pour y être admis… — si le *comte* Fouché, dis-je, est informé de tes intrigues.

Il expliqua comment les loges et couloirs du théâtre impérial de l'opéra comique[100] étaient devenus le rendez-vous discret des greluchons de luxe et de leurs mécènes après que Fouché avait lancé ses limiers à l'assaut des jardins de notre

100. Actuelle Salle Favart, dans le 2e arrondissement de Paris.

capitale. Et il m'invita, avec la caressante fermeté d'un Talleyrand, à l'accompagner *incognito* le soir même à une représentation du *Jadis et aujourd'hui* de Monsieur Kreutzer.

Nous nous installâmes à un angle du balcon, d'où je pus observer cette étrange bourse de commerce: clients et vendeurs gagnaient séparément leur siège, y demeurant si la transaction se faisait, changeant de place dans le cas contraire. Quelques couples arrivaient déjà formés, parmi lesquels je reconnus, donnant le bras à un étranger richement vêtu, l'athlétique Jean-Baptiste Leschenault, qui avait servi d'*Hercule enchaînant Cerbère* au sculpteur Canova, chef d'œuvre devant clore le programme des *Douze travaux* commandés à Houdon pour Trémainville, dont la livraison était imminente.

— Bien qu'il s'en défende, susurra Cambacérès, ton cher Hercule est devenu le parti le plus couru de Paris: on prétend se l'arracher pour la beauté de son esprit mais c'est après ses muscles et la blondeur qui les recouvre que l'on soupire... J'ai fait, à ta suite, partie des chanceux: je ne le regrette point! Le voilà donc favori du prince Kourakine...

La discussion dévia naturellement sur *l'affaire pétersbourgeoise*: Fyodor avait approché mon hôte grâce à l'entremise d'un giton russe disparu sans laisser de trace après avoir été surpris les mains dans un tiroir.

— Il agissait probablement sous les ordres du joli Fyodor, soupira Cambacérès. Lequel a néanmoins juré, avec cette irrésistible candeur que tu lui connais peut-être, n'avoir aucune responsabilité dans le forfait. Il m'a donné des précisions qui ne laissaient aucun doute quant à votre intimité... Et tu ne m'avais rien dit à ton retour de Russie! Le prince Kourakine, que j'ai maintes fois fréquenté depuis son installation — au point de m'en être fait un ami: tu comprendras pourquoi quand tu feras sa connaissance — a invariablement éludé la question, tout en me conseillant de me débarrasser de Fyodor : j'ai fini par céder. Peut-être eussé-je dû prévenir Fouché mais j'ai craint le scandale. Je t'en ai voulu ; je me suis même plaint à Talleyrand… qui s'est moqué de moi ! *Ton Altesse* est devenue intouchable depuis que la Walewska s'est établie à Chalmont…

Cambacérès, vers la fin de l'automne, organisa dans le splendide hôtel de Roquelaure[101] qu'il venait d'acquérir, un petit souper au cours duquel je rencontrai Alexandre Kourakine. Les succès de Napoléon en Espagne constituèrent l'essentiel de la conversation que nous tînmes à table mais l'ambassadeur, opulent sexagénaire plus richement costumé qu'un roi de Perse, changea de ton sitôt gagné le boudoir.

Je devinai assez vite que ce *pantophile,* comme il se définissait lui-même, prisait autant les garçons que les filles, mais je fus grandement surpris de l'ouïr vanter les mérites de mon ancêtre Henry Ier — dont son bisaïeul, assura-t-il, avait été un intime — et plus étonné encore, après quelques godets de marc, de l'entendre confesser de tendres penchants pour Mikhaïl Kropotkine, héritier désigné du vieux prince Youri.

— Quel dommage, glissai-je à son oreille, qu'un vénéneux Fyodor compromette une aussi brillante carrière…

Le prince détourna *illico* la conversation. Profitant ensuite d'une absence momentanée de notre hôte, il se pencha sur mon épaule.

— Les desseins du Czar ne se commentent pas, murmura-t-il gravement. Pardonnez ma franchise, mais vous avez agi avec beaucoup de légèreté en laissant le comte Vervsky — c'est le nom officiel de Fyodor Pavlovitch — opérer sans contrôle.

---

101. Actuel ministère de l'Écologie, boulevard Saint-Germain, dans le 7e arrondissement.

Ceci pour la sécurité de l'État et, surtout, votre propre sauvegarde. Croyez-moi : Alexandre, qui vous a si généreusement gratifié, n'acceptera en retour aucune atteinte à celui dont vous avez la charge. J'insiste sur ce point : la menace est réelle ! J'en suis d'ailleurs si profondément convaincu que j'ai pris l'initiative de faire retrouver votre embarrassant invité. Cela n'a guère été difficile — Monsieur Fouché m'y a aidé sans le savoir — et m'a permis, en outre, de rencontrer un bel hercule que vous connaissez, je crois...

J'acquiesçai en ravalant mon agacement. Le retour de Cambacérès m'empêcha d'interroger plus avant mon interlocuteur sur le lieu où se trouvait Fyodor mais la mention de Jean-Baptiste me coûta la promesse d'une inauguration en bonne et due forme de la rotonde de Trémainville.

Ainsi, quelques semaines plus tard, en présence de la Cour, du vieil Houdon et de mes proches, *la pauvre Joséphine* dénouait-elle d'un air las un ruban tendu entre les deux premières colonnes de ma *folie.*

Le froid nous empêcha de jouir des exèdres, que la végétation n'avait point encore colonisées, mais chacun put se repaître du prodigieux spectacle des douze statues de marbre figurant les exploits d'Hercule, et complimenter artiste, commanditaire et modèles.

Jean-Baptiste, plus chagrin que l'Impératrice et tout aussi distant, ne quitta pas le bras du prince Kourakine — lequel prit néanmoins le temps d'un aparté pour glisser à mon oreille qu'il hébergeait Fyodor chez lui, *sous bonne et paternelle garde.*

Davantage préoccupé par l'absence d'Henry-Saül, je me consolai auprès de Blaise-Abel Durelais et de ses comparses des Petites Tuileries, dont les formes titanesques, à l'exception des génitoires pudiquement minorées, étaient à jamais fixées dans la pierre.

Blaise-Abel tympanisa les mesures restrictives prises par Fouché, qui avaient eu pour conséquence de vider le prostibule d'une grande partie de ses habitués.

— J'ai dû imposer le masque à tout le monde car on devinait trop le surnombre de prostitués des deux sexes en rapport des clients, grogna-t-il. L'orgie, depuis lors, est perpétuelle, mais l'argent entre moins…

Je m'engageai à plaider sa cause — qui était également la mienne — auprès de Cambacérès. Le prince-archichancelier, pour toute réponse, me jeta d'autorité entre les pinceaux du peintre Prud'hon, présent à l'inauguration, afin qu'il réalisât de moi un portrait en pied sur fond de rotonde.

— Joue donc les altesses, badina-t-il, et invite ici l'Empereur et sa Walewska : que pourra-t-il te refuser ? Tu serais en capacité, si tu le voulais, de faire libérer le malheureux marquis de Sade !

Il ne se trompait pas : le jour même, 21 janvier 1809, du trentième anniversaire d'Henry-Saül, Napoléon, revenu d'Espagne, se présenta à Trémainville, rayonnant au bras de sa maîtresse, en compagnie de mon cher major, récemment fait capitaine, et d'Isabeau-Aimée.

On revint peu, durant le court séjour de mes hôtes, sur les incertitudes liées à la guerre : Marie Walewska, jeune blonde aux manières réservées et à la voix très douce, éteignait le sujet par son seul sourire. Ma générosité, en revanche, fut maintes fois louée, et l'Empereur, dans un élan prédit par Cambacérès, me posa enfin la question attendue :

— Comment puis-je dignement honorer vos bons-offices ?

— En me permettant de redevenir maître chez moi aux Petites Tuileries, répondis-je.

— Bien sûr, approuva Napoléon ; je préviendrai Monsieur Fouché.

— Il me serait également agréable de savoir Monsieur de Sade auprès des siens.

Mon illustre interlocuteur me dévisagea avec surprise.

— J'ignorais que le destin de ce pornographe vous importait, s'étonna-t-il. Vous semblez en outre méconnaître sa parentèle, qui n'a certainement pas envie de le voir sortir !

— Madame Quesnet…

— Oublions cela. Votre… protégé est trop dangereux pour que l'on prenne un tel risque. Je promets, nonobstant, de veiller à ce qu'il soit bien traité. Pour compenser, s'il se peut, le refus que je vous oppose — qui est celui de la Raison —, j'élèverai Chalmont et Trémainville en duchés et vous ferai sénateur : sommes-nous d'accord, cher cousin ?

J'acquiesçai sans répliquer, honteux de mon impuissance et des honneurs dont on la revêtait. Je n'opposai pas d'avantage d'objection à Marie Walewska lorsqu'elle insista, bien que cela me déplût, pour qu'Henry-Saül et notre héritier, le petit Louis-Thomas, figurassent sur le tableau de Monsieur Prud'hon : j'étais redevenu courtisan.

L'Empereur, au moment de repartir, s'enferma brièvement avec moi dans un salon.

— Je ne sais trop comment présenter la chose, indiqua-t-il, mais il serait crucial que vous vous rendiez secrètement à Londres afin d'éclaircir ce qui se passe au sommet de l'État et à quels ennemis nous avons affaire. Vous n'ignorez pas que le roi George n'a plus toute sa tête : je voudrais savoir qui, du prince de Galles ou du Premier ministre, détient réellement ce détestable pouvoir de nous nuire, et comment y mettre un terme.

— Je ne dispose d'aucune introduction à la cour d'Angleterre, objectai-je.

— Auriez-vous oublié le prétendu Louis XVIII dont vous fûtes gentilhomme d'honneur, son frère le comte d'Artois, et encore les ci-devants duc d'Orléans, prince de Condé et leur misérable entourage ? Vous possédez de plus, dit-on, un fort gros diamant dont la vente — supposée, évidemment — arrangerait sans doute les finances de cette clique... — Il ne me laissa guère le loisir d'argumenter et, sa main agrippant déjà la poignée de la porte, glissa à mon oreille : n'évoquez cela avec personne, même Cambacérès, entendez-vous ? Et surtout pas avec cette vipère de Talleyrand !

La vipère en question fut disgraciée dans les jours qui suivirent mais non bannie comme on l'attendait. Ne pouvant, par le fait du blocus, gagner l'Angleterre depuis nos côtes, j'embarquai quant à moi fin février sur un navire au départ de Leyde, dans une Hollande régie par un Louis Ier de Buonaparte en délicatesse avec son auguste frère, mais alors davantage absorbé par les inondations qui venaient de dévaster son royaume que par la politique internationale.

XIII

Nanti d'un passeport au nom du *comte de Chemendy,* j'avais fait coudre dans la doublure de mon habit — par Sékou, qui m'accompagnait — mes lettres patentes princières ainsi que des billets à ordre représentant plusieurs milliers de francs. Soigneusement dissimulés sous ma chemise, le pectoral Kropotkine et son joyau central torturaient concomitamment ma conscience et les poils de ma poitrine.

Les espions de l'Empereur ayant révélé que Louis XVIII venait de déplacer sa résidence dans le comté de Buckingham, j'évitai Londres pour me rendre à Hartwell, bourgade à l'orée de laquelle s'élevait l'austère manoir où la cour en exil de mon ancien protecteur avait élu domicile.

On m'y reçut avec des effusions d'amitié et de reconnaissance qui ajoutèrent à mon embarras. Les nouvelles de France se résumant aux gazettes, je fus assailli de questions et l'on accepta le prétexte de ma visite — la rotonde de Trémainville m'ayant partiellement ruiné, j'escomptais, à l'instar du feu duc d'Orléans, négocier mes dettes auprès des courtiers anglais — avec le sourire entendu de victimes croyant se jouer de leurs bourreaux.

Louis XVIII avait considérablement grossi depuis notre ultime entrevue de l'été 1791, quand la famille royale s'apprêtait à fuir Paris, mais l'élégance de la voix et la brillance du regard demeuraient intactes. Cela, sans doute, et la nostalgie des temps révolus, me fit le soir même en entretien privé, tout avouer de ma mission à mon auguste interlocuteur.

— Te voilà tel Arlequin serviteur de deux maîtres[102] ! plaisanta-t-il. — Et plus sérieusement : contrairement au vieux duc de Portland, Principal ministre de Sa Majesté britannique, le prince de Galles, qui a ton âge, est tout acquis à notre cause. Buonaparte ne parviendra jamais à suborner les Anglais, que ce soit par force ou par ruse.

— Il faudra bien faire la paix, risquai-je ; le sang français...

— Crois-tu que je l'ignore et sois resté les bras ballants durant toutes ces années ? La duplicité des couronnes européennes, voilà l'ennemie ! Oublié le martyre de ma parentèle : on en viendrait presque à admirer la propension de l'usurpateur à fonder partout des dynasties ! Le Czar en personne s'apprête, paraît-il, à offrir en mariage une princesse de sa famille !

— Je tiens de la bouche même d'Alexandre Ier qu'il n'en sera rien.

— Et ce diamant qu'il t'aurait offert : chimère également ?

Dénouant ma cravate, j'ouvris ma chemise sur le pectoral Kropotkine : Louis XVIII se pencha sur l'Alexandrin et, à ma stupeur, le suçota telle une friandise. Ses mains s'immiscèrent sous mes vêtements ; je perçus qu'il libérait son pénis. Surpris sinon dégoûté, je dus convoquer les souvenirs les plus luxurieux afin que ma verge répondît aux désirs royaux. Lesquels, pour ma fortune, souillèrent nos braies en moins de cinq minutes.

— Reste un peu avec moi, supplia mon illustre partenaire ; tu auras tout le temps, ensuite, de rencontrer qui tu voudras dans Londres ; je t'y aiderai.

Ne pouvant rejeter l'invitation, je m'y soumis avec l'espoir que le prince de Galles viendrait nous saluer ou que la qualité

102. Célèbre pièce de Carlo Goldoni (1753).

des hôtes d'Hartwell House me permettrait, peu ou prou, de remplir mon office.

Le printemps, hélas, survint et s'écoula en la seule intimité de Louis XVIII, entre les cuisses duquel Sékou, parfois, était convié, sans autre distraction que la lecture des gazettes et les loisirs d'une cour surannée d'où émergeaient à peine les jeunes figures du duc d'Angoulême et de Madame Royale — le duc de Berry avait choisi de vivre chez le prince de Condé, à Londres, où le duc d'Orléans pleurait encore ses frères, le duc de Montpensier et le comte de Beaujolais, emportés par la phtisie à un an d'intervalle.

L'embonpoint de Sa Majesté, ses difficultés à se mouvoir et l'indolence de son entourage faisaient que les promenades dépassaient rarement l'extrémité du parterre. Empêché d'envoyer ni recevoir le moindre courrier, incapable d'infléchir à mon profit l'envahissante tendresse de Louis XVIII, je commençais à désespérer de recouvrer la liberté, surtout après la nouvelle de la constitution d'une cinquième coalition entre l'Autriche et l'Angleterre contre la France, quand le prince George et son complice en débauche, le comte d'Artois, daignèrent enfin nous honorer d'une visite.

Mes espoirs, à l'annonce de leur venue, furent néanmoins de courte durée : si le comte d'Artois, moins altéré par les ans que son illustre aîné, s'abaissa en effet à m'accorder quelque considération, le flamboyant héritier de la couronne britannique, mécontenté par les récentes victoires françaises, me traita avec hauteur, multipliant les diatribes sur *le petit Corse,* et évitant soigneusement de se retrouver seul en ma compagnie.

Cette attitude eut toutefois l'heur de me rapprocher de l'un des membres de sa suite, trentenaire à la fois viril et raffiné à qui la table princière avait été refusée. Retrouvant, après le repas, ce Monsieur Brummell — *Beau,* de son surnom — esseulé dans l'angle d'un salon, je l'invitai à parcourir avec moi quelques allées du parterre où je savais que nous ne serions pas dérangés.

Malgré la médiocrité de son français, notre conversation dépassa rapidement les banalités d'usage : comme je me plaignais des froideurs du prince de Galles, Brummell me fit comprendre tout le mal qu'il pensait de son maître — avec lequel, pourtant, il semblait entretenir les meilleures relations — et combien l'exaspérait la brutale vulgarité des puissants, dont il était un témoin privilégié : né roturier, expliqua-t-il, la proximité de son père avec les grands du royaume lui avait ouvert les meilleures écoles et valu, à la mort de celui-ci, un confortable héritage qu'il dilapidait avec ivresse. Le prince de Galles, séduit par sa prestance — à laquelle, néanmoins, il n'avait pas succombé *in carne* —, l'avait fait son favori et promu capitaine des hussards, position, en sus de l'âge, qui me rappelait Henry-Saül.

Sa sincérité entraînant la mienne, je ne masquai rien de ma préférence pour les mâles, des sentiments coupables que je vouais à mon fils, ni de la vraie nature de mes rapports avec Louis XVIII. De Napoléon, en revanche, je ne soufflai mot.

Brummell, qui connaissait par ouï-dire les inclinations de mon illustre geôlier, évoqua alors un autre favori du prince George, le jeune baron Alvanley, capitaine des Coldstream Guards[103] dont il était épris. La plus grande discrétion entourait cette idylle — en Angleterre on pendait les bardaches —, soigneusement dissimulée derrière la fraternité des armes, de prétendues conquêtes féminines et l'assiduité aux clubs et tripots en vogue.

---

103. Célèbre régiment d'infanterie de la garde, en tunique rouge et bonnet noir en poil d'ours.

— Je m'efforce d'être ce dont j'ai l'air, formula-t-il dans sa langue, et l'on m'aime pour ça. S'il faut à Votre Altesse un viatique pour quitter Hartwell, il me sera facile de l'obtenir, non point de mon maître, qui hait les Français en dehors de la famille royale, mais du comte d'Artois, qui souffre parfois de solitude — il me l'a dit, et puis sa maison d'Audley Street est tout à fait sinistre. Si Votre Altesse m'y autorise, je suggérerai à Monseigneur le comte d'Artois de vous convier à sa suite. Ainsi Votre Altesse pourra-t-elle quitter cette ennuyeuse province et rehausser, par sa présence, nos mornes soirées londoniennes.

La tournure me fit sourire mais j'agréai l'idée. Une semaine plus tard, l'affaire était conclue : Louis XVIII, en refermant lui-même la porte de mon carrosse, me fit promettre de revenir. Il conserva, en otage, Sékou et le pectoral Kropotkine.

Le jugement de Brummell sur le refuge du comte d'Artois s'avéra pertinent : bien que situé dans le quartier *fashionable* de Mayfair, le 72 South Audley Street se distinguait de ses voisins par la rigueur d'une façade sans ornement que le pinceau des ouvriers semblait avoir depuis longtemps oublié. Le frère de Louis XVIII y logeait seul, bourgeoisement, cachant sa passion du jeu et des femmes sous des dehors ascétiques. Servi par une domesticité réduite, rarement visité, ce prétendant au trône qui avait connu le faste des maisons royales hantait quatre petites pièces mal meublées d'où il ne sortait que pour s'enfermer chez le prince de Galles.

Bien que nous n'ayons jamais été proches, mon arrivée parut le réjouir et il m'offrit cérémonieusement, au second étage, l'appartement destiné aux invités.

— Le capitaine Brummell, sourit-il, a décrété que je manquais de panache — cet exquis personnage n'a point voulu parler de compagnie. Je vous fais donc, à titre temporaire, Premier gentilhomme de ma chambre.

L'énoncé, par un petit-fils de France, d'un titre aussi prestigieux en si humble décor emplit mes yeux de larmes. Mon hôte, affectant ne point s'en rendre compte, me pria *illico* de l'accompagner à Carlton House[104], résidence officielle du prince George.

Lequel me réserva, sous ses riches plafonds, un accueil aussi distant qu'à Hartwell. *Beau* Brummell, témoin de la scène, se moqua finement de lui et en profita, après que la petite vingtaine de courtisans qui se pressait autour des tables de jeu nous eût été présentée, pour s'isoler avec moi dans un salon du rez-de-chaussée où attendait le capitaine Arden, second baron Alvanley.

À tout juste vingt ans, ce jeune Arès irradiait une mâle beauté qui affola mon pouls : athlétique, aussi brun que Brummell était blond, vêtu avec la même sobre distinction — de ces longues culottes de cachemire gris appelées *pantalons,* que surmontait une veste noire à large revers —, je regrettai soudain d'être si vieux et si titré. Peut-être Brummell s'en aperçut-il, qui mentionna aussitôt d'autres cénacles moins guindés *où l'on n'était qu'un homme*.

La nuit même, je faussai discrètement compagnie au comte d'Artois pour me rendre à une certaine adresse dont mes complices avaient vanté les mérites. Je les y retrouvai devant l'entrée, attendant dans un fiacre. Alvanley me tendit un loup de soie pourpre : songeant aux Petites Tuileries, je lui rendis son œillade.

L'immeuble, similaire en ses fades proportions au 72 South Audley Street, possédait un accès par le sous-sol réservé aux domestiques. Ce fut celui que nous empruntâmes.

---

104. Dans le quartier de Westminster. Palais détruit en 1825.

— Seul un non-initié... ou la police se présenterait au-dessus, ricana Brummell après avoir distinctement martelé le *God Save the King* contre une lucarne adjacente.

Une lueur mouvante apparut de l'autre côté de la vitre, puis la porte s'entrebâilla sur un laquais tenant un chandelier. Nous lui confiâmes nos hardes à l'exception du caleçon, ce qui me permit d'admirer la vigueur musculaire de mes capitaines et celle, prometteuse, qui se laissait deviner sous leur braguette.

Nous pénétrâmes dans un vaste salon faiblement éclairé où des inconnus masqués, aussi peu vêtus, jouaient à la roulette et au baccara. Quelques-uns disparaissaient à intervalles par l'entrebâillement d'une portière appendue en retrait de la pièce.

— Amusez-vous bien, glissa Brummell en me tirant un siège.

Et il s'éclipsa avec Alvanley.

Je me retrouvai assis entre deux marauds dont les poings se disputèrent presque immédiatement mon entrejambe cependant qu'un croupier au sourire prédateur poussait vers moi une pile de jetons. Regard fixé à la roulette, je lançai alternativement mes phalanges aux enchères et à la découverte de mes voisins : leurs membres brûlants, agacés sans doute depuis longtemps, ruisselaient de miel.

L'un puis l'autre déchargèrent entre mes doigts — que je dus essuyer à mon caleçon faute d'oser les lécher — avant de quitter la table, incontinent remplacés par deux nouveaux compères puissamment armés dont je dus contenir l'enthousiasme afin de ne pas imiter leurs prédécesseurs. Ayant perdu assez de jetons, et curieux de savoir ce qui se passait derrière la portière, je désertai à mon tour le tapis.

Mes yeux, habitués à l'obscurité, découvrirent un corridor desservant les anciens communs, sur le côté duquel ouvraient les réduits précédemment utilisés pour le service. Au bout du couloir, devant l'escalier intérieur, un vasistas projetait une lueur bleutée sur les hôtes du lieu, affairés sur des matelas jetés au sol ou à contempler ce qui s'y déroulait.

On m'avait suivi : une main se posa sur mes hanches cependant qu'une autre flattait mes génitoires et que des lèvres effleuraient ma nuque. Je me laissai conduire dans une cellule, où je fus longuement honoré par plusieurs amants jusqu'à ce que l'un d'entre eux, après la jouissance, m'extirpât de ma cachette : c'était Brummell, dont je reconnus les formes puis la voix quand nous gravîmes les marches conduisant au rez-de-chaussée.

Les salons y abritaient une fornication plus discrète mais plus confortable. Nous nous isolâmes dans une encoignure.

— Qu'êtes-vous *vraiment* venu faire ici ? s'enquit doucement mon compagnon.

N'ayant plus rien à dissimuler, j'expliquai ma mission en déplorant de ne pouvoir la mener à bien, faute d'avoir amadoué le prince George. Brummell approuva avec un sourire narquois puis, à ma grande surprise, proposa de me tenir informé des dispositions de son auguste maître.

— Un libraire hollandais de ma connaissance pourra servir d'intermédiaire, ajouta-t-il. Je lui manderai certains ouvrages à vous faire parvenir, dont vous vous garderez de couper les pages en mauvaise compagnie…

— Vous ? m'étonnai-je ; espionner au service de l'ennemi ?

— Je sais qui j'aime et qui je méprise.

La survenue du capitaine Arden interrompit le conciliabule.

Rentré chez le comte d'Artois, je passai les semaines suivantes à jouer les courtisans le jour et les débauchés la nuit, sans réussir davantage à m'attirer les bonnes grâces du prince de Galles que prendre congé de mon hôte. Brummell, en courtisan habile, parvint néanmoins à me rendre à Louis XVIII comme il m'en avait soustrait : invité à Hartwell, mon illustre geôlier dut consentir à m'y laisser entre les mains de son frère ; ainsi retrouvai-je, sinon la liberté, du moins Sékou et le pectoral Kropotkine.

Le récit des victoires françaises contre les Autrichiens ponctuèrent l'été comme autant de soufflets à la face des Anglais mais les informations incertaines en provenance d'Espagne placèrent derechef mon bien-aimé rejeton au cœur de mes pensées.

Louis XVIII prétendant ignorer mes tourments et mon vœu de regagner la France, Brummell, peu soucieux de déplaire, n'hésita pas à en faire publiquement l'observation.

— Votre Majesté retient prisonnier l'un de ses meilleurs agents ! s'indigna-t-il finement. Connaît-on oreille mieux placée chez l'adversaire ?

Chacun convint du bien-fondé de l'argument mais son principal destinataire prit un temps monarchique à y complaire : ce fut, à l'automne, la nouvelle de la tentative d'assassinat de Napoléon par un exalté allemand — les faits, sans réelle gravité, s'étaient déroulés à Vienne, où résidait l'Empereur pour la signature d'un traité avec l'archiduc Charles — qui décida enfin mon encombrant protecteur à me donner congé.

— Dieu voudra punir l'usurpateur, prophétisa-t-il. Il nous faudra alors préparer la restauration d'une monarchie légitime. Votre place est à Paris.

Le renforcement du blocus compliqua singulièrement le trajet de retour : contraints de naviguer sous pavillon hollandais, nous dûmes effectuer la traversée en contrebande jusqu'au

Helder pour embarquer ensuite sur un bâtiment à destination du Havre. Enfin, le 30 novembre, nous passions le porche de la rue des Marais-Saint-Germain.

Une missive, parmi la multitude qui m'attendait, annonçait le retour imminent d'Henry-Saül. Rassuré sur le destin de mon beau capitaine, je me rendis aux Tuileries, chez Napoléon. Je trouvai celui-ci fort agité : le chancelier Metternich, avoua-t-il, venait de lui offrir comme tribut de guerre — le mot n'était pas trop fort — l'archiduchesse Marie-Louise d'Autriche, fille de l'Empereur François, en mariage.

— Mes héritiers seront du plus illustre sang qui se puisse trouver ! s'échauffa-t-il. Habsbourg, Saxe, Farnèse, Bourbon… Ils descendront deux fois de Louis XIII et de Louis XIV[105] ! La lignée de Clovis remontera sur le trône de France !

Je me gardai d'évoquer *la pauvre Joséphine* et la princesse Anna Pavlona, d'ores et déjà répudiées *in pectore,* mais dus rappeler à mon illustre interlocuteur l'existence bien réelle d'un prétendant nommé Louis, dix-huitième du nom, dans l'intimité duquel je venais de passer inutilement l'année, d'où l'échec relatif de ma mission — que je tentai d'amoindrir en mentionnant le ralliement inattendu de Brummell.

— Je ne vous ai point mandé outre-Manche lever des espions, s'agaça Napoléon.

Je lui tendis alors l'*Essai sur le principe de population* du révérend Malthus dont mon correspondant m'avait fait parvenir, en guise d'essai, un exemplaire non coupé dissimulant des libelles rédigés à l'encre sympathique.

Mon atrabilaire interlocuteur ne put réprimer un sourire.

— Le procédé est ingénieux, reconnut-il. Je demanderai à Monsieur Fouché de veiller à ce que votre correspondance

105. Ancêtres des parents (consanguins aux 2e et 3e degrés) de Marie-Louise.

circule librement, tout en contrôlant étroitement ce libraire et, plus généralement, les ouvrages imprimés en Hollande, chez mon perfide frère… — Sa voix se fit plus douce : Ma chère Walewska est repartie pour Walewice[106], soupira-t-il ; *tempus fugit*… Si j'avais été un simple particulier, je vous eusse volontiers racheté Chalmont : tant de souvenirs…

Il me prit par le bras et me conduisit à une table sur laquelle étaient ouverts les premiers volumes, splendides, de la *Description de l'Égypte.*

— *Tant de souvenirs,* répétai-je…

Henry-Saül, de passage à Paris, ne parut guère partager l'enthousiasme de notre souverain : le visage marqué de rides naissantes, mon bien-aimé rejeton n'eut pas de mots assez durs pour décrire le conflit en Espagne, où nos troupes avaient affaire, non point seulement à des armées ennemies mais à une population tout entière dressée contre nous.

— Joseph n'est roi que de Madrid, grinça-t-il ; nos victoires n'y changeront rien : un peuple se conquiert peut-être par la force mais c'est le cœur qui fait les sujets loyaux. Les Espagnols nous détestent avec une férocité presque mystique : ils en appellent à Ferdinand comme leurs ancêtres, jadis, aux Rois Catholiques pendant la *Reconquista* !

Il me rabroua quand j'eus la maladresse de lui suggérer de changer de régiment — le colonel Gérard, fait baron et général de brigade, avait pourtant cédé son commandement au colonel Vinot, apparemment moins talentueux — et me donna une accolade très froide à l'instant de me quitter, ce qui me mortifia.

Sékou parvint à me dissuader de macérer tout l'hiver à Trémainville, et Cambacérès me convainquit de l'accompagner

106. Dans le centre de la Pologne actuelle.

aux Petites Tuileries, où je m'installai à l'instar d'un malade prenant les eaux. La voix fantomatique, depuis longtemps silencieuse, ne vint pas m'importuner : j'en vins à croire que, telle une chimère, elle n'avait jamais existé.

Le prince-archichancelier, qui assurait l'intérim du pouvoir, avait gagné, depuis notre ultime rencontre, une espèce d'embonpoint protocolaire semblable à celui du prince Kourakine, son aîné de quelques mois. Nous passâmes ensemble, tous les trois — ainsi que d'autres *fossiles* de notre génération — la nuit du 1er janvier 1810, festoyant en évitant les sujets désagréables.

Le matin me trouva dans les bras du charmant Clovis Durelais qui, de secrétaire personnel de Cambacérès était, expliqua-t-il, redevenu taulier en second, aux côtés de son oncle, *parce que l'ampleur de sa musculature importunait Son Altesse Sérénissime...*

L'approche du 21 janvier me poussa à quitter temporairement cet oublieux refuge pour Mondétour, où je savais la princesse ma mère un peu seule parmi les souvenirs familiaux. Un jeune ecclésiastique de belle figure, lui tenait compagnie.

— Le bon père Briard nous a quittés l'été dernier, soupira-t-elle. Je n'ai point osé vous importuner avec cette nouvelle, ni celle du décès du vieux Laspasses... Dom Pierre Calmet, qui prend désormais soin de mon âme, m'a été recommandé par notre cher Philippe. Comme vous le savez, Sa Sainteté, victime de bandits dont je tairai le nom, est retenue par eux à Savone. Nous prions quotidiennement pour elle, la famille royale, ainsi que pour votre infortunée Pauline et nos bien-aimés défunts ; même feus vos père et aîné, malgré leurs péchés...

Je n'eus pas le cœur de badiner sur cet austère emploi du temps mais je pris un cruel plaisir à darder maintes fois mon regard dans celui, fuyant mais très bleu, de Dom Calmet —

lequel, grâce aux confessions de ma noble mère, ne pouvait ignorer l'espèce à laquelle j'appartenais. J'appuyai le trait en l'invitant à partager notre dîner, chose qu'il faisait sans doute depuis son installation au château mais dont je voulais aristocratiquement marquer l'extraordinaire.

Il tenta malhabilement, au cours du repas, de venger l'humiliation en louant la générosité de Dom Philippe, qui avait décidé de transformer son domaine de Choisy-Mondétour en maison d'éducation pour jeunes gens nécessiteux.

— Certains lieux honorent un nom quand d'autres le flétrissent, persifla-t-il.

— Vous songez bien sûr au vôtre, lançai-je ; je ne puis imaginer qu'il s'agisse de celui de Son Altesse la princesse douairière.

On changea aussitôt de sujet.

J'aurais probablement écourté ce séjour mortifère si Henry-Saül et sa famille ne s'y étaient présentés. Le joyeux désordre engendré par nos héritiers au teint mat — « Mes petits caramels » disait leur arrière-grand-mère — ébouriffa les vieilles perruques et vivifia jusqu'à Dom Calmet. Mon fier capitaine avait, en outre, recouvré le sourire.

Nous fîmes, en dépit du froid, maints jeux et promenades dans le parc, dont une nous conduisit seuls, mon fils et moi-même, jusqu'à l'ermitage abandonné. L'endroit, mangé par la végétation, ressemblait de nouveau à cet antre mystérieux où Pierrot Mondétour m'avait déniaisé trente-cinq ans auparavant[107].

— Ici, murmurai-je ému, j'ai découvert qui j'étais.

— Vous avez de la chance, grogna Henry-Saül : je ne le sais toujours pas moi-même.

---

107. Cf. *Le crépuscule des Bourbons.*

Regardant loin devant, il monologua sur ses motivations à rejoindre l'armée, ainsi que l'intensité de son amour pour Isabeau-Aimée. Je compris à demi-mot comment mes tendres violences à son encontre, dont il n'avait su se défendre, avaient cultivé en son âme une passion soigneusement contenue pour la brutalité : celle des jeux virils, des chevauchées en forêt, des chasses et de la guerre. Ainsi, en quelque sorte, mûrissait la semence qu'il déversait ensuite dans le ventre de son épouse.

Il dut deviner mon intention de lui demander pardon car il insista plusieurs fois sur sa conviction d'avoir hérité tout cela dès la naissance.

— J'ignore quel genre d'homme je suis, conclut-il posément. Si vous saviez ce que j'ai vu et fait en Espagne…

Je le serrai dans mes bras. Nous demeurâmes longuement enlacés devant l'ermitage avant de perdre nos pas, la tête d'Henry-Saül contre mon épaule, sous les frondaisons dénudées.

Nous demeurâmes à Mondétour jusqu'au cinquième anniversaire du *petit caramel* Louis-Thomas, puis le froid et cette forme insidieuse d'ennui que l'on ressent l'hiver à la campagne nous inclinèrent à prendre congé. Peu enclin à éprouver la même chose sous les chênes de Morienval — et, surtout, risquer de briser la tendre concorde qui s'était établie avec mon cher fils —, je retournai me damner aux Petites Tuileries.

J'y vis, au cours de la saison, défiler tout ce que Paris comptait de riches débauchés, attirés par la réputation du lieu et la magnanimité avec laquelle je délivrais des sauf-conduits. Le prince Kourakine était l'un des plus assidus, à la suite duquel arrivaient souvent de nouveaux clients, parfois accompagnés de leurs maîtresses ou amants.

Nous ayant définitivement convertis au service de table à la mode russe, il s'improvisa *intendant des menus-plaisirs* et transforma nos luxures ordinaires en brillantes bacchanales, organisant des bals costumés, convoquant musiciens et artistes, faisant naître ici un palais chinois, là un temple de Flore, pour le plus grand émerveillement des privilégiés qui y étaient admis.

Cette magnificence dans la frivolité ne l'empêcha pas d'exprimer librement tout le mal qu'il pensait — et le Czar avec lui — du mariage annoncé de Napoléon avec son Autrichienne, quand bien Alexandre n'était guère enclin à lui donner sa sœur Anna.

— Je dois également vous dire, soupira-t-il un soir, que le comte Vervsky — *alias* Fyodor Pavlovitch —, qui s'était échappé de notre ambassade au début de l'hiver, n'a point reparu en dépit de nos recherches. J'aurai préféré taire la chose mais le Czar, à qui j'ai écrit sur le sujet, est resté silencieux. Le comte Vervsky est un exalté : je ne souhaite pas davantage vous alarmer qu'avertir Monsieur Fouché, mais cela me préoccupe…

Les préparatifs des noces de l'Empereur effacèrent bientôt les inquiétudes au profit d'une espèce de chasse aux places qui vida provisoirement les Petites Tuileries : chacun voulait compter au nombre des invités. Mon rejeton me fit savoir qu'il y prendrait part avec son épouse mais la mienne, fidèle à l'impératrice déchue, refusa de m'accompagner, ajoutant que ma mère, scandalisée par tant d'impiété, espérait que je l'imiterais. Mon statut princier imposant ma présence à la Cour, je complus néanmoins au devoir et n'eus pas à m'en plaindre : outre le bonheur de côtoyer Henry-Saül, la fête à Saint-Cloud fut digne de l'Ancien régime et la nouvelle impératrice, fraîchement sortie de l'adolescence, absolument charmante.

Mais à toute kermesse son lendemain : le couple impérial partit en voyage dans le nord, la Cour se dispersa et mon cher héritier reprit son uniforme et la route d'Espagne. Que ne susje, alors, le retenir…

XIV

Cambacérès et son complice Kourakine me forcèrent amicalement à demeurer dans Paris, où les réjouissances se poursuivaient. Nous sortîmes beaucoup au théâtre, trio de burgraves trop richement vêtus que les passants saluaient comme des rois, et festoyâmes de même, aussi indifférents aux tempêtes annoncées — les messages codés de Brummell étaient à cet égard parfaitement explicites — que nos compagnons de ribote. Et nous attendîmes le retour de l'Empereur comme les souris le chat de la fable.

Ce jeu-là eut un perdant, en la personne du duc d'Otrante — *alias* Fouché — que Napoléon congédia sitôt rentré à Paris, après avoir lu un compte-rendu de mon bel espion britannique, dans lequel celui-ci rapportait les propositions de paix faites, sans consultation, par le ministre à nos ennemis. L'Empereur tint à me remercier en personne pour ce *fait d'armes* — dont la victime, désormais mon plus farouche opposant, avait admis la réalité — et me reçut en privé à Saint-Cloud.

La joie qui se lisait sur son visage procédait toutefois d'une raison que je n'avais pas anticipée : il venait d'apprendre que Marie Walewska lui avait donné un fils.

— Nous l'appellerons Alexandre, comte Walewski, indiqua-t-il avec un large sourire. Une suivante de ma pauvre

Joséphine m'avait déjà procuré ce bonheur il y a quatre ans[108]. Je suis sûr, à présent, que ma descendance est assurée !

Je n'osai m'enquérir, en fait d'héritier, du sort de la nouvelle impératrice s'il advenait qu'elle ressemblât à sa devancière, mais mon auguste interlocuteur, lisant en mes pensées, lança comme une prophétie :

— Nous aurons un successeur, il sera roi de Rome.

Les fêtes avec Cambacérès et Kourakine reprirent de plus belle et nous accompagnâmes partout la Cour et le couple impérial, même à Versailles le jour de l'été, où je m'étais pourtant juré de ne jamais remettre les pieds depuis sa profanation par les sans-culottes.

Vidé de ses meubles, le château de mon enfance ressemblait à un mausolée sans tombeau : les descendants de grandes familles qui participaient au pèlerinage eurent tout le loisir, et moi avec eux, de mesurer l'étendue de notre trahison. Un silence funèbre s'établit, que l'Impératrice aggrava en évoquant avec trop de légèreté le souvenir de sa grand-tante Marie-Antoinette. Ce que voyant, l'Empereur nous hâta vers le Grand Trianon, aménagé au goût du jour pour abriter l'intimité des nouveaux souverains.

Comme lors d'un repas d'obsèques — cela l'était dans l'esprit de bon nombre d'entre nous —, l'alcool aidant, l'allégresse d'abord forcée reprit ses droits. On plaisanta, on dansa même, et l'on ne s'ébranla que fort tard dans la nuit.

Je regagnai Paris seul en carrosse, par la même *via dolorosa* qu'avait empruntée, vingt ans auparavant, l'infortunée famille royale. La griserie s'estompa sans vraiment disparaître, laissant insidieusement percer un sentiment de culpabilité mêlé

---

108. Charles, comte Léon (1806-1881), fils d'Éléonore Denuelle de la Plaigne (1787-1868).

d'angoisse qui se mua en terreur lorsqu'une lanterne de la voiture s'embrasa. Le cocher parvint à s'en débarrasser avant que le feu ne se propageât mais il me fut d'autant moins possible, une fois couché, de trouver le sommeil, que Sékou tint absolument à y voir un présage funeste.

Dix jours exactement après cet épisode, le prince de Schwarzenberg, ambassadeur d'Autriche, organisa un bal nocturne en son hôtel de la rue du Mont-Blanc — ci-devant Chaussée d'Antin — pour honorer à son tour, avec la plus grande magnificence, le mariage impérial. L'endroit, entouré de jardins et fastueusement orné, rassemblait ce que notre capitale comptait de plus brillant. Mes compères burgraves en étaient, ainsi que mon épouse, exceptionnellement convertie aux charmes du nouveau régime ; il me sembla même apercevoir Garat, mon vieil ennemi, parmi d'autres figures oubliées du Directoire.

Je croisai enfin mon ancien amant Joseph Fiévée, maître des requêtes fraîchement anobli et toujours indéfectiblement attaché à son Théodore Leclercq. Alors que nous échangions courtoisement sur le temps qui passe, il me sembla furtivement reconnaître Fyodor parmi la nuée de serviteurs. Ne pouvant abandonner cavalièrement mon interlocuteur, je résolus *in petto* de retrouver le prince Kourakine sitôt l'entretien terminé mais n'en eus pas le temps : une immense flamme s'éleva bientôt au-dessus de la salle spécialement construite à l'extérieur, que les draperies et le bois transformèrent en brasier.

Nous nous précipitâmes, dans la confusion et les hurlements, au secours de nos proches. Ayant retrouvé Armande-Louise à l'abri avec le couple impérial, je m'engouffrai sans réfléchir au milieu de l'incendie pour rejoindre Cambacérès — dont j'ignorais alors qu'il était déjà sauf — et le prince Kourakine, gisant ensanglanté au milieu des blessés.

Ce ne fut qu'après son sauvetage et celui de quelques dames affreusement brûlées que je me rendis compte de mon état : mon visage, mes mains et le bas de mes jambes n'étaient plus qu'une plaie. Je ne sus, ensuite, ni qui me prenait en charge, ni comment je rentrai chez moi : seules résonnaient à mes oreilles la plainte atroce des victimes et l'oracle de Sékou.

Je demeurai un mois complet sans quitter le lit, purulente momie veillée par les siens dans une pénombre sépulcrale. On m'apprit que le prince Kourakine, grièvement atteint, entamait une longue convalescence mais qu'une dizaine de personnes ne s'étaient point relevées de la fournaise, parmi lesquelles la propre femme du prince de Schwarzenberg.

Les événements tragiques qui s'étaient déroulés pour les noces du Dauphin, futur Louis XVI, et de Marie-Antoinette au soir du 30 mai 1770, où l'on s'était bousculé à mort sur la ci-devant place Louis XV, revenaient dans toutes les bouches. Ma noble mère, effectuant maintes fois le voyage depuis Mondétour pour me visiter en compagnie de son confesseur, ne put s'empêcher de le ressasser, au point que j'en vins à préférer les âpres sentences de Dom Calmet sur les avanies comparées de la France et de l'Espagne, la première perdant ses îles à sucre, la seconde ses colonies d'Amérique.

Napoléon, qui, bien que bouleversé par le drame, avait la même semaine chassé de Hollande son indocile frère afin d'annexer le pays, me fit savoir qu'il espérait ma présence à l'inauguration, le jour de son anniversaire, de la copie de la colonne Trajane qu'il avait fait élever place Vendôme pour commémorer la victoire d'Austerlitz. Je m'y rendis en l'unique compagnie de Cambacérès, au bras duquel je dus maintes fois compenser la faiblesse de mon état.

Sans Kourakine, toujours enfermé chez lui avec interdiction de recevoir quiconque, les bals n'eurent plus la même saveur. Notre nouveau Trajan était, par ailleurs, d'humeur maussade : Louis de Buonaparte, ancien roi de Hollande, s'était réfugié à Vienne, son cadet Lucien, autre rebelle, avait été fait prisonnier par les Anglais sur le chemin des Amériques, et un simple fils d'avocat, devenu général — déchu de surcroît pour avoir tenu tête à l'Empereur — Jean-Baptiste Bernadotte, répondait désormais au titre de prince héritier de Suède par la grâce du roi Charles XIII !

— Vous vous rendrez à Stockholm dès que votre santé l'autorisera, m'ordonna Napoléon en aparté. La loyauté de la Suède est essentielle ; je ne veux point d'une seconde Hollande.

Peu enclin à célébrer mon cinquantième anniversaire à deux mille kilomètres de chez moi, j'annonçai prudemment mon intention d'attendre à Trémainville que mes forces revinssent. J'ignorais évidemment que ce projet favorisait les desseins d'Armande-Louise, qui oeuvrait secrètement depuis plusieurs mois, en connivence avec Sékou, à la célébration de mon jubilé.

Je m'attendais certes à ce que, le jour venu, mes proches me rendissent hommage, mais non point qu'ils arrivassent en délégation avec les habitants de Trémainville, maire et orchestre en tête ! Cambacérès, à qui nous devions l'initiative, laissa civilement le Premier magistrat vanter mes mérites et me faire citoyen d'honneur, avant d'annoncer avec emphase ma nomination au sénat conservateur.

— Sa Majesté a décidé de pourvoir Votre Altesse de l'une des sénatoreries de Rome, proclama-t-il. Votre Altesse ne sera tenue d'y siéger que trois mois par an, mais qu'est-ce qu'une saison dans la Ville Éternelle pour un voyageur aussi infatigable ?

On applaudit, puis le prince-archichancelier me remit une copie de l'écrasant portrait de l'Empereur en costume du sacre dont j'avais, jusqu'alors, différé l'acquisition par respect pour mes ancêtres.

— Tu l'amèneras à Rome, glissa-t-il à mon oreille.

Armande-Louise et Isabeau Aimée — enceinte de huit mois, elle avait fait le déplacement avec sa progéniture — dévoilèrent ensuite une fort émouvante représentation de notre famille tout entière par Monsieur David, où le peintre avait ajouté, en médaillon, les effigies de Pauline et de mon défunt père.

La fête fut simple et belle, que la clémence du ciel prolongea durant plusieurs jours. Après quoi mon épouse me poussa dans un carrosse à destination de Chalmont, puis de chacun de nos domaines, où elle avait invité nos gens à me témoigner leur attachement. Que celui-ci fût ou non sincère, l'attention me toucha.

Cette triomphale pérégrination s'acheva à Morienval, au lendemain de la naissance de ma petite-fille Alexandrine-Félicité, *caramelle* aux yeux et aux cheveux plus brillants que le jais, à qui je promis une existence de conte de fées.

La nôtre, entre-temps, devait hélas prendre la tournure d'une geste tragique : le 8 octobre, un courrier impérial se présenta à Morienval — où nous étions demeurés pour célébrer en compagnie de l'accouchée le troisième anniversaire de Jean-Saül — avec ordre de ne s'adresser qu'à moi seul.

Le pli qu'il me remit me pétrifia : en montagne de Buçaco[109], au Portugal, la garnison d'Henry-Saül avait été défaite par les forces anglo-portugaises, et mon bien-aimé capitaine mutilé par une grenade. Le colonel Vinot, sans préciser les circonstances ni

109. Actuelle aire métropolitaine de Coimbra, dans le centre du pays.

la nature exacte des blessures, signalait le retour de notre héros invalide, nous exhortant de l'accueillir avec courage. Napoléon avait, de sa main, rajouté en bas de page cette sinistre phrase : « Je vous supplie de croire en la sincérité de ma compassion. »

Armande-Louise, inquiète de ne point me voir reparaître, fut la première à connaître l'affreuse nouvelle. Nous convînmes d'atténuer ses probables effets sur Isabeau-Aimée et sur ma noble mère en ne faisant état que d'une commotion nécessitant le rapatriement du malheureux.

Et la terrible attente commença.

Un mois plus tard, alors que, bourrelé d'anxiété, j'avais regagné Paris, où la Cour insouciante se réjouissait de l'annonce officielle de la grossesse de l'Impératrice, une estafette vint me dire, sans plus de détails, que l'ambulance militaire de mon héritier avait pris ses quartiers à Chalmont.

Je parvins sur place le soir-même, en proie à une angoisse suffocante. Là, sous le dais de la chambre de parade du rez-de-chaussée, j'aperçus une momie en tout point comparable à celle que j'avais été quelques semaines auparavant, à cette différence près que la partie haute du corps, tête comprise, disparaissait sous les bandages.

Henry-Saül serra très fort ma main dans la sienne quand une infirmière annonça mon nom. En dépit de mes efforts à les contenir, mes pleurs jaillirent et redoublèrent à l'énoncé des circonstances du drame et de leurs probables conséquences : sévèrement atteint au buste et au visage par des éclats incandescents, mon fils, d'abord laissé pour mort, n'avait dû sa survie qu'à son exceptionnelle endurance et aux soins constants des médecins. Lesquels s'accordaient à pronostiquer de cruelles séquelles, dont une probable cécité.

— Monsieur le duc nous entend et comprend ce qui lui arrive, murmura l'infirmière, mais il est pour l'heure incapable de s'exprimer autrement que par grognements, ou de se nourrir seul. — Et à voix chuchotée, la main devant la bouche : Il n'a plus de nez ; les lèvres, les paupières et la peau du visage ont brûlé. La cicatrisation prendra beaucoup de temps. Nous changeons les pansements trois fois par jour mais je déconseille respectueusement à Votre Altesse d'assister à un spectacle qui atterre jusqu'aux plus aguerris d'entre nous.

La silhouette furtive de Fyodor, la prophétie de Sékou et les scènes atroces de la rue du Mont-Blanc traversèrent ma mémoire telle une volée de flèches. Je n'avais pas revu le prince Kourakine depuis l'incendie mais on assurait que son corps porterait à jamais les stigmates du drame : balafres rosâtres boursouflant la chair, cautères hideux dont il faudrait se détourner...

Je quittai précipitamment la pièce pour hurler ma détresse aux ténèbres.

Henry-Saül, le lendemain matin, me tendit une ardoise similaire à celle qu'utilisait jadis ma bisaïeule Anna, sourde et muette, pour communiquer[110]. Sa main, en lettres incertaines, avait tracé les mots : « Me pardonnerez-vous ? » N'ayant pas dormi de la nuit, je m'effondrai à son chevet.

Mon cher blessé poussa de profonds gémissements et le son effroyable que produisirent les canules qui lui permettaient de respirer me ramena à la raison : mes lamentations étaient inconvenantes ; mon rejeton devait pouvoir attendre autre chose de moi que des jérémiades. Je ravalai mes sanglots et lui demandai comment il comptait retrouver sa famille.

— « Je veux rester ici » répondit-il. — Et puis : « Il faut les préparer »

110. Cf. *Le crépuscule des Bourbons.*

Bien que cela m'arrachât le cœur, je complus à sa demande et fis aussitôt atteler pour Morienval.

Il s'avéra plus facile d'annoncer aux enfants que leur père, à l'instar de leur aïeul, ressemblerait un temps à une momie égyptienne que de faire accepter à Isabeau-Aimée l'idée que son si beau conjoint, désormais mutilé, ne reverrait jamais la lumière du jour.

Contrairement à moi, cependant, ma belle-fille ne fit point ostentation de son désespoir : elle prépara méticuleusement l'installation progressive des siens à Chalmont, où elle comptait d'abord se rendre en ma seule compagnie, et reprit avec moi le chemin du sud quelques jours plus tard.

J'avais, entre-temps, mandé des courriers à ma mère, à mon épouse ainsi qu'aux proches amis du convalescent. Sékou, quant à lui, fut chargé de recruter un maroquinier assez habile pour réaliser, dans le cuir le plus fin, un masque couleur chair figurant l'Adonis qu'Henry-Saül avait été, et qu'il devait demeurer, du moins symboliquement, aux yeux d'autrui : j'anticipais en effet — et Isabeau-Aimée avec moi — l'effroi que ne manquerait pas de produire l'exhibition, volontaire ou non, de ses terribles stigmates.

Tel fut d'ailleurs le premier sujet que nous abordâmes lorsque je rejoignis les époux, dont je m'étais volontairement tenu à l'écart des retrouvailles. La calme assurance de ma belle-fille, dont les yeux étaient restés secs, me confondit.

— Il parlera de nouveau lorsque ses lèvres et ses joues auront cicatrisé, assura-t-elle, mais je doute qu'il partage nos repas avant longtemps. Il paraît que l'endroit le plus douloureux est le buste, qui est pourtant le moins affecté : le médecin assure que cette partie-là guérira d'ici deux à trois mois et qu'il devrait subsister peu de marques ; le visage, en revanche…

— « Un monstre aveugle » écrivit Henry-Saül sur son ardoise.

— Nous n'en savons rien, objecta Isabeau-Aimée en caressant la main de notre héros ; Dieu voudra peut-être que vos yeux et vos traits…

Un grognement désapprobateur l'interrompit.

Nous convîmes de ce que la famille s'établirait à l'étage, dans les petits appartements remeublés par l'Empereur pour Marie Walewska, et que j'investirais l'aile des invités.

Notre vie, dès lors, fut rythmée par les changements de pansements — toujours hors de notre vue —, les promenades dans le parc, la lecture à haute voix des gazettes et les soirées devant la cheminée du grand salon. Henry-Saül s'isolait quand une infirmière venait le nourrir mais il pouvait marcher sans aide, la main appuyée à mon épaule ou celle d'un domestique.

La princesse douairière, autant accablée par l'âge que par les sinistres nouvelles, nous fit savoir qu'elle différait sa venue, mais Armande-Louise et Cambacérès nous rendirent visite. La première portait le deuil de son ancienne maîtresse — *reine légitime de France* —, décédée à Hartwell en novembre auprès d'un Louis XVIII que l'on disait inconsolable ; le second, après avoir assuré notre blessé du soutien de Napoléon, osa me rappeler que ce dernier escomptait mon départ pour la Suède.

— Sa Majesté t'a couvert de faveurs, se hasarda-t-il à arguer.

— Le prix en est exorbitant ! tonnai-je en désignant Henry-Saül. *Ta* Majesté peut bien tout reprendre, je resterai ici !

Mon fils, qui avait ouï l'éclat, approcha avec son ardoise : « Je suis fier d'avoir servi l'Empire » avait-il griffonné.

— Il faudra expliquer cela à votre père, grinça le prince-archichancelier.

Je tournai les talons.

Ma mère ainsi que la progéniture de mon infortuné capitaine furent des nôtres pour Noël. L'épreuve que nous redoutions se révéla hélas conforme à nos craintes, non point tant du côté des enfants, impressionnés mais aisément apprivoisables, que de celui de leur géniteur — qui recommençait tout juste à parler, des mots difficilement intelligibles mais avec l'intonation que nous lui connaissions avant la tragédie —, désespéré de ne pouvoir plonger ses yeux dans les leurs.

La petite Alexandrine-Félicité incarnait à elle seule la quintessence du drame : née en l'absence d'Henry-Saül, elle n'aurait de celui-ci, répétait-il *ad nauseam,* l'image que d'un infirme, et lui, d'elle, seulement une voix.

Sa combativité s'en ressentit, au point qu'il refusa d'abord de porter le masque confectionné à son intention. Le passage à Chalmont d'un prince Kourakine vainqueur de sa propre adversité constitua, au début de l'année 1811, une étape importante : ayant éprouvé, et portant dignement dans sa chair, une épreuve similaire à celle d'Henry-Saül, notre hôte trouva les mots et la violence nécessaires ; il le força à toucher ses balafres et lui représenta ce que serait une existence de réclusion — et de douleur pour ses proches — s'il s'obstinait à ne voir en soi-même qu'un monstre.

— Dieu nous a épargnés, gronda Kourakine ; rendons-Lui grâce en aimant derechef, et la vie et les hommes !

Chacun approuva, y compris mon rejeton ; il me sembla qu'Isabeau-Aimée rougissait.

Notre récalcitrant, à la veillée suivante, parut donc avec son masque. Les fines ouvertures pratiquées par le maroquinier au niveau de la bouche, du nez et des yeux, figurés clos à la demande de l'intéressé, donnaient à ce dernier l'apparence d'une divinité paisible. Ses cheveux, encadrant les épaules de belles boucles noires, conféraient à l'ensemble une sorte de majesté pharaonique par laquelle nous fûmes éblouis.

Ce 21 janvier-là, célébré dans l'intimité familiale, compta paradoxalement parmi les plus sereins, où les trente-deux hivers d'Henry-Saül éclipsèrent tout le reste. Mais trop d'épreuves, de jours passés ensemble, étiolèrent insensiblement la concorde : la princesse douairière et mon épouse surent se retirer ; il fallut, pour ma part, qu'Isabeau-Aimée réquisitionnât ostensiblement son mari pour les promenades sans que celui-ci protestât. Je sauvai la face en prenant congé, comme l'année précédente à Mondétour, dès après l'anniversaire de Louis-Thomas, mais l'âme meurtrie et le cœur douloureux.

Le prince Kourakine, me sachant de retour rue des Marais-Saint-Germain, voulut m'entretenir d'une affaire pressante : Napoléon, dans son impériale solitude, venait concomitamment de repousser une alliance avec la Suède et, bien plus grave selon mon visiteur, de rompre celle conclue avec le Czar.

— Si l'on ajoute l'accession du prince de Galles à la régence du trône d'Angleterre, s'inquiéta-t-il, la France affrontera bientôt une nouvelle génération d'adversaires. Sachez, à ce sujet, que l'homme que vous aviez aperçu juste avant le drame de la rue du Mont-Blanc était bien le comte Vervsky ; j'ai été prévenu de ce que ce misérable fomentait un nouvel attentat. J'ai vainement tenté d'avertir l'Empereur, qui n'écoute plus rien fors sa propre démesure, et notre ami Cambacérès, qui ne croit pas Fyodor en mesure de nuire ; quant à Monsieur Savary, le nouveau ministre de la police, il me traite en ennemi ! Si vous avez toujours l'oreille de votre souverain, le moment presse de l'incliner à la Raison !

La Raison avait déserté le palais des Tuileries lorsque j'y fus reçu par l'Empereur en audience privée : l'accouchement de l'Impératrice était imminent, et mon auguste interlocuteur peu en mesure d'entendre mes arguments.

— Il faut que ce soit un fils ! répéta-t-il sans même s'inquiéter du mien. — Et après que j'eus insisté sur les dangers menaçant sa personne : voyez cela avec Savary : je ne veux ouïr que de bonnes nouvelles !

Je m'inclinai, mais tout en refusant *in petto* d'obéir à cet ordre : non seulement le ministre de la police, sinistre traîneur de sabre fait duc de Rovigo, avait commandé le peloton d'exécution de l'infortuné duc d'Enghien, mais on lui prêtait en outre de nombreuses exactions en Espagne, dans les maisons nobles et les monastères, et l'on disait enfin sa police plus insidieuse et plus brutale que celle de Fouché.

— Il faudra donc retrouver le comte Vervsky avant les sbires de Savary, soupira Kourakine lorsque je lui fis part de l'entretien. Je n'ose imaginer la réaction du Czar dans le cas contraire ou, pire, après un attentat contre Napoléon ! Nous ne voulons pas d'une nouvelle guerre.

Fyodor ne reparut point avant la venue au monde du roi de Rome, le 20 mars, saluée dans Paris par cent coups de canons dont l'écho ne parvint guère à Chalmont, où j'étais retourné voir mon cher héritier.

Les progrès de ce dernier pour s'exprimer étaient clairement audibles mais il refusait toujours de prendre ses repas en public et persistait à s'isoler pour changer de bandages — plus fins, nonobstant, que ceux qu'il portait naguère. Isabeau-Aimée, qui avouait s'accommoder difficilement de ces exigences, me supplia de l'aider à persuader son mari de regagner Morienval, où elle et sa progéniture attendaient impatiemment de rentrer.

— Le précepteur que nous leur avons donné se plaint de leur inattention, insista-t-elle. Henry-Saül se complaît ici tel un sphinx en son antre : cette tragédie l'a changé ; il est certes demeuré tendre avec nous, mais il tient ses anciens amis à distance et prétend *voir des choses* alors que nous savons hélas que cela ne se peut… Il me force à lui lire des ouvrages impies auxquels je ne comprends rien ; il dit aussi que Morienval appartient au passé, que vous pourriez le vendre, et menace régulièrement de se reclure dans cet îlot sauvage de Chemendy que vous seuls connaissez ! Tout cela m'effraye…

Je profitai d'une promenade solitaire avec le convalescent pour aborder la chose. Tournant vers moi son masque impassible, il protesta ne vouloir effrayer personne mais confirma les appréhensions de son épouse.

— Je ne reparaîtrai jamais à la Cour, martela-t-il. Je me moque du regard d'autrui mais je ne veux pas que mes enfants m'assimilent à un phénomène de foire. Et puis il est exact que je *vois des choses*. C'est difficile à expliquer ; je veux d'abord me documenter sur la question… Le prince Kourakine m'a écrit au sujet d'un Monsieur Haüy qui enseignait jadis aux aveugles de Paris avant de s'en aller chercher fortune à Saint-Pétersbourg. Il a, paraît-il, inventé une presse en relief dont je voudrais un exemplaire : je ne puis me relire, comprenez-vous. Il me faudrait par ailleurs disposer d'un liseur moins sensible qu'Isabeau-Aimée, et qui soit un vrai secrétaire. Si Nándor était encore des nôtres…

Un peu incrédule, je promis de rechercher l'employé espéré. Il me serra dans ses bras et murmura fiévreusement :

— Vous viendrez me voir à Chemendy avec le *prince de Castiglione* ; nous vivrons de nouveau des choses merveilleuses !

Je n'osai le contredire — l'aérostat, depuis longtemps ruiné, achevait de rouiller dans une grange, et le manoir de Chemendy, peu entretenu, devait être en fort piteux état.

Les *ouvrages impies,* mentionnés par ma belle-fille dont je pris temporairement le relais, consistaient principalement en d'arides recueils scientifiques en effet difficiles à assimiler, mais également en d'antiques grimoires achetés par nos intendants sur les consignes d'Henry-Saül.

— C'est là que Monsieur le duc a trouvé les toiles d'araignées et autres cataplasmes de fourmis qu'il nous impose d'appliquer sur sa peau, confia craintivement l'infirmière. Madame la duchesse en est horrifiée mais l'effet est assez probant.

— Pourrons-nous un jour contempler son visage ? m'enquis-je.

— Madame la duchesse me pose quotidiennement la question. Les chairs sont encore ulcérées mais elles ne suppurent plus, sauf à l'endroit des orbites. J'ai commandé un loup de molleton pour les occulter ; une simple gaze devrait bientôt suffire à protéger le reste. L'aspect est toujours impressionnant — Madame la duchesse, qui l'a touché au-travers des bandelettes, parle de *labour* — mais tout dépendra ensuite de Monsieur le duc…

La jalousie étreignit mon cœur : ce que je me refusais à supposer s'avérait donc exact, Isabeau-Aimée et son *sphinx* avaient repris une vie conjugale ! Sans doute, un soir, mon énigmatique héritier se dévoilerait-il à son épouse tel Jupiter à Sémélé, quand je continuerais, moi, à n'être que le beau-père un peu ridicule pourvoyeur de bienfaits.

Une fois encore, j'attendis un anniversaire — celui d'Henry-Amable, cinq ans — pour quitter Chalmont, la tête haute mais l'âme en berne.

Paris n'en finissait pas de célébrer la naissance du prince impérial, comme celle, jadis, du malheureux dauphin. Les rues étaient pavoisées, d'innombrables spectacles se donnaient partout en son honneur et l'on avait même débuté, sur la colline de Chaillot[111], la construction d'un palais destiné à l'accueillir. Quant à ses illustres parents, ils s'en étaient allés porter eux-même la bonne nouvelle dans les départements de l'ouest.

Je retrouvai Cambacérès et Kourakine au théâtre de la rue Feydeau, pour la création posthume de l'ultime opéra de Monsieur Dalayrac, *Le Poète et le musicien*. La gravité de leur mine contrastait fort avec le sujet de la pièce. Devinant trop bien leurs préoccupations — même censurées, les journaux laissaient filtrer la réalité de nos défaites en Espagne et les menaces d'une sixième coalition — je tentai de présenter mes *aventures chalmontaises* sous un jour burlesque dont la fausseté de ton n'abusa personne.

Kourakine joua néanmoins le jeu : il confirma avoir mis mon fils en relation avec Monsieur Haüy et se proposa de m'aider à trouver un secrétaire alchimiste.

— L'ambassadeur de Caulaincourt a été rappelé en France, glissa-t-il d'une voix lugubre ; mon temps ici est désormais compté. N'ayant pu capturer qui vous savez, je redoute d'avoir à vous en laisser la charge…

Cambacérès affecta ne point comprendre à qui nous faisions référence.

Nous aperçûmes, parmi le public, le toujours séduisant Jean-Baptiste, dont Kourakine s'était séparé peu avant le drame de la rue du Mont-Blanc. Je m'attendais à ce qu'il nous ignorât mais il vint, au contraire, nous saluer et s'inquiéter d'Henry-Saül. Ce fut lui qui, le premier, mentionna la grande comète devant illuminer notre ciel au cours des prochains mois. Déjà observé dans le Midi, son immense panache ne manquerait pas, assura-t-il, d'impressionner les Parisiens.

— Il ne s'agit point de celle de Halley, que nous reverrons, à Dieu ne plaise, en 1835, précisa-t-il, mais d'un objet céleste

111. Actuel 16e arrondissement.

inconnu que l'Institut se propose de baptiser du nom de l'Empereur.

Nous ne nous risquâmes à aucun commentaire. Les gazettes s'étant fait l'écho du phénomène, chacun, ensuite, guetta l'apparition. Incapable de laisser s'écouler trop de temps avant de revoir mon cher fils, j'achetai une lunette astronomique et retournai à Chalmont dans l'espoir d'y passer la belle saison.

Je trouvai Henry-Saül seul et d'humeur maussade : Isabeau-Aimée et les enfants étaient rentrés à Morienval — ce qui, il fallait bien le reconnaître, favorisait mes intérêts.

— J'ai mandé le jeune Laspasses à Chemendy préparer ma venue, indiqua-t-il. Quelqu'un s'est par ailleurs présenté avant-hier de la part du prince Kourakine pour me servir de lecteur ; un garçon réservé prénommé…

— Fyodor ? m'étranglai-je.

— Yves, Fordrykov de son nom. Vous voyez le mal partout. Il n'est guère versé en sciences mais sa conversation est agréable.

Il sonna. Survint un jeune homme barbu d'une vingtaine d'années aux longs cheveux roux et au regard fuyant, nez épaté, forte corpulence, qui me présenta des hommages pratiquement dénués d'accent. N'osant l'interroger abruptement sur ses rares points de ressemblance avec Fyodor, j'intimai le silence à ma suspicion.

— Plairait-il à Votre Altesse de lire la lettre d'introduction que Son Altesse le prince Kourakine a bien voulu rédiger à mon intention ? demanda le nouveau-venu comme s'il lisait dans mes pensées.

— Je remercierai moi-même le prince Kourakine, bredouillai-je un peu confus.

La nuit était tombée. Nous sortîmes admirer la comète et la décrivîmes à mon héritier. L'astre à queue bifide étincelait très près de l'horizon tel un animal fabuleux.

— Je la vois! s'exclama Henry-Saül.

— Vous voulez dire que vous vous la représentez en esprit, rectifiai-je.

— Je vous assure que je la vois! Certes point avec mes pauvres yeux, mais je la vois!

— Et quoi d'autre?

— Vos couleurs et celles de Monsieur Fordrykov.

Le jeune homme et moi-même échangeâmes un regard dubitatif.

— Les yeux de Monsieur le duc sont ceux de l'âme, assura-t-il.

La métaphore nous laissa songeurs et nous regagnâmes silencieusement le château.

Je m'en fus, après le Petit coucher, gratter à la porte de mon rejeton. Un valet me pria d'attendre puis, ayant averti son maître, me fit entrer dans la chambre de celui-ci. L'endroit était si faiblement éclairé que mon pied buta contre un siège. Henry-Saül s'en excusa, arguant n'avoir plus besoin de lumière. Alors seulement je m'aperçus qu'il avait troqué son masque contre une fine cagoule de gaze sous laquelle étaient cousues deux pièces de molleton occultant les orbites. Le cœur battant, j'approchai du lit.

— Éteignez la veilleuse, ordonna mon fils. Je ne veux pas satisfaire votre effroi. — Je soufflai bruyamment à côté du quinquet, qui demeura allumé. Ne faites pas l'enfant! gronda Henry-Saül. Ne vous ai-je point dit que je pouvais voir?

Penaud, je mouchai la chandelle. Mon héritier se leva, saisit mon poignet et me conduisit jusqu'à la couche, où nous nous assîmes côte à côte.

— Vous devrez apprendre à regarder autrement, murmura-t-il en posant ma paume sur sa poitrine nue.

Ma main parcourut les scarifications sans oser s'attarder. Je m'apprêtais à la retirer quand celle d'Henry-Saül la déplaça vers le haut.

— Évitez de toucher au molleton, souffla-t-il, l'endroit est encore sensible…

Je compris qu'il venait d'ôter sa cagoule. La gorge nouée, j'explorai le menton, profondément entaillé, la terrible gerçure de ce qu'il restait des lèvres, les lambeaux de joues révélant la denture, et je réprimai un cri en découvrant le contour informe du nez, dont la sinistre cavité s'étendait aux pommettes. Seuls le front et les oreilles paraissaient intacts, au-delà desquels flottait l'opulente chevelure de mon héritier.

— Percevez-vous le monstre ? s'inquiéta-t-il.

— Je devine l'horreur, marmottai-je au bord des larmes, mais c'est bien vous que je caresse.

Henry-Saül enfouit ma tête au creux de son épaule. Nous restâmes longuement enlacés, puis glissâmes insensiblement dans le sommeil.

Quand je rouvris les yeux, aux premières lueurs du jour, ma chimère bien-aimée avait remis son masque mais son corps nu demeurait celui d'un dieu antique auquel mes doigts puis ma bouche rendirent fiévreusement hommage. La jouissance le réveilla.

Je passai, dès lors, toutes les nuits auprès de lui — pour autant qu'il m'y autorisât, car les douleurs revenaient fréquemment, que l'infirmière éloignait à fortes doses de laudanum. Et je tentai, sans grand succès, de le détourner de ses mirages colorés.

Anselme de Laspasses y contribua à sa manière en annonçant, vers le milieu du mois d'août, que l'îlot de Chemendy était de nouveau habitable.

— Les récoltes sont mauvaises, ajouta-t-il, mais pas les vendanges : le *vin de la comète*, comme on l'appelle déjà, devrait dépasser toutes les espérances et se vendre fort cher. Je me suis permis de faire aménager la forteresse de Compans afin que les crus de Vos Altesses mûrissent, cette année et les suivantes, dans les meilleures conditions ; le maître de chai songe même à doter les bouteilles d'une étiquette spécifique. Quant au manoir de Chemendy, le gardien a certifié que ses caves étaient saines et bien pourvues. Lui et sa femme assureront l'ordinaire mais j'ai, pour mieux servir Vos Altesses, recruté à Paris un vieux majordome et une chambrière appartenant jadis à la maison de Conti. Que doit-on prévoir d'autre ?

— Mon infirmière, mon valet de pied et mon lecteur, répondit Henry-Saül.

Je refoulai ma déception de devoir, une fois de plus, partager mon amour avec autrui.

Trois semaines plus tard, nous débarquions en Morbihan. Isabeau-Aimée avait entre-temps annoncé une nouvelle grossesse.

La végétation s'était épaissie autour du manoir, dont les communs disparaissaient presque sous le lierre ; des nuées d'oiseaux marins y avaient élu domicile, piaillant et voltigeant comme s'ils voulaient nous repousser. Il n'y eut guère que mon rejeton pour trouver romantique un décor qui, à tous, paraissait sinistre.

L'aménagement intérieur, d'inspiration égyptienne, présentait en revanche d'appréciables améliorations, au premier rang desquelles une salle de bains par chambre. L'eau chaude provenait d'une chaudière récupérée sur *L'Armande-Louise* — une idée de l'intendant — et un système original de tuyaux gargouillant dans tout le bâtiment permettait en outre de chauffer celui-ci. *La maison du diable* selon l'infirmière.

Et de fait, peu de temps s'écoula avant qu'Alexis de Lamarzelle, maire de Vannes délégué par son conseil municipal, ne se présentât très intimidé à notre porte avec l'un de ses adjoints : nombre de Vannetais affolés par la comète, bafouillèrent les deux hommes, s'inquiétaient de rumeurs hésitant à notre sujet entre espionnage et sorcellerie.

Il fallut rassurer nos visiteurs, ce que le masque de notre sphinx facilita moins que la démonstration du fonctionnement de la chaudière.

— Vos Altesses ne peuvent imaginer les folies qui se colportent autour de Chemendy, s'excusa Lamarzelle. On raconte même que le fameux chef vendéen de Charette de La Contrie y aurait enfoui un trésor avant son exécution !

La crainte s'avérant souvent la meilleure gardienne, nous convînmes de ce que l'édile détromperait ses administrés sur la question de l'espionnage mais point complètement sur celle de la sorcellerie. Le maire, ignorant combien il satisfaisait les mirages de mon héritier, proposa en outre d'impliquer à l'affaire une prophétesse de ses connaissances, qui errait d'île en île en quête d'on ne savait trop quoi mais que l'on laissait faire car rien de ce qui se déroulait dans la baie ne lui échappait. Probablement, insinua-t-il, était-elle à l'origine des ragots colportés à notre encontre.

Cet incident valut à nos gens quelques réprimandes — qui visaient surtout l'épouse du gardien, seule à fréquenter régulièrement la ville, où nous évitâmes de nous rendre. À quelques détails près et en moins fastueux, l'existence sur Chemendy ressembla bientôt à celle de Chalmont, les promenades en taillevent remplaçant les déambulations dans le parc.

Ainsi, à la faveur de l'une de ces navigations, notre route croisa-t-elle celle de la pythonisse évoquée par Lamarzelle. Ce fut Henry-Saül qui la *vit* le premier : nous étions seuls à bord ;

il agrippa mon bras et poussa un cri. La barque fuligineuse était apparue d'un seul coup, barrée à la rame par une créature sans âge, couverte de haillons mais propre d'apparence, aux longs cheveux gris finement tressés.

— *Salve princeps castiglionis*[112] ! s'écria-t-elle d'une voix rauque.

— *Salve malefica* ! répondit mon fils.

— Je ne suis pas une sorcière ! Je suis là pour vous protéger.

— N'est-ce pas toi qui as répandu ces clabauderies contre nous ? lançai-je.

— Je sais des choses, souffla-t-elle en s'éloignant…

Je voulus la retenir mais mon héritier m'en empêcha.

— Évitons d'en faire une ennemie, conseilla-t-il.

Nous aperçûmes maintes fois la barque noire, au fil des jours et des crépuscules — souvent juste avant les apparitions de la comète — mais son étrange occupante ne nous adressa plus la parole. La dégradation des conditions météorologiques nous confina par la suite à l'intérieur du manoir, où j'attendis vainement qu'Henry-Saül sonnât l'heure du départ.

Partagé entre le désir de retrouver un peu de confort et celui de protéger mon rejeton de ses fumées, je souffris sans protester jusqu'à ce que notre sphinx, perçant l'insondable de mon âme, décrétât que nous passerions en famille les fêtes de fin d'année mais que je devais, entre-temps, regagner la terre ferme.

Il me sembla, au moment de prendre congé, considérant l'endroit et ses habitants, abandonner mon bien-aimé aux corbeaux.

---

112. En latin : *Salut, prince de Castiglione !*

XV

Paris était bien morne, en cette fin d'automne : à peine revenu de Hollande, Napoléon, poussé par son infâme ministre de la police, avait en effet institué un contrôle sévère des mœurs, des arts et de la presse, limitant le nombre de journaux, interdisant littérature, philosophie ou théâtre au moindre soupçon de dissidence, et tourmentant les particuliers à l'abord des lieux de divertissement — les Petites Tuileries échappaient au harcèlement, m'avait écrit Blaise-Abel, mais des gendarmes patrouillaient régulièrement sur la route, ce qui importunait les clients.

Cambacérès m'invita à constater *incognito* les détestables restrictions imposées au compositeur Piccinni, dont nous allâmes ouïr les pauvres *Enchantements d'Alcine* à la salle des Jeux Gymniques — ci-devant théâtre de la Porte-Saint-Martin[113] — où le censeur avait, entre autres ridicules, interdit l'expression sur scène de plus de deux personnages.

— Seule nous sauve la confiance de l'Empereur, grinça mon compagnon, mais elle est bien aveugle et son oreille fort distraite : ni moi, ni Talleyrand, ni Fouché ne l'avons plus,

---

113. Qui a entre-temps (et après un incendie) retrouvé son nom, dans l'actuel 10e arrondissement.

quand l'horrible Savary instille sans encombre ses idées pestilentielles… Et que dire de Metternich : écouter un ennemi — car c'en est un ! — sur cette question du mariage autrichien, aussi charmante que soit notre nouvelle Impératrice, me semble plus peccamineux encore que l'enlisement espagnol car, en choisissant de faire alliance avec les vaincus, nous perdons l'appui des Russes. Les avoir pour adversaires serait une catastrophe ! Kourakine est entièrement de cet avis, et même Caulaincourt, qui vénère pourtant notre souverain. La guerre à outrance : voilà l'unique avenir que nous offrons à nos conscrits !

Songeant à mes petits-enfants, je me pris à espérer tout haut un changement de régime. Cambacérès m'intima le silence en levant les yeux au ciel.

Je retrouvai ma descendance au complet à Morienval pour les étrennes. Ma mère, souffrante, n'était pas des nôtres mais Henry-Saül et son épouse au ventre rond surent instiller une allégresse communicative. Chacun, Sékou compris, assurait que la comète, toujours visible sur l'horizon nocturne, était le signe de grands événements, et que l'enfant à naître serait doté de qualités extraordinaires.

Mon rejeton, à peine célébré son trente-troisième anniversaire, le 21 janvier 1812, annonça qu'il retournerait incessamment dans son île. Je m'étais habitué à ses tiédeurs — sa couche ne m'était jamais ouverte quand Isabeau-Aimée dormait au château — mais son obstination à prétendre voir l'invisible et lire en nos pensées m'était d'autant moins supportable qu'il disait souvent vrai. Je ne pus m'empêcher de lui en faire la remarque.

— Si vous étiez courageux, rétorqua-t-il, vous m'accompagneriez aux Petites Tuileries afin de nous y entretenir avec qui vous savez.

Certain que la voix fantomatique s'était tue à jamais — tout en évitant soigneusement, depuis les hallucinations du redoutable hiver 1803, de fréquenter la clairière au cénotaphe — je tremblai néanmoins à l'idée que mon sphinx s'y rendît seul, et tentai maladroitement de négocier.

— Croyez-vous, railla-t-il, que j'aie attendu votre autorisation pour dialoguer avec *Coprophile* ? — C'est ainsi qu'il s'est présenté, fâché d'ailleurs que vous ne lui ayez jamais posé la question. La subite conversion de Philippe, il y aura bientôt douze ans, m'a fasciné et j'ai maintes fois refait sa fameuse promenade pour *ouïr la voix des anges*... Je n'en ai parlé à personne, évidemment, surtout pas à vous : nous étions distants, alors, et moi assez désespéré. Cet étrange spectre a été, en quelque sorte, mon conseiller secret. Je ne lui ai point rendu visite depuis l'accident. — Un léger vertige m'obligea à prendre appui sur le bras de mon interlocuteur. De quoi avez-vous peur ? s'étonna-t-il. Je sais tout ce que vous savez, y compris notre ascendance royale !

— Vous devez donc connaître mes alarmes, gémis-je.

— Je n'en perçois que la couleur.

Henry-Saül parvint à me convaincre de le suivre aux Petites Tuileries mais, alors que nous nous apprêtions, quelques jours après cet entretien, à prendre la route de Montmorency, une lettre de la princesse douairière bouleversa nos desseins : fiévreuse et incapable de se déplacer, ma noble mère nous suppliait de nous rendre à son chevet.

Isabeau-Aimée insista pour que ce fût en famille. Son intuition — que nous partagions sans oser le dire — confirma nos craintes dès l'arrivée à Mondétour : à soixante-quatorze ans, notre doyenne semblait à bout de forces, victime non point tant de la maladie que des vicissitudes de l'âge. Enfouie sous la fourrure, les draps et les dentelles, sa forme à peine discernable ne laissait émerger que de longues mains veineuses et un visage émacié.

— Je devine combien j'ai changé, chuchota-t-elle en nous apercevant. Vous devriez éloigner les enfants : ce spectacle n'est point agréable et je souhaite qu'ils conservent de moi un autre souvenir que celui d'une mourante.

Nous n'osâmes la contredire et obéîmes à son vœu. Si l'imminence du trépas ne faisait aucun doute, l'installation forcée à Mondétour — où mon épouse nous rejoignit, ainsi que quelques intimes de la princesse douairière — contraria d'autant nos projets que nul ne savait combien de temps elle durerait.

Un mois presque entier s'écoula : ma mère accepta, à la faveur d'une brève amélioration de son état, que les enfants célébrassent en sa compagnie le septième anniversaire de Louis-Thomas. Elle s'entretint avec chacun d'entre eux puis, en audience particulière, chaque adulte présent au domaine, intendants et domestiques compris. Enfin, au soir du 20 février, elle me fit appeler dans sa chambre.

— Notre Henry-Saül a beau prétendre que mes couleurs brillent autant que celles de la comète, sourit-elle, je sens combien, à son imitation, je m'éloigne irrésistiblement de ce monde. Foin de philosophie : la mort fait depuis longtemps partie de mon existence, surtout après le décès de votre père, mais les forces m'abandonnent et je crains de ne bientôt plus pouvoir converser. Dom Calmet m'a exhorté d'alléger mon âme, notamment en ce qui vous concerne : j'ai tant prié pour vous... Il est une ultime chose que vous devez savoir, qui m'a hantée toute ma vie et dont seuls mes confesseurs ont été informés.

— S'il s'agit de votre père, murmurai-je...

— Ne dites rien, ma honte est immense !

— Vous n'avez commis aucune faute ! Vos confesseurs ne

vous l'ont-ils pas dit ? Et puis quelle honte y a-t-il à être fille de Louis XV ?

— Une bâtarde ! Vos descendants ne devront jamais l'apprendre ! Jamais, entendez-vous ? Jurez-le ! Jurez !

Elle s'était redressée, les yeux exorbités, et agrippait mon bras à deux mains. Redoutant que cet emportement ne lui fût fatal, j'obéis. Elle éclata en sanglots contre ma poitrine. Ébranlé, je repositionnai ses coussins et me retirai.

Elle décéda au cours de la nuit. Sa dépouille, exposée durant trois jours à la vénération publique, rejoignit ensuite celles de nos ancêtres dans la crypte du château. Nombre de membres de l'ancienne et de la nouvelle cour assistèrent aux obsèques, Cambacérès et Kourakine inclus, mais nul représentant de la famille impériale, ce qui ne me froissa qu'à demi, la défunte méprisant le nouveau régime.

La succession m'amenant à demeurer quelque temps à Mondétour, je libérai mon rejeton et sa famille de leurs obligations ; Armande-Louise regagna Paris et je demeurai seul avec la vieille suite de ma mère et tous ses souvenirs.

Henry-Saül m'écrivit, un peu plus tard, qu'il attendrait la naissance de *l'enfant de la comète,* espérée à Pâques, avant de s'embarquer pour son île ; il ajoutait s'être rendu aux Petites Tuileries, où la voix, muée en plainte, prédisait des catastrophes, *mais pas pour nous.*

Je rentrai rue des Marais-Saint-Germain le jour du printemps. La comète avait disparu. Son *enfant,* prénommé Philippe-Napoléon, naquit le 12 avril. Le 15, Kourakine quittait définitivement Paris : la terrible campagne de Russie venait de commencer.

Les autres livres de Philippe Gimet chez H&O

Le sceau de Kropotkine
(Les mémoires d'un bardache, 1ère époque - vol. I)

À l'aube du XVIIIe siècle, Henry, adolescent béarnais de petite noblesse au physique hors du commun, devient l'amant du riche comte d'Ystirac, qui l'emmène à Paris. Installé dans l'hôtel particulier de son bienfaiteur, il parfait son éducation, fortifie ses muscles et assouvit une insatiable lubricité. Le jeune homme découvre le monde caché des bardaches lors d'une orgie organisée chez l'intrigant prince Kropotkine, qu'il humilie en terrassant son champion au cours d'un combat singulier. Rejeté par son maître, le perdant — un Maure aux appas titanesques — est recueilli en l'hôtel d'Ystirac. Furieux, Kropotkine et ses complices n'auront de cesse de se venger : ils feront payer cher à Henry son intimité avec les grands du royaume et tenteront l'impossible pour freiner son irrésistible ascension.
Ce premier volume des *Mémoires d'un bardache* nous entraîne à la découverte de l'Europe débauchée des débuts du siècle des Lumières et de ses principaux protagonistes. Vaste fresque historique où le précieux côtoie l'obscène, *Le sceau de Kropotkine* brosse, de l'intérieur, un tableau fidèle de la vie secrète de l'aristocratie aux dernières lueurs du Roi Soleil.

L'élixir d'oubli
(Les mémoires d'un bardache, 1ère époque - vol. II)

Devenu l'un des « roués » de Philippe d'Orléans, Henry de Mondétour découvre la vie de Cour et œuvre dans l'ombre à protéger le Régent des complots qui le menacent. Le prince de Cellamare et le marquis de Pontcallec auraient, en effet, recruté le célèbre bandit Cartouche pour mener à bien leurs sombres desseins : livrer à l'Espagne la couronne de France. Lui-même victime d'un chantage, Henry se lancera à corps perdu dans la bataille et croisera le chemin — et parfois le fer — des conspirateurs qui éprouveront sa vaillance et sa lubricité et le soumettront à la vénéneuse tentation de l'élixir d'oubli.
Avec ce deuxième volume des *Mémoires d'un bardache*, Philippe Gimet nous invite à partager, toujours de l'intérieur, l'ivresse et les excès de la Régence, scrupuleusement restituée, et à découvrir l'envers insoupçonné d'une Histoire dont on ne connaît généralement que les grands traits. *L'élixir d'oubli* est un rendez-vous licencieux, violent et érudit avec l'homosexualité au Siècle des Lumières : que la fête commence !

Le gentilhomme assassin
(Les mémoires d'un bardache, 1ère époque - vol. III)

Arrivé à l'apogée de sa carrière au service de la Couronne de France, Henry de Mondétour exerce les talents d'ange exterminateur auprès du cardinal de Fleury, Principal ministre du jeune Louis XV. Sous ses ordres, il embarque pour un périple licencieux à travers une Europe déchirée entre ombres et Lumières. De Paris à Florence, de Londres à Saint-Pétersbourg, de Naples à Constantinople, ses rencontres avec l'im-

pératrice de Russie, le roi de Prusse et le dernier des Médicis ne seront pas sans conséquences inattendues. Mais les amis frimassons d'Henry s'inquiètent : jusqu'où l'exigence de jouir le conduira-t-elle ? Parviendront-ils à le détourner des penchants criminels vers lesquels ses ennemis l'entraînent ?
Toujours fidèle à la véracité historique, Philippe Gimet nous convie, avec *Le gentilhomme assassin*, à une odyssée baroque où se mêlent hommes de cour, artistes et assassins : une luxurieuse invitation au voyage...

Le crépuscule des Bourbons
(Les mémoires d'un bardache, 2e époque - vol. I)

Né dans les ors et la soie, fils de prince, Louis-Marie de Mondétour-Trémainville a grandi sans rien connaître du monde en dehors de la Cour. La haine d'un frère va bouleverser son destin : elle le conduira à la Bastille, puis à la relégation. Pour regagner les faveurs du roi, il lui faudra faire preuve de persévérance et d'ingéniosité. La passion de Louis XVI pour la chasse et celle du jeune homme pour les aérostats lui seront d'un secours inattendu... Mais déjà la Révolution française se profile. Comment survivre à un tel bouleversement lorsque, par le seul fait de la naissance, on se trouve du mauvais côté de la guillotine ?
Véritable chronique de la fin d'un monde, *Le crépuscule des Bourbons* nous entraîne dans le sillage de celles et ceux qui ont présidé à la naissance de la République, mais aussi à la découverte de soi par un jeune aristocrate amoureux des garçons.

Achevé d'imprimer en octobre 2011
par l'imprimerie Jouve à Mayenne
pour le compte de H&O éditions
CS 00001 - 34270 Le Triadou
Tél. 04 67 58 14 73 - Fax 04 67 58 23 46
Courriel : heto1@wanadoo.fr
Internet : www.ho-editions.com

Dépôt légal : 4e trimestre 2011

Imprimé en France.